第三部

滄浪謠

阿Q別傳

易癡 著

目　　錄

沧浪之水清兮可以濯吾纓，沧浪之水浊兮可以濯吾足

献给一位鞠躬盡瘁，死而後已的公僕

滄 浪 謠

所述皆在另一時空，癡人說夢，請勿牽強附會

一、游说

雲端上醒來，阿O恍惚穿越了幾個世紀，方才還在計籌山追尋師父的蹤跡，求解七策，一腳踏空……發現身在飛機艙內。

飛機在維也納降落。前來接機的是一個高個子禿頂老人，修長的白眉毛下，一雙湛藍的瞳孔，目光和藹。他叫亞斯，建築學博士，曾是奧地利交通能源部部長助理，現在是歐洲一家著名建築商彼諾公司設在維也納顧問機構的負責人。他熱情又很實在，沒什麼客套話，把祝主任一行四人安排在皇宮附近的五星級安娜大酒店，還安排了多腦河畔花園之都的觀光遊覽。

祝主任也實在，首先將亞斯給每個人的信封收起來，因為裡面裝的是供零花的歐元，全部退回；接著，退掉兩個標間，不是為好客的主人省錢，而是要互相監督。他和郁總住一間套房，讓小貝跟阿O住一個標間。小貝不滿，說："老外會誤以為我們是'同志'！"

阿O不在乎，我們就是革命同志嘛。

見面的會談中，阿O詢問亞斯博士對建設項目的看法。他的眉

宇間浮起陰翳，坦承：根據初步設計文件，這條路在甬城段要穿過地震斷裂帶和大片軟土基農田，還有穿山隧道三個，平均每公里造價上千萬美元。對建築難度他們有技術上的把握，而車流量根據他們的實測，卻很不樂觀，對預計通行費收入的測算持謹慎的不同意見（說白了就是不信任）。現在，他們仍在與公司高層溝通，商議如何解決問題。目前看來，似乎公司決策層對這個建設項目沒有足夠的重視。

儘管是委婉的辭令，還是讓阿O明白了處境尷尬。

來歐洲轉一圈空手而歸？

阿O不擅巧言令色，更不想哄騙人。心裡明白：設計院編制的項目工程可行性報告是"可批性報告"，是報國家交通部審批的"規定動作"。交通流量預測，是根據擬建公路等級的相應要求倒算編制的，"OD"調查資料及據以測算的數學模型搞得很複雜，阿O看出問題卻在項目會審時沒有提出質疑，因為從地區經濟發展需求來看是必要的，"東方大港"伸向內陸腹地應有高速双向四車道的大動脈。而作為項目投資者來說，必須對預期回報有可靠的論證，亞斯博士的測算方法是傳統的，保守的，但在專業領域是普遍認可的。但亞斯博士沒有言棄，就還有爭取的希望。如何說動他呢？

面臨的局勢，阿O綜合各方面因素思考，腦海裡出現一個卦像：上"坤"下"艮"，山埋在地下，巨而不顯，"謙"。要有信心，把項目建設的重大意義及其利益發掘出來。

卦辭：亨，君子有終。

上六爻辭：謙謙君子，用涉大川，吉。

謙，就雙方利益平心而論。不要只從己方考慮，也要從對方的角度著想，才能跨越鴻溝，達成共識。

在接下來的遊覽中，無論在金碧輝煌的皇宮，在花團錦簇的茜茜公主陵園，甚至在仰慕已久的約翰·斯特勞斯的金色塑像前，他都有點魂不守舍，腦子裡轉著說服對方的種種辦法。

漫遊到一個攤販群聚的街心市場，大家自由選購一些異國小玩意或旅遊紀念品。阿O沒興致，和亞斯在街邊咖啡座喝德國黑啤閒聊。亞斯介紹說："這是歐洲第一個火車站遺址，建於十九世紀三十年代，至今還保留了當年的站房，這軌道是歐洲第一條現代意義上的鐵路，通向巴伐利亞……"

阿O靈機一動，說："我記得有個故事，說當年罗斯柴尔德家族的薩洛蒙，向奧地利皇帝提出建這條鐵路的申請，頑固保守的皇帝居然很爽快當即答應了，轉背卻和大臣們笑話薩洛蒙，'這下他該破產了！因為現在這條驛道我了解過，車馬稀少，每天沒多少客人和貨物，他投下那麼多银子，靠這點運費能收回麼？'沒想到，铁路建成後第一天就把後三天的票都賣完了，客貨兩旺。"

亞斯說："大學讀建築史的時候我也聽過這故事。有史料记载，投入營運後的第一年，1840年客運量就達二十多萬人，貨運量也超過2,900萬公斤。鐵路哪是馬車道可比的？原本視為畏途的人，見往返便捷，也要探親、觀光去走一走。商人也發現商機了，鐵路促進了兩地的經濟交流和沿線資源開發。"

"是啊，兩個不同檔次的運輸能力，運輸量自然不可比！運輸能力和运输需求的關係應以黑格爾的辯證法來看，運能也會拉動运輸需求。"阿O見談得入港了，認真說道：

"甬城和婺城之間現在是有一條公路相通，但翻越剡界嶺的一段盤山公路，路狹彎急，載運40英吋的國際標準集裝箱的卡車過不去，所以您辛辛苦苦到盤山道上實測的車流量，和高速公路修通後的車流量根本不能比。就像馬車道和火車道！"

"對啊！"亞斯摸摸自己的光頭，"現場實測時，就沒見過大型車輛通過。按經驗，用現在的車流量，比照以前車流量統計數據，再以這增長率推算未來……"

說著，自己先笑了："那不還是在'馬車道'上麼？"

在旁的譯員是奧籍華人阿季，伸出大拇指衝阿O比劃，用漢語說："說通這認真又固執的老頭不容易哦！"

當晚，在酒店一間會議室，雙方打開項目設計總圖討論。阿O審視圖上的剡界嶺等高線，用鉛筆標出那條不被注意的現有公路曲曲彎彎細線，再標出路的寬度、轉彎半徑，說明通過能力。接著，在東端標出甬城港口設計能力和現吞吐量，又在西端標出三省通衢的婺城，其外貿進出口總值及近幾年增長率，還從其他港口的運距，國際航線一級集裝箱班輪密度，說明其選擇甬城口岸的合理性。

最後，以另一条甬城到吳城高速公路建成後，沿線城鎮的經濟增長，說明了高速公路對經濟發展的拉動效應。

亞斯博士雖說是建築方面專家，在經濟方面也是一點就通，像發現了一座大山似的潛在利益，心裡已基本認可阿O的解釋，眉宇間漸漸開朗，映現藍天白雲。於是，他決定帶大家去薩爾斯堡，讓阿O直接跟彼諾公司高層說說。

第二天上午，陽光明媚。他們坐車去薩爾斯堡，出城後，一路是高速公路，兩邊風景如畫，一個個小鎮如畫冊中的童話王國，美不勝收。中午在休息區吃過簡餐，剛上路，遇到前面一段路在修，車輛緩行，阿O拍下一段畫面：

路邊一臺鎬頭機在工作，"咚、咚、咚"的開鑿待修路面，坐在操作艙裡的是一個年輕人。近處，有輛紅色跑車停在路邊，應是他的座駕，上下班的交通工具。

"真令人羨慕！"郁總也注意到了。

"筑路工人薪酬很高麽？"助手小貝問。

譯員阿季也看過去，說："這跑車又不貴！"

"什麼時候，我們的工人也開跑車上工地，腦體差別就消滅了。在奧地利，'三大差別'基本看不出啦！"祝主任感慨，也有恭維主人的客套成分。

亞斯聽了翻譯的解釋，莫名其妙地发一通议论："奧地利的貧富差距街面上看是不算太大，但這社會分配制度並不好。懶漢不工作，拿的社會福利不少。上班工人的收入扣除稅金，也多不了多少，積極性缺缺。"

阿O問："奧地利所得稅率很高麽？"

阿季说，企业所得税25%，个人按收入累进所得税21%~50%，社会高福利当然要高税率支撑。阿O心裡又轉起小九九，項目投資回报菲薄，再扒去重税，自然缺乏吸引力。自己还需構設項目運營收入避税的方案，以提高項目投資效益。

薩爾斯堡是個小城，一條小河從城中流過，把城區分為兩半。這條河上游的不遠處有個鹽礦，中世紀在河畔建起城堡，扼守這條財源。對岸是現代開發的新區，彼諾公司總部的所在。由於公司總經理的會見有待安排，他們先在古城逛逛。

薩爾斯堡的主教座堂，歷經幾度毀建，混合了巴洛克與羅馬建築的風格，是城中最重要的宗教聖地。教堂正面有三個象徵着信仰、希望、愛的青銅門。走進教堂，他們對內部的雕飾、壁畫讚嘆不已。

據說，莫紮特在此受洗。教堂前廣場，每年會舉辦音樂節，紀念這位繆斯之子。阿O尋找這神童的痕跡，卻未免有點失望。

阿O繞著教堂轉了一圈，在左後側歷經滄桑的斑駁外牆上見到一個神龕，嵌著受洗嬰兒雕塑，想必是莫扎特了。他攝下了這古跡，覺得作為夏敏新出的歌集封面應該不錯。

斯人已逝，但在阿O心裡卻音容笑貌犹存，无法忘怀。

踽踽而行，月光下沙灘一片空曠，浪花似一群頑童簇擁而來，嬉笑鬧騰，又悄然退去。安謐的海面上， 微風送來若有若無的低吟淺唱，傾耳細聽覺得很熟悉。循聲覓去，遠遠一簇嶙峋礁石上，有人撥弄豎琴，波光閃爍中看不真切。興沖沖跑過去，漸漸顯現礁石上撫琴的是美人魚，忽一陣海風吹散她秀髮，露出酷美的側臉。

"夏敏！"心底聲嘶力竭地呼喊，卻發不出聲。

正着急，似乎她听到了召喚，回眸看过来。一道闪电划破夜空，脸庞可怖的瘢迹映现，是匡姐！

阿O驚醒，是同室的小貝拉開了窗簾，耀眼的陽光直射進來。該起床了！今天的會談決定此行成敗，阿O強打起精神，早餐喝了兩杯義大利炭燒咖啡，鬥志昂揚地來到彼諾公司總部。

在會議室等待他們的談判對手，卻不是總裁路德先生，而是兩個年輕的華人，以及一些彼諾公司的工程技術人員。亞斯博士解釋，路德先生臨時有事要處理，先由公司特聘的這兩位諮詢師搞清一些問題。他們是新加坡出生的華裔，現供職於國際著名的"水房"諮詢公司，操一口倫敦腔英語。其中一位能說華夏廣東話，帶著職業的微笑與他們打招呼，但一進入專業性很強的問題，就是滿口英語了。有阿季和小貝兩個翻譯，交流倒不困難。

首先，是關於交通量的問題。他們認可阿O的公路拉動經濟，運能拉動需求的理論，但要具體核實未來車流量預測的數學模型。

這枯燥的專業對話，祝主任和郁總根本聽不進去，讓"下面專業人員去做具體工作"，他們只要最後決策把關就是了。於是，彼諾公司體貼地安排他們去觀光遊覽。

整整一個上午時間，在數據和公式中流逝，阿O和小貝證明了新的流量測算是合理的，而且是保守的。

用過簡餐，下午接著探討的是法規、政策和操作模式。

第一道坎，是建設用地的征遷費。阿O主動說明，根據國家最新頒布的政策，給農民的補償大幅度的提高，並且提供了據以測算的新的項目建設總投資及未來25年現金流量表。

雙方難堪的氣氛中，阿O跳出利益博弈，把思路引向高端：

"以前為了國家建設，對農民的補償太不公平，現在好多了。我們有幸付出這些代價，見證了華夏社會的進步。我提議：該為見證這社會進步而乾一杯！"

隱在背後的路德先生不知道會怎麼想。在座的專業人士對原來的項目土地征遷成本之低驚訝，但有利於己方自無異議，聽阿O這麼一說，倒也不是沒有共同的人文情懷。一位工程師拿來瓶威斯忌，大家為華夏的社會進步碰杯，有說有笑。

這也算是枯燥而緊張的會談中，一個放鬆的小憩。對方隧道工程部總經理穆勒先生提問："華夏現在公建項目給農民的補償約是畝產的8倍，還會再提高麼？"

"政策不能頻繁調整，起碼五年內不會變。但隨著社會經濟的發展，肯定還會提高。"阿O又回到現實利益計較，狡黠地笑道："我倒是期待再提高，無論是為農民還是為項目運營著想。"

穆勒不理解。"水房"的諮詢師解釋：那就意味著項目公司的資產增值，因為重置成本提高啦！

接下來的會談氣氛融洽得多。對方提出關於項目建設的施工組織、質量監管、工會和勞動保險，以及建成通車後收費及養護管理等等問題，阿O一、一解答，顯現了法規、政策以及相關專業知識積累和理論功底。討論重點轉到政府的稅費上，阿O建議彼諾公司在香港設立投资公司。

"這是為什麼？"穆勒大惑不解，扯遠了吧。

阿O說了自己思路："香港公司向奧地利本部借款，转而出资在甬城设立项目營運公司，资本金为项目总投资的35%。總投資的65%可在当地银行融资。"

這與通行的BOT模式有所不同，但沒違背原則。

"水房"咨询师聽進去了，解釋道："香港公司的企業所得稅只15%，个人按收入累进所得税只2%~17%，况且投资收入来自埠外可免税。該地區的稅法穩定，項目投資回收期內可確保無虞。"

彼諾公司的商務主管眼睛發亮，打開了思路。於是重新構設投資建設的運作模式：讓亞斯博士在香港註冊一個投資公司，彼諾公司以借貸方式注入資金，轉投入甬城項目公司作為資本金。這樣，項目建成投入運行后，回收投資通過香港公司還給奧地利公司，回收借出资金无需課稅，此乃國際通行準則。

利潤留存香港公司，作為業務開拓基金。香港不设外债额度管理，资本流动自由，可以根据业务开拓需要在全世界调配。要调回奥地利，有多种渠道合理避税。

阿O又介紹了華夏政府吸引外資的優惠政策：項目公司的利潤可以爭取"二免三減半"。

幕後，路德總裁與決策層同僚商議，認為這樣彼諾公司可以較小資金投入，獲得一個偌大的建設項目工程業務，又規避了奧地利政府高稅率的盤剝。索性籌措一筆資金放在香港，作為打開華夏乃至亞洲宏大基建市場的基金，滾動發展。

這為對方謀劃之舉，事後有人質疑。阿O的回答是：为合作的成功，替談判对手考慮，就是帮自己。吸引外资的优惠政策，我們應該用足、用好，發揮其應有的作用。至於BOT規則，沒規定投資建設企業的資金籌措方式及來源不是？

對這冒傻氣的"謙謙君子"，當時祝主任也不好說什麼。

對方聘請的譯員阿季，在一天的會談結束後也是緊張得出了一身汗。在晚餐時，不無感慨地對阿O說：

"我常為華夏來奧地利公幹的人做翻譯，經歷過數不清場次的會談，如此高強度的是第一次。你們這麼敬業、專業，我作為華夏人與有榮焉，以前常為那些腦滿腸肥的來訪官員而羞慚。"

二、秘訣

轉機來了，阿O提出要考察彼諾公司的工程施工能力。在彼諾公司決策層要研究作出決定之際，這也是策略上的考慮。

彼諾公司派出穆勒先生，帶客人去看看正在施工的現場。穆勒親自開車，把客人拉到薩爾斯堡機場角落的一個會所，登上私人小飛機，直飛德國。在空中他是"乘務員"，還說如果沒有你們貴客，他是自己駕駛飛機的。到了法蘭克福機場，他又從地下停車場開來一輛奔馳S600轎車，載著客人上了高速公路。這條路是不限速的，上路後車速直飆到120邁爾，也就是時速近200公里，想舒服點的副駕駛座上祝主任嚇得臉色蒼白。後來他寧可擠在後座，讓阿O去享受。

很快到達一個在建工地，彼諾公司正在為輕軌列車穿過公路打隧道。穆勒當場在箱式移動辦公房裡打印出一份彩色圖紙，帶著客人戴上安全帽進入隧道。隧道已打通，工人們正在做鋼筋水泥被覆。頭頂"刷刷刷"的無數車輛高速通過，施工過程高速公路通行從不間斷，是鋼結構支護下作業的。阿O看了下圖紙，穹頂離路面不到2米，不得不佩服人家的施工組織及技術。

接下來，他們又驅車去看了阿爾卑斯山上建成的公路、橋樑及隧道。途中一路看到彼諾公司的斐然業績，穆勒在幾處駐車介紹，言詞謙虛，但神情卻透出對自己工作成就的自豪。

最後，來到荒涼高山的一個在建工地。移動辦公房兩間，只有3個人主持施工，1名是總工程師，他給客人煮咖啡、烤熱狗，給客人講解工程任務、施工組織，還親自開越野車帶客人到現場考察。兩個山洞的隧道還未打通，中間山溝位置見到了一位還在做測量的工程師，他說打這隧道是采用傳統的爆破掘進工藝，並介紹了施工作業的組織安排。時已黃昏，工人們下班走了，作業面還有硝煙味，但整理得很整潔。再察看洞壁，切面較為規整，與他們以前在國內隧道工地所見相比，顯見技術高明得多。

聯想到薩爾斯堡參觀過的那個手工開鑿的古隧道，阿O相信彼諾公司這些建築技師，還真有前輩工匠技藝傳承。

討論起施工組織安排，祝主任鬱悶：鑑於以往高速公路建設中出現的嚴重腐敗問題，他打算以後在工地指揮部派駐紀檢書記，怎麼也得給書記大人配秘書、幹事（兼司機）吧，可人家的指揮部總共就三個人！阿O解釋，人家社會專業化分工合作體系較發達，可按計劃安排專業隊伍進場施工，混凝土也是商品化的，後勤如吃飯問題也比較簡單，我国一時還做不到，但"一專多能，精兵簡政"還是要學的，否則衙門大了自己會給自己製造出許多事務來。

祝聽來像是諷刺，當場卻夸阿O能正視國情。又問：

"那麼建築隊伍應該不可能從歐洲帶過去吧？"

"想必是調派骨幹技術力量過去，施工隊伍就地招聘，不然遠程調遣費根本吃不消，人工成本也不可比。"

祝有點動心了，為這工程業務找他的人可不少。想必，阿O是說得上話的，得和他處好。

終於，彼諾公司總裁路德先生出面約談。

回到薩爾斯堡，雙方在公司會議室剛坐定，阿季就把阿O請去另一個房間，說他們要先單獨談一下。這不正常，但為達成協議，阿O還是不忌猜疑去了。路德先生等候在房間裡，其實他已掌握了會談的全部內容。開門見山，他提出：彼諾公司願意投資建設這個項目，要求阿O為彼諾公司工作，並給阿O股份。

其理由：彼諾公司剛完成在華夏腹地的一項黃河引水工程，項目負責人回國匯報，說華方開始什麼都答應，進駐開始施工後，遇到問題找誰都不管，踢皮球。他們人地生疏，吃足苦頭。

阿O拒絕了，但表示理解對方的顧慮，項目建設及以後經營過程，可設法在合作協議里保證華方的配合。

阿季是北京人，改革開放之初來德國自費留學，娶了個老婆是奧地利政府的公務員，但對祖國還是心心念念，毫不諱言希望促成項目合作。他對阿O的拒絕很不理解。

回到會議室，他私下用漢語對阿O說："看看，坐在你對面的兩個華裔年輕人，"水房"給他們的年薪以人民幣計算不下百萬元，我看除了一口倫敦腔英語，專業水平還真的不如你，你就甘心拿微薄的工資？"

"他們是為資本家賣力，等價交換是該拿到這勞動報酬。而我，是為祖國建設效力，奉獻也是應該的。"

"你的思想還停留在我出國的那個年代。"阿季痛心疾首，說道："聽北京的朋友說，現在資本家都可以入黨了！宣傳風向也變了，說能賺錢表示他對社會有貢獻，賺得越多貢獻越大⋯⋯"

聲音壓得很低，阿O的腦子卻被震得嗡嗡作響。他是被開除出黨了，卻仍以共產黨人自居，近來沒讀黨的文件落後啦？

阿O固執己見，使談判又陷入了僵局。

翌日，亞斯博士從中斡旋，提出雙方合資成立項目公司，奧方出資90%，華方出資10%，並要求阿O出任項目公司的董事長，彼諾公司委派總經理負責工程施工。

以這種方式可以打消彼諾公司的顧慮，但與BOT的政策規定不符。甬嵊高速公路甬城段29.8公里，總投資24億元，項目公司資本金8.4億元，10%僅8,400萬元，這點錢無非是個配合責任的保證，郁總心動了。他讓阿O和小貝繼續深入業務洽談，自己跟祝主任先行回甬，向鄭局長面陳並請示。

鄭局長又請示市政府，沒有得到答覆。

正好，由許市長親自帶隊的考察團到達維也納，這是歐洲六國之行的最後一站。他一下飛機，見亞斯博士領著阿O到舷梯旁迎接，喜出望外，缺憾是阿O手裡竟沒捧束鮮花。

阿O特意空著雙手，是想幫著扛行李。自己人該實在不是？

這是此行從未有過的待遇，他們被直接引入貴賓室，通關手續自有服務人員去代辦，賓主寒暄一番，用過茶點，由車隊直接送到皇宮近邊的安娜大酒店。

路德先生已擺下宴席，恭候大駕光臨。法式大餐十六道佳餚次第上席，琥珀色紅酒觥籌交錯，賓主盡興。宴罷，亞斯博士又陪同貴賓去金色大廳欣賞莫扎特音乐会。

席間，許市长已聽小季打了"小報告"，聽進去了，授意阿O和奧方先按亚斯建議擬訂合作方案。阿O和小貝留下來，又跟"水房"兩位高手開始磨嘰：退一步，同意參股10%以示利益與共，確保華方配合；進一步，項目工程需通過公開招投標，乙方须在項目建設开工前，按"菲迭克条款"出具银行保函。

對此，亞斯博士思前想後，認為自己將是工程甲方的控股人，不怕人家玩貓膩，無論是資質還是在經濟技術方面，彼諾公司有足夠優勢在競標中勝出，也同意了。直至深夜，合作方案才搞定。

阿O起草協議，小貝用便攜打印機製作英文本，完成后已天亮。阿O先去衛生間沖個澡提精神，出來時見小貝伏在桌上打瞌睡，推醒他也去洗洗。他一抬頭，鼻血雙管齊流，阿O急忙用毛巾去捂，扶起他要去找醫生，被他推開。

"有點頭昏，不要緊，先讓我睡一會。"小貝說著，四仰八叉朝床上一躺，閉上眼睛還嘟噥：“跟著你老大苦透啦！”

小貝沉沉睡去。阿O赧顏，替他脫鞋，再輕輕蓋上被子，躡手躡腳退出房間。在餐廳喝杯咖啡，吃塊三明治，又給小貝烤了他愛吃的培根、蒜香麵包片，再要杯牛奶，送到房間去。見他還躺著像頭死豬，只好找來小季商量。小季找來酒店的醫生，醫生翻翻小貝的眼皮，再掀開被子聽診心肺，把他折騰醒了。醫生嘀哩咕嚕跟小貝說了一通，小貝直搖頭，連說“No，No！”翻身起床，狼吞虎嚥吃了阿O弄來的早點。醫生聳肩，攤攤手，搖搖頭走了。

“醫生說，他累壞了！”小季告訴阿O，“還說可以把你這個上司告上法庭，罰你一大筆錢。”

阿O苦笑，說：“認罰。貝貝想要什麼，說吧。”

“今天怎麼安排？”小貝反問。

“亞斯博士安排大家去‘維也納海’觀光。”

“那就不陪你們了。給老子滾！”小貝把他們推出房間，關上門又趴到床上呼呼大睡。

蒹葭蒼蒼，白霧迷離。若不是遠近點綴著歐式別墅，還有古堡，恍惚回到了家鄉的東湖。

坐遊艇到一個小島上，迎接他們的是一群放養的天鵝。它們撲騰著爭搶遊客撒來的麵包碎屑，大膽的直接來啄遊客還拿在手裡的麵包，令眾人樂不可支。有一隻較小的黑天鵝來遲了，沒撈著什麼，大概看坐在長椅上的阿O老實相，它竟伸長脖子將腦袋鑽進他的上衣口袋找吃的。看阿O手足無措的傻樣，周圍人捧腹大笑。

午後，亞斯領大家到湖邊一個葡萄園酒莊，考察制酒的傳統工藝流程，還從酒窖選了幾瓶好年份的陳釀。他特意安排阿O單獨陪市長大人在酒廊品酒，讓領導靜下心來聽取匯報。

"太好了！"聽了基本談妥的合作方案，許急切拍板。這次歐洲六國之行，太需要帶回這實實在在的招商引資成果。"不要再猶豫，管他白貓黑貓。外商要個配合保證可以理解，空口白話不行。參股10%就這點錢麼，還不是花在自己的公路上。招商引資哪是容易，各地還不是各有變通的招儿？"

當下吩咐阿O："這份協議可行。作為市政府的首席代表，你可先與奧方草簽。再邀請他們到甬城去，搞個隆重的正式簽字儀式。我親自出席！"

"如果市長您親自出席，我想邀請薩爾斯堡市長也過去。"

"行麼？"許的兩眼放光。

"薩爾斯堡市長是亞斯博士的好朋友，政客也是很樂意為大企業開拓國際市場服務的。"阿O想得更多，試探道："藉此契機，若能雙方結成友好城市更好，對我市引進歐洲的資金、技術更有利。您意下如何？"

"阿O，你的確見識不凡。"許刮目相看，起了愛才之心。聯想到他在跨海灣大橋項目籌建的別出心裁之舉，想說：若再能促成此事，你來當招商局長！話到嘴邊又嚥下了，內心警迅：他是燕書記扶起來的。抿了口1962年的窖藏干紅，愜意地閉目咂味。沉吟著，又將目光轉向遠處湖面點點白帆，似有點神移。

近處，一條條趴在湖岸曬太陽的"美人魚"，比基尼裹不住妖嬈身段，倒令人不好意思逗留目光。

陽光明媚，湖面拂來和煦微風，阿O也醉意微醺，放肆地欣賞美色。邁過又一道坎，打通甬婺線有了成功把握，不由得開懷多飲了幾杯美酒。佐酒的黑橄欖，嚗在嘴里別有滋味。

"阿O，你在香港公司工作時，與潘媽同志很熟吧？"許市長沒來由地問，"印象如何？"

"不錯，是個聰敏能幹的同事。"阿O留口德，與人為善。

"唔，還是個漂亮的大家閨秀！"許正視阿O，似笑非笑："她還在我面前誇過你。"

"哦哦，"阿O信口支吾，還是心不在焉。

真木訥！許想想算了，還是親自說破吧。他咳嗽一下，清清嗓子，正經地說："阿O，你年紀也不小了，該成個家了。娶個合適的姑娘，也有利你的進步！我看你就……"

"市長，我有對象啦！"阿O慌忙攔截話頭。

"我知道，那個小婭。"許皺起眉頭，認真審視眼前這小子，真不知是聰明還是笨："你還不知道吧，她老爹出大問題啦！"

"聽小婭說，辞職了，病重住院。"阿O知道这层关系瞞不过有心人，索性追問："究竟什麼問題？"

"還在審查，組織上未下正式結論。不過私下已經傳開，老幹部忿忿說他比'四人幫'還壞，要一查到底！可惜啦，勢將牽累小婭，這丫頭命苦……"

阿O腦子有片刻宕機，沒聽清市長大人還說了些什麼。定定神，又綻開笑顏，自嘲："那又怎樣？我還是個勞教分子呢！"

"別自我作踐，沒人真拿你當流氓！"許的眉頭鎖緊了。有些話只能彼此心領神會，是不能說出口的，尤其是對隔了幾層的下屬。老首長的孫女算有眼力，也抓住了機會，我開了尊口，這小子還不屁顛屁顛的？

不都是樹倒猢猻散么？眼前這聰明人，還真癡情？

許不是心血來潮，是受潘媽的母親之託。在香港初見阿O時，潘大小姐對"扔到大街上找不出來"的這小子沒感覺，後來關注他的作為越來越被吸引，購併老牌上市公司的空手道更是令她驚艷，只是那個中秋晚會之后再也沒機會親近。

其實，她有心跟他身邊的歌姬爭妍一番，找機會損他的心思也挺複雜，不慎失身於鄔少華，熄了心思。

近來，在外公那裡聽到高層爭鬥的風聲，她的心又活了。

雖然中央領導沒有趕盡殺絕的意思，甚至有人是同情的，但犯了眾怒豈能善了？小婭跟著倒霉是遲早的事，辯證地看，就是自己的機會。誠然，自身已非完璧，好歹還是名門千金。才高八斗的司馬相如，不也娶了卓文君？阿O對一個備受蹂躪的歌姬都這麼好，想必不會有"處女情結"。夏敏的身世，她在鄔的案發時用心研究過，被阿O的義舉感動落淚，相比之下鄔的人格是一條令人厭惡的蟲。久已泯滅的少女時期英雄夢被喚醒，她無可救藥地陷入自己編織的情網。她要盡一切可能去俘獲心上人。

"你未婚，她未嫁。還來的及，好好想想吧！"市長大人言盡於此，聰明人該抓住機會。正好隨行的其他幾位幹部過來，許扯開話題，聊起別的來。阿O沒搭話，許以為他該有所觸動，認真考慮。

嘿，這傻瓜卻沒往心裡去，迷迷糊糊打起嗑睡來。

晚上，維也納城郊外，眾多山莊如繁星散落在山巒，沿著蜿蜒的山徑，一盞盞掛在各個莊戶門口的紅燈亮起，傳統是農家新釀的葡萄酒熟了，請四鄰及過客來賞光品嚐，現在成了旅遊經濟的一個熱點。亞斯請客人到一戶熟悉的農家，在葡萄架下露天野餐，把國會議長也請來了。

他叫F·葛培爾，看上去還像個充滿活力的年輕人，熱情洋溢，談吐幽默，穿著也很隨便。

席間，聽了亞斯委婉轉達的阿O設想，葛培爾拍案叫好，鄭重起身跟許市長碰杯敲定，馬上用手機聯繫薩爾斯堡市長。他們是一個黨的，自然一拍即合。

此行成就，卻是多年後被追責的隱患，而當時則是皆大歡喜。阿O卻沒一點好心情，告罪離席溜到山莊門外，拿手機撥打國際長途和小婭交談。忽見眾人送國會議長出來，阿O趨前相送。

"Wiedersehen!" 葛培爾瀟灑地揮揮手。他還要去趕下一個約會，伸手去拉停在路邊的一輛跑車車門，阿O伸臂攔住：

"您，喝酒啦！"

他愕然。小季忙上前解釋阿O的好意敬告。他聽了哈哈一笑，立正，張開雙臂，先用左手的食指點自己鼻子，再用右手的食指點自己鼻子，準確無誤。小季在旁說明：這是奧地利警察攔路查醉駕時，要求司機做的標準動作。

阿O懂了，歉然一笑。

葛培爾一樂，張臂來個擁抱，又掏出一張名片，鄭重遞給阿O。對小季說了幾句，拍拍阿O的肩膀，轉身鑽進跑車，啟動，一溜煙走了。

小季對阿O說，"他說你是個好人，記住你啦！"

"阿O，他可是和李鵬委員長一個級別！"市長秘書有點吃味，悄悄問："阿O，你跟老外打交道有什麼秘訣？"

阿O一愣，想了想，誠懇道："謙。"

"謙虛？謙恭？謙和……"怎麼也想不到八卦上去。阿O不知怎麼解釋，只好連連點頭，"對對對。"

三、殤

甬婺高速公路建設甬城段項目合資公司正式成立。同時，由於亞斯博士居中斡旋，甬城和薩爾斯堡結成了友好城市。

項目貸款阿O心裡有底，在奧地利談判時他就通過小婭獲悉，國務院總理要推出重大的經濟刺激方案，央行將降低準備金率，放寬銀根。果然，多家銀行主動找上門來，國家開發銀行的省分行也想做，開出利息要求也是最低的。不過，這政策性銀行從未對外資控股企業放過貸款。

於是，阿O又親自跑北京去遊說。

小婭老爹的事，在北京高层引起震动，但被严密封锁消息。明面上，小婭还没有什么波及。這幾天她忙于筹备大通银行香港上市，沒陪阿O去国家开发银行。

"見到行長了麼？"小婭很關切，

"沒，我級別太低。"

"要不……我抽個時間陪你去！"

"不用，敏感時期妳更要謹言慎行。"關照之餘，阿O還有點小得意，"敝人已說服主管局長啦！"

"哦，別是拉人家去'天上人間'注吧？"

"哪能？！"阿O覺得被鄙視了，申辯："我們就在胡同口吃餃子，是他領我去的。他解釋了政策性貸款的對象、範圍，我說咱先把現行規定放一放，請教：目的或初衷是什麼？本意不就是為推動國家基本建設麼！能拉動社會各方面資源，包括外來投資，共同建設我們國家，豈不更好？"略去討論過程，阿O擇要說：

"我還給他講了個故事：當年第一個到蘇聯投資的美國資本家阿邁德·哈默，也曾向蘇維埃銀行借款。由於沒先例，銀行向上級請示，列寧不但同意，還親自接洽，稱他為'哈默同志'。"

"嗯，這故事對我也很有啟發。"小婭聽進去了。

"那位局長認同這理，說似乎符合行長的改革思路。"

國家開發銀行批准了中外合資企業的貸款申請，阿O首開先例。簽訂合同時，阿O認真審閱，又提出多處修改要求，包括利率優惠。標準合同修改是要報請總行同意的，省分行主管信貸的沙副行長煩了，說："剛與X市簽了約，合同文本人家連看都沒看。"

"人家是官員！"阿O正色道："我在商言商，這筆貸款可是每一分錢都要還本付息的，能不計較麼？"

沙親自赴京請示，把這話也傳上去了。總行領導賞識阿O的態度，不僅同意去掉霸王條款，修改了原則性很強卻操作上不明確時點、步驟及責任的條文，而且答應了阿O的"最惠國待遇"要求，即：以後若對類似項目貸款有利率優惠，可同等享受，依例調整。

阿O作為董事長，卻沒在項目公司領取工資。亞斯博士再次要他接受股份，又被拒。現在身為國家幹部，不是什麼錢都能要的，就連以前香港上市公司的工資也是上繳的，彼諾公司的股份他更不會要。為這項目跟蹤服務的小季說：你會後悔的。

甬婺高速公路甬城段順利開工。

這時候，小婭傳來噩耗：老爹腦溢血死于協和醫院。

小婭沒讓阿O去奔喪。例行告別儀式辦完，她就捧著骨灰盒來到甬城，岳母也抱著嬰兒小雯子隨同而來，阿O開車到機場迎接，直接送到東湖老家。

"爹是被活活氣死的！"

伏在爺爺的懷裡，小婭這才放聲大哭，訴說："爹主張取消幹部特供待遇，還提議幹部申報財產，高層帶頭公示……遭到圍攻，說他居心叵測！"

"捅了馬蜂窩呵！幾大家族群起攻訐，說他比'四人幫'還壞，往死裡螫！辭職了還不放過，屑小輩反誣他經濟上有問題……"岳母泣不成聲。襁褓中嬰兒跟著大哭。

倔老頭撫著骨灰盒，老淚縱橫，仰天長吁。

"好兒子，好兒子，我的好兒子！"

三聲呼畢，暈倒在地上。阿O急忙掐他"人中"穴，又猛拍他後背，逼出堵心的一口痰。在家人搶天呼地中，他悠悠醒來，睜開渾濁的老眼，說："都不許哭！武將死戰，文臣死諫，沒白耗老百姓的糧。我兒子死得其所！"

生受於天也，命所遭於時也。

夫人道者，全性保真，不虧其身，遭急迫難，精通乎天。若乃未始出其宗者，何為而不成？死生同域，不可脅凌。又況宦天地，懷萬物，返造化，含至和，而已未嘗死者也。

阿O沒掉淚，高誦《通玄真經》，為敬仰的長輩送行。

陶公山矗立無語，默默將魂歸故里的遊子融入懷抱。秋風肅瑟，蘆荻蕭蕭。山下湖波浩蕩，拍打著蜿蜒的王公堤，浪花飛濺，濛濛霧氣遮天蔽日。歸途上，經過王安石廟，阿O將提籃裡剩餘的一索香點燃，全插在廟前的石鼎，長揖無語，內心如湖水激蕩，為古今改革者的下場悲慟。

當年王安石被朝廷貶黜，還能在東湖興修水利，與民稼穡同樂，岳父卻沒這好命。

回想起岳父家品茶論道時，他的憂國憂民之論，睿智豁達的點評，感慨萬千。誠如計然所言：君子能為善不能必得其福，不忍為非而未必免於禍。自古忠臣無好死，同鄉前輩方孝孺被拔舌扒皮的下場，怎不令天下讀書人心碎膽寒？

骨灰盒葬入祖塋，山上歸來倔老頭就病倒了。岳母堅持留下來照顧老人和嬰兒，打發小婭回京幫她到社科院請長假，後來乾脆辦了"內退注2"，單位領導還算念舊情。北京的四合院，倒是按逝者生前的那個提案，由國務院機關事務管理局收回去，另行安排。

送走小婭，阿O在東湖盤桓幾日，留下身上全部現金，為方便岳母去集鎮採購，把肖總借給他的越野車也留下，獨自到碼頭，搭乘旅遊公司的"水上觀光巴士"回甬城。船員認識老領導，任他在甲板逛悠。

人世幾回傷舊事，山形依舊枕寒流。

河道兩岸風光較前些年有所改觀，攔江大壩建成后，沔寬的水面方便行船，航道穿行在山巒之間，景致宜人。王安石留下的詩篇浮上阿O心頭：

山隨碧浪翻江去，水映青天照眼明

喚取仙人來居此，莫叫辛苦上層城

出世之念油然而生。想那楚國大夫屈原在江邊遇到漁父，何不隨他而去，泛舟五湖？自命清高，瞧不起尋常江湖人罷了。空懷大志，徒有豪情，可惜了絕世才華！

阿O揣摩史籍記載，這漁父應是計然，心目中的經國濟世大師，他成就了越王的霸業，被奉為上大夫卻拂袖而去，復歸於隱江湖。而今何處去覓他的足跡，何從追隨？

楚人的滄浪謠，就出於看破世情而豁達的計然之言：

混混之水濁，可以濯吾之足；泠泠之水清，可以濯吾之纓。

出了山區，進入城郊平原。由於水盛，農田灌溉便利，昔日鹽鹼田也被改良，眼前一片金黃，稻谷豐盛。太平盛世景象，讓阿O驛動的心漸漸平息。老百姓但凡有口飯吃，總想安居樂業，再苦也不願折騰。為民請命者死了便埋了，天下依舊安寧。

時勢非復當年，社會畢竟進步了。方孝孺株連十族，滾滾人頭落地，阿O的頸上人頭還在，還能思考。五彩繽紛的理想似肥皂泡破滅，正視現實，一夜之間成熟。若能望氣觀色，可見這顆腦袋冒的傻氣淡了許多。

抵甬，阿O辭去一切職務，隻身赴約，去為鄧老闆打工。

在機場的候機廳，他意外見到久違的潘媽。雖然他沒向任何人告別，黯然出走，潘大小姐想要抓住這心目中的"潛力股"，還是有神通掌握他的行蹤。

今天她特意打扮質樸，為心上人一洗丹華，由於近來消瘦許多，身材苗條，顯得清純。女為悅己者容，也得看怎麼取悅。

央求老媽拜託許市長試探，許的反饋是對她很有好感，可是他"一根筋"，勸她別委屈自己。她卻更加好感：這才是靠得住的！

甬城傳聞：港商50億投資的條件，竟是挖走一個幹部！

這不是小道消息，是談判桌上公然攤牌。再一次被震撼，她再也抑捺不住，不惜唱齣"凰求鳳"。她懷裡揣著一張王牌，是著名央企聘書，溺愛她的外公煞費苦心搞來的，多少人巴望的職位。

你不是"能做事也想做事麼"，同志哥！

被機場工作人員請進貴賓室，阿O腦袋裡一團漿糊，見到潘媽有點莫名其妙，她說些什麼也沒聽進去。當她掏出一封聘書，隔著茶几推到他面前，才冷然清醒。大紅聘書夾著一紙16開文件，蓋著鮮紅大印。看了看，他笑了，笑容燦爛，語氣卻苦澀：

"我已受聘鄧氏集團，不能言而無信。"

是的，在50億投資談判桌上的籌碼，怎麼可以自己溜了？阿O有這個覺悟，輕輕將聘書推回去："妳的好意心領了。"

刺我行者，欲我交；咎我貨者，欲我市；行一棋不足以見知，彈一弦不足以為悲。

阿O已看破世情。航班登機的最後召喚響起，阿O起身告辭。小媽也起身，一時衝動想抱住他，終究還是守住了大家閨秀的矜持。望著他的背影又有后悔，為什麼沒勇氣？不是說，"女追男，隔張紙"麼？她心念一轉，去買了一張飛香港的機票。

阿O卻是取道澳門，看望張先生。恰好他的三弟也在，幾年沒見，老將軍已顯得比他哥還蒼老，已離休。提起女兒，他勸阿O絕了念想，未開口先垂淚，自己又怎能忘懷。正好有個相關的重要活動，他們邀阿O同行，阿O毫不猶豫向鄧老闆請了假。

君士坦丁堡萬人空巷，人都涌到海峽兩岸觀望。

阿O站在王宮外緣的海岸，憑欄眺望。寬闊的航道已被清空，萬眾矚目的W號航空母艦，鏽跡斑斑，像一尊傷殘巨獸，被眾多小獵狗似的拖輪、消防船等前呼後擁著，緩緩穿過橫跨歐亞大陸的橋梁，通過博世布魯斯海峽。前方晴空萬里，水天一色澄碧，誰也不知平靜的愛琴海卻醞釀著可怕的風暴。

觀眾漸漸散去。阿O將手中的一索白玫瑰擲向大海，獻給心中敬愛的女郎。她人間蒸發，杳無音訊。沒人顧及他這邊緣人的內心感受，任海風吹乾淚水。海鷗盤旋低迴，聲聲呼喚著"愛，愛——"。

遠處，莫名的有人吹起口哨，是加拿大民歌《紅河谷》曲調。阿O的身邊有人隨之唱起來，嗓音沙啞蒼涼：

西班牙有個山谷叫亞拉瑪

人們都在懷念她

多少個同志倒在山下

亞拉瑪開遍鮮花

記得這是反法西斯國際縱隊的老歌，現在很少人會唱。歌聲剛起，阿O就尋聲看去，是那個已離休的老將軍在唱，心頭一緊，也跟著唱起來：人們都在懷念她⋯⋯

同時也有幾個姑娘跟著唱：我們將懷念你的微笑⋯⋯^{注3}

不同語言的奇妙合唱曲終人散，張先生招呼同來的朋友一起遊覽王宮。眾人的興奮還未平息，言談之間意氣風發，憧憬祖國海軍從此崛起。曾經，"她"遠嫁澳門要經過在這隘口，被種種理由堵回，不得不退到娘家黑海造船廠，搞得迎娶的雙律集團幾乎破產。明裏暗裏，有過多少驚心動魄的較量。因"9·11"事件，美國自顧不暇，讓"她"終於衝出了隘口。今天過路，據說由鄰國希臘作擔保才免交10億美元押金，實則華夏政府暗中給了拜占庭不少好處。

遊覽伊斯蘭教的聖地，阿O卻心不在焉，如蒙古包圓頂的清真廟宇，筆立的宣禮尖塔，以及鑲金鏤花的亭臺樓閣，異國風情也就領略而已。留在記憶裏的是王宮中珍藏的許多彩瓷，精美絕倫，有的清晰印著"大清康熙年制"。這是友好往來的歷史見證？類似珍品在英國王宮也見過不少，阿O視為華夏民族的屈辱。

晚餐後，阿O獨自出來遊覽，逛到獨立大街。石塊鋪就的路面，中間是電車鐵軌，兩側是各式歐陸風格的建築，店鋪燈火輝煌，行人摩肩接踵，好不熱鬧。

賣冰激凌店鋪外，聚了一群帶小孩的行人，圍觀耍雜技似的場面。夥計將小甜筒搞得神出鬼沒，戲弄小顧客，逗得人群爆出陣陣哄笑。附近有個標著"HAKKI ZADE—1864"招牌的商店櫥窗，陳列著花花色色精美糖果，吸引了阿O。自然是想起繈褓中的小雯子，他進去給她買了一小盒雜果仁碎屑飴糖，又看到無花果甜蘇卷買了一大盒，是孝敬她太姥爺的。

躑躅在獨立廣場，由於傷感沒好好吃晚餐，他餓了，被路邊燒烤鋪的火燎旋轉肉塔勾起饞蟲，割了幾片烤肉，卷張麥餅，拎瓶啤酒，到廣場中心的英雄塔下，坐下來享受宵夜。聞到肉味，一條碩大流浪狗很紳士地踱過來，卻無恥地朝著他直淌口水。他扯下一塊夾肉麥餅遞過去，它擺尾叼住，趴在近旁吃起來。他摸摸狗頭，竟然鼻子一酸，有物傷其類之感，覺得自己也沒有歸宿，卻是家國情懷未釋，可泣可笑！然而，手機鈴響提醒他，脖子上似乎有一條鏈子拴著，還不如流浪狗自由。

電話传来鄧老闆命令：速來香港總部。

鄧老闆收購星洲基建的10多億港元的資金，是通過李何淑儀女士向澳門一家財務公司借的，到期不敢不還。

大通銀行剛在香港聯交所上市，募集了大量資金。鄧找龍行長卻聯繫不上，聽說他已被隔離審查。總行行長正在香港坐鎮，鄧想求助於她不得其門徑，逗轉關係請京城高官打招呼也行不通。於是，高深莫測的賈生獻策，讓新來的阿O出馬，吹枕邊風。

注1：京城一家夜總會，以美女如雲、紙醉金迷著稱，也是官商勾兌之所。
注2：當時特殊政策，允許未到退休年齡的職員離職，單位內部發退休金。
注3：加拿大民歌《紅河谷》與這首國際縱隊的老歌同一曲調。

四、訣絕

還是灣仔公寓12樓那套房間，阿O從星視集團接手租約，依舊住下去。房間擺設都是原樣，連客廳的折疊沙發床都沒拆，他總覺得夏敏不知哪天會忽然回來。小婭來探望，覺得溫馨，索性不回酒店，兩人自己動手做了一頓晚餐，對酌起來。

擎起紅酒杯，她右手無名指戴的鑽戒，在燈光下閃爍。

"敬夏姐，願她在天之靈安息！"

阿O默默與她碰杯，默默乾了。懷裡流過一道暖意：小婭真好！重情重義，真非尋常女人可比，得妻如此，夫復何求？給我金山銀山也不換！他把親手煎的盎格斯牛排切成碎塊，推讓到她面前，看她嘗了滿意，又舉杯相敬：

"祝賀妳把大通銀行推上市，幹得漂亮！"

"有國家在背後支持，這算不得什麼。"喝下酒，她臉色酡紅，嬌艷不可方物。阿O看呆了，忍不住贊嘆："妳真漂亮！"

"夏姐才真叫漂亮！"她忸怩著不好意思，又聳起眉頭說："要是她也在，我們一起喝該多好！"

阿O想起重逢定情的那晚，喝得有點稀里糊塗的，入耳的戲謔越來荒唐。"來來來，今晚是咱們的秘密婚禮，一起喝個交杯酒！"

"叮——！！！"碰了杯，阿O不知所措。溫柔鄉里，杯中酒被兩個美人輪流嘴對嘴渡入口中。留在記憶中的，真不敢確定是曾經的現實還是夢境。但那份恩愛，始終不能忘懷。

他想了想，問眼前人："妳讀過普希金的《阿里翁》麼？"

小婭略一躊躇，低聲吟誦起來：

我們很多人同乘在獨木舟上

有些人扯起風帆

有些人協力劃著插入深水的槳

聰明的舵手，默默倚著舵，把船駛向大洋

而我，滿懷憧憬，無憂無慮地

在向水手們歌唱……

忽然，她醒悟："你想說，她可能像這首詩的結尾那樣，被暴風雨推向海岸，還活在這世上？"

阿O鄭重點點頭。她激動地起身，到阿O身邊，把他的腦袋擁入懷中，無語。這個傻瓜，那麼癡情！以後自己也離開了他，他怎麼活下去？今晚，本想跟他說的話，怎忍心說出口？

今天，潘小姐來找過她，敲門磚是那封給阿O的聘書。她破例會見了，沒有出現兩隻雌貓發瘋相互撕咬的情景，平心靜氣的洽談結果，竟是她笑吟吟接受了冷酷的無理要求。兩個敵對的女人達成共識，是為阿O的前程著想。

小婭知道，背後不可名狀的勢力，已對她張開血盆大口。而她，卻正在虎口拔牙。審核香港分行近幾年的資金流水，她敏銳地發現了可疑行跡，不動聲色追查下去，揪住了牽連國家高層幾個家族的資金鏈。有些人在利用大通銀行系統洗錢，把見不得光的巨額資金輸送到海外信託基金或BVI公司。

這些錢，若不足以啟動讓12億同胞免費醫療計劃，若不足以讓城鄉所有老人享有退休金，起碼也足以建希望小學遍及窮山僻鄉。可憐現代武訓還在磕頭募捐，呼號"再窮不能窮教育"。

老百姓的血汗積累，卻被那些黨內蛀蟲巧取豪奪，化為背棄祖國的子孫們奢靡生活開銷，下幾代還花不完。從貧苦的青藏高原下來的"卓瑪"，心底躍起的火箭直可以燎天。在她充血的猩紅怒目逼視下，龍行長坦白了，自辯是"扛不住壓力"，自己分文未沾。

龍自身清白是可驗證的。小婭相信他，責令他閉門整理材料，自己接管了香港機構，嚴密封鎖消息。龍不負所托，梳理出來龍去脈，證據確鑿。這材料是一顆重磅炸彈，足以使那些個道貌岸然的高官身敗名裂，那將引發一場大地震。

舍得一身剮，敢把皇帝拉下馬！

不想牽累尚未正式成婚的摯愛郎君。他還有機會施展才能，實現經國濟世的抱負。今晚，她要盡一個妻子的義務，把全部的柔情留給他。明天她將走向戰場，後果叵測。

溫馨的晚餐結束，該洗洗睡了。阿○忽然跪倒在她面前，向她苦苦懇求。不，不是為鄧老闆借錢，這他已斷然抗命，不惜回建築工地，和阿熊這些地盤工為伍。跪求所為何事？他從懷裡掏出一封信給小婭看，是吳城那位前未婚妻的來信。

"救救龍行長吧！小婭呵，今生今世我只違心求妳這一次。"

大驚失色的小婭，默默拆開來看。淚痕模糊了字跡的信箋，寥寥數語，仔細辨認著讀了，是兩首《訴衷情》詞：

沈園題壁鳳釵緣，誰為趙君憐？紅妝十里迎娶，博得強顏歡。呵護下，怎相瞞，藕絲連。此心何奈，忍痛劈開，各許一片。

這是拿唐婉和陸遊、趙士程的故事自喻，舊情難忘，愧對盛情待己的現任丈夫，何其糾結。

嫁雞隨狗命中緣，吞淚問蒼天。而今已作人婦，休再話當年。龍陷唔，忍無言，啟齒難。但求明鑒，莫使蒙冤，不敢攀援。

小婭見過那個大姐姐，也知她為遂老父心願而悔婚。唉，人生在世，不是誰都可以擁有愛情，對上對下有不得不承受的責任桎梏！幸而所嫁之人還不錯，她也認命了。顯然，這段時間龍行長被隔離審查，畢竟是夫妻，讓她揪心。

"起來吧，跪著幹什麼？向我求婚都沒下跪！"

阿O不肯起來，拉不動。她苦笑道：

"好啦，我自當明辨是非，給他一個洗刷自己的機會！"

阿O感激涕零，撲上去擁著嬌軀狂吻。壓抑已久的情欲賁發，縱情再三，盡歡之後沉入溫柔鄉里，直至日上三竿他才醒。小婭已離去，帶走了他買來給老人孩子的異國糖果盒，留下一份解除婚約的絕交信，還有潘小姐拿來給他施展才幹機會的大紅聘書。

霹靂轟頂。阿O愣了半晌，回過神來，打電話追問，她的手機盲音。再問大通銀行，總機轉給行長秘書接答，說是領導先一步回內地去了，現已登機。以後，再也沒打通她的電話。

怏怏來到鄧氏集團總部，阿O向鄧老闆遞交了辭職書，還赧顏致歉："承蒙錯愛，加盟集團后尚無寸功建樹，今又抗命不遵，無顏混下去啦！"

鄧老闆暴跳如雷。正好，賈生陪同中鐵集團的一位美女幹部，來商議甬城繞城高速建設的事，鄧當即反悔，下令將資金扣下不撥，還破口大罵。阿O性情大變，竟甩開膀子要和老闆幹仗，被賈死死抱住，拉出去。

賈把阿O拉到左近的六國飯店，請他喝酒，好好聊聊。

"不是約法三章，其中有'來去自由'麼？還你安家費就是！"阿O坐下了還氣鼓鼓嘟噥，"說好的項目投資豈能反悔？"

賈聽了一笑："沒錯，約法三章。你辭職不就吹啦？"

阿O無言以對，想想也是，偃旗息鼓。

幾杯酒下肚，賈陰笑道："你小子真鬼！明修棧道，暗度陳倉，耍了鄧老闆一把，害得我也無法交代！"

"唔，何出此言？"阿O莫名其妙。

"還裝！"賈不屑，"你悶聲不響，在華夏國際投資有限公司謀了個高位，我還能不知道？"

阿O恍然大悟，哭笑不得。"我早謝絕了這份好意！那份聘書逗轉一大圈，今天又轉到我手裡，乾脆撕了！"

"撕啦？"賈忍不住要摸一下阿O頭額，"你發昏了，這可是央企司級含金量的位置！"

"那也不能言而無信，賣身投靠！"

"哦，哪又何苦辭職？"賈被搞糊塗了。不過他的腦子靈光，轉念之間反應過來，"這怪我！我不該出那個餿主意。"

"知道是你。別人怎知道這層關係？"阿O不無怨恨。

賈訕笑，臉皮夠厚。又關切地問："那你打算去哪裡？"

阿O想了想，決定說實話："我想去臺灣，你能幫我麼？"

"臺灣？"賈一驚，試探道："去找那個歌姬？"

見阿O點頭，賈一把抓住他的手："不可！她不在了，馮總已竭盡全力，你傻蛋一個比我們還行？"不屑地撇撇嘴，見他還不服氣，拉下臉說："活不見人死不見屍，是不？自有人盯著，不會善罷甘休的。你去了反而壞事！"

這讓阿O心驚。對啊，若是她被藏起來了，自己去找豈非警告人家把她埋得更深，甚至乾脆做掉。若是她自己藏起來，自有不可告人的原因，貿然去找說不定會害了她。若是不在世上⋯⋯

"別多想啦！"賈靈機一動，"這樣吧，你給她舅公——那個國軍老將寫封信，我通過關係找他再想想辦法。"

阿O應承，試試吧。賈再勸：

"大丈夫能屈能伸，回公司吧！鄧老闆怎麼捨得你走，私下也說你這戆大（gáng duó）好，偌大家業沒幾個正直的頂梁柱還行？你若肯出力，還愁沒別的辦法搞錢？等他火氣一過，我自有辦法。"

這時候，佘老大和尤經理正在到處找阿O。

聽說阿O也來了香港，佘打電話，因為他換了香港電訊號碼聯繫不上，他立足未穩也未聯絡兄弟們。後來，佘打電話問小婭，劈頭一雷霆：已經分手了，別再提起他！

當天，龍行長坐飛機去了北京。小婭真的給了他一個機會，讓他先將精心整理好的舉報材料交中央紀委。這樣，他可以被看作迫不得已之下做了這些事，良心不安，主動揭露巨貪們的鄙劣行徑。不但免責，還有功。她自己則先拐到老家去探親，安排妥當，再回北京發起總攻。

東湖邊的老宅里，家庭會議氣氛不祥和，連在小婭懷抱的小雯子也有感覺，睜著烏溜溜眼睛，不哭不鬧。

"爺爺，我就不信共產黨天下沒了正義！"

"小婭，妳不明智，和盤托出風險太大。我想，應該講究策略，逐個攻破'土圍子'，有的還要等待時機。"她後媽倒不是怕，愛人含冤去世，她都想追隨而去。因而，她對那些貪官有刻骨仇恨，但也更清楚體制內的各個勢力範圍，以及相互之間的矛盾。

"扯了龍袍是個死，打了太子也是死。小婭，不要顧忌這個那個，拈輕怕重，索性全抖落出來吧！"老頭真倔。

"要是中央有人要捂蓋子，甚至可能滅了妳！"她後媽畢竟跟丈夫在高層圈子裡周旋過，不是危言聳聽，"妳怎麼辦？"

"媽，我有準備。"小婭拿出一把鑰匙，交給後媽。"我做了個完整資料的備份，悄悄存入了香港HS銀行的金庫保管箱。這鑰匙您以後找機會交給肖道元，也就是阿O留下的這輛越野車的主人，請他秘密轉交阿O。密碼是小雯子的生辰四柱摩爾斯碼。"

"為什麼不直接交給阿O？"

"現在不能讓他知道，我與他斷絕關係啦！"

"啊——！！"倔老頭和她後媽大吃一驚。

嬰兒似有感應，"哇——"哭起來，小婭趕緊哄她，邊輕輕拍著她邊說："別怕別怕，哦！小雯子，妳爹是個大傻瓜，嘿！若他知道啦，會比妳鬧得更兇哦，會把天捅個窟窿。"

"爹，小婭這是保護他，也為小雯子留個以後的依靠！"她後媽回過神來，"爹放心，我會把握時機！"

倔老頭歎口氣，想想也是。

善良的人們啊，還是太天真！就在這個夜晚，龍行長醉熏熏登上大通銀行總行大廈之巔，放眼望去，漫天陰霾黑沉沉的，腳下卻是一望無際的星漢璀璨，似天地倒轉。

剛下飛機就有老朋友迎候，異乎尋常的熱情，硬拉著到機場附近的一個高檔會所，開了"路易十三"，非要喝個痛快不可。龍見過世面，但今天牙根有點發酸，杯中淺淺的深紅色醇液，看上去像血漿，一口乾就吞下價值數千元，更別提珍饈佳餚，轉眼間吃掉了百姓家一年的糧。宴無好宴，果然酒過三巡，葛家大公子推心置腹相勸：我們也算是世交，父輩搞地下工作時都坐過牢，上戰場都流過血。江山是我們的，你咋與平民一般見識？搞垮我們，就是要搞垮紅色江山。你咋聽一個傻逼的調遣，來禍害兄弟？

別想瞞過我，哥們香港有人。

話不投機，圖窮匕現。葛乾脆說：我們幾家榮辱與共，那小妮子扳得倒嗎？告到總書記那裡，也要為黨國留點顏面吧？別傻了，跟我們悶聲發大財吧！喝，讓我們先富起來！

——如果你們把持江山，父輩的血就白流了！我祖父本就是南洋巨賈，還用得著跟在你們屁股后"先富起來"？父親捨棄家業回祖國參加抗戰，跟共產黨鬧革命，豈是求財？

——好吧，即使我爹被關入秦城天牢，或者給斃了，你家能好過？你我都是大家族子弟，家族彼此盤根錯節，我嬸嬸是你舅媽，你姐夫是我小舅子，打斷骨頭連著筋。你會害死許多親人，首先是你的嬌妻！還會招來其他家族不死不休的報復……

爭吵是場噩夢，揮之不去的噩夢。面對一張接天徹地的網，他沒勇氣衝破，也無處可遁。

翌日，小婭回到京城，迎頭第一個打擊是龍行長酒醉墜樓。面對暗流洶湧，她冷靜處理了壓在案頭的待決事項，召開黨委會議。會上，她披露了龍行長來京城舉報的內情，為他洗刷不白之冤。

会后，她先去國務院找總理，爾後在總理親自陪同下去中央紀委，沒人敢攔截。從此，她消失在眾人的視線之外。

隨後，令人咂舌的消息不脛自走，京城四公子之一的葛家大少酒後墜樓，沒幾天又一位高官跳樓自盡，連一位德高望重的老人也病重謝世。多米諾骨牌接連倒了⋯⋯

京城霧霾之上的高端，電閃雷鳴，而平靜的街頭巷陌之間，人們竊竊私議，都說香港大通銀行龍行長的陰魂還在作祟。

五、信義

大廈林立的香港中環，顯得矮小的一座英式老洋房里，是高貴的華夏會所，鬧中取靜，肅穆而典雅。內部陳設老舊，紫檀座落地自鳴鐘的時間，仿佛停留在上世紀四十年代的黃昏。三樓的一個雅間里，李何淑儀在首座，左右是佘老大和尤香蓮，對面是眉頭緊鎖的阿O。這坐法像是玩牌。她倩笑吟吟，說：

"難為你了，阿O。來，喝酒！"

四個酒盞一碰，座上人齊仰脖子乾了。五十年陳茅臺酒入喉綿醇，醬香沖腦，滑入胃裡才燃起一團火。李太親自動筷小心摘下蘇眉魚的頰肉，置於阿O面前的碟子，這是"給點面子"；又拿餐刀切下魚腩夾給尤，寓意"推心置腹"； 再用湯匙批下魚尾肉遞給了佘，是讓他"把舵"。可阿O混不吝的，沒受寵若驚，已陷入冥想。

沒有服務生在旁侍候，他們討論的事不能絲毫外洩。

佘還是要來了阿O的電話號碼，火急火燎聯係上，請出李太安排了這席酒，問計於阿O。

"一般來說，併購的方法應該是怎樣的？教老哥兩招！"

"沒有一般的併購方法，只有具體的方法。"阿O的行事核心要旨是，視物之情與勢而計所為。所謂"絕招"都是哄人的，或者是孫悟空才能辦到——不是人幹的！為讓這老兄理解，又說：

"商場博弈，不是小學生做功課，可以抄別人作業。局勢千變萬化，得'審時度勢，因勢利導'，也沒有標準答案。"

佘理解了，卻腹誹：別提老子小時候糗事，可惡！

併購陷入僵局。佘和尤聯袂到香港，先是傾力狙擊一隻小盤股，引發股價大漲，輿論大嘩，看看吃不下，翻手拋出大賺一筆。尤轉而通過李太私下里低價盤下一家私人的K公司，間接控有廣廈股份（007□·HK）28.5%股份。人家少爺在澳門賭輸了，財務公司逼債之下，是被迫忍痛割肉的簽下協議的。叔伯兄弟還把持著廣廈股份的董事會，自是抗拒佘老大入主上市公司，私下沟通嘗試碰了一鼻子灰。想要改選公司董事手裡票數不夠，眼下也不好撕破臉。佘透過阿O介紹的那位券商悄悄入市收購，稍有舉動即股價暴漲，想想還是拋售股份獲利了結，剛顯苗頭便股價暴跌，反復嘗試，進退兩難，勢成騎虎。

現在股價走勢呈W型築底，CDMA金叉，而KDJ死叉。

阿O沾酒水在桌上畫了個"臨"卦，上"坤"下"兌"。 這是陰乘入局陷於坑里呵！"臨"的互卦是"地雷復"，錯卦是"天山遁"，綜卦是"風地觀"。坐視K公司被迫私下易手，可見家族其他人實力單薄，充其量合共還握有上市公司不足三成股份。

那麼，現在該以抵債為由，財務公司出面，公告大股東K公司債務重組，放出風聲要拋股還債，翻手砸盤震倉，逼佔三成多股票的散戶出逃，陰托券商低價收之，勢成"地雷復"。然後，召開廣廈股份的股東大會，反開牌來就是"天山遁"，以絕對多數改組董事會，將佘老大推上董事長位置。而廣廈股份登記上大股東名義不變，且面上控股不到30%，可瞞天過海避免觸發全面要約。

阿O和佘抽起煙來，尤也點起一根，雅間里煙霧瀰漫。

李太去了一趟洗手間回來，推開房門感到煙味嗆鼻，隨手從博古架拎下一尊牽駱駝的陶俑，作為障礙保持房門敞開通風。這可是"唐三彩"！看包漿及龜裂紋是真古董，就算是有年頭的高仿藝術品也價值不菲。這隨意舉動讓阿O牙根發酸：財大氣粗！

她剛才出去私下打電話，與財務公司裡的高手計議定當，回到桌面提出要求：她要私下保留K公司三成股權，還要掌控廣廈股份的三成股票。當然，低價收購散股由李太來安排。面上看來是個大股東債務重組引發的局，她是財務投資人，面上與佘沒有關聯。

阿O聽了心頭一驚："震為雷"，大有可為！李太謀圖不小。

轉念一想：對佘來說，今後的局面將是"風雷益"，宜舉大業。等到公司管理層穩定一年後，再操縱上市公司逐步收購天策公司在甬城的房地產，佘在關聯交易中迴避，有李太暗中配合想必可以通過。隨著優質資產注入，007□·HK股價攀升，李太將獲益匪淺。

那麼對佘來說，廣廈股份的股權結構，綜合來看將是"風地觀"的局面。能得到澳門財團的背後支持，將能做大事業。

聽阿O作了分析和部署，一系列操作的策略，雖有被指控違規的風險，但技術上規避是可行的，李太自信可以做得點水不漏。當下達成共識，她和佘碰杯盟誓。

"阿O，你就別去什麼星洲基建啦，不如我們一起幹，你來當董事長！"佘舊話重提。

"不行呵！"阿O還是拒絕，"禁入期5年未滿，連鄧老闆都行不通，只好讓'伴郎當新郎'。"

"是那個投資銀行的盛總經理吧？"李太也有所聞。

"是他。"阿O點頭，"鄧老闆還妳那筆過橋貸款的資金，一半就是他向華銀集團借來的……"還有一半是從申城在建項目抽調的。下半句他嚥下了，爛在肚裡。

"華銀集團借來的？"尤不敢置信，這要多大神通！

"嗯，盛總和劉行長曾是同事，當年被國家選派到紐約重點栽培的同一批精英。"

"怪不得！"李太恍然。有些話她也嚥下沒說。

"那你還留在星洲基建幹什麼！"尤大為不滿，出於關心發問："現在是怎麼安排你的？"

"副總，派往吳城整合資產。"阿O在他們疑惑的目光下，吐露了心裡話。"我加盟鄧氏集團，是鄧老闆投資甬城50個億的一項條件。但凡有可能，我還是要守信義的。"

王喆在醫院搶救無效，英年早逝。阿O趕回甬城送別摯友，直至看他化為一縷青煙上天，默默誦經，表達心底敬仰：

智圓者，終始無端，芳流四遠，淵泉而不竭也。行方者，直立而不撓，素白不污，窮不易操，達不肆志也。（通玄真經）

"王兄，安息！"阿O向著雲天，撕心裂肺地大喊。吊喪的眾人皆已散去，阿O也擦乾眼淚，獨自驅車返回。途經工業園區，見佘老大一夥也在以自己的方式祭奠英靈，阿O也上香祭拜。他說：王喆的精神是不死的，是一股浩然正氣，永存天地之間。

阿O研墨揮毫，書就輓聯：

智圓無端，芳流四遠，達不肆志

行方直立，素白一生，窮不易操

還對工地上的朋友們說："大家要把工業園區的事做好，不要辜負在天之靈哦！"

當晚，阿O留宿工地。工業園區開發一期已完成，現在市裡直接作為經濟發展的規劃重點，批地上二期，還是沿用以前的運作模式，交由天策公司開發。公司的資產規模已達二十多億，佘老大還是一如既往的質樸，回甬便在工地上和眾兄弟一起摸爬滾打。入夜，佘趕走喝得醉醺醺的小搗亂等兄弟，要和阿O說說私密話。

第一項，佘給阿O一張銀行卡，說是給他的分紅。

"為什麼？"阿O不解，"那1,000萬股已轉到小Q名下啦！"

"跟他无关。當時我就說過，有我們的就有你的。"給阿O分紅是兄弟們私下商定的。"而今你不是國家幹部了，不要再推三阻四的。這是信義！"佘不煩囉嗦。

"公司借殼上市，財務須公開，公正分配，不能有暗股、乾股。"阿O堅決拒絕接受。"別亂來，這也是信義！"

把主管公司財務的文相國召來，阿O嚴肅責成糾正錯誤，反而自己掏出一張銀行卡，"這是鄧老闆給我的安家費，錢不算多，你們先拿去用。現在007□·HK股票的走勢，已在李太打壓下引起恐慌暴跌，抓緊多籌些錢私下去抄底，自己手裡也要多抓些籌碼。"

佘心領神會，點頭示意文接受，一如以前聽阿O的。

第二項，佘想娶尤香蓮，私下問阿O意見。

這讓阿O很為難，他對尤是有戒心的。記得就在他赴奧地利洽談前，因為還負有考察使命，向尤借攝像機，這等奢侈品當時還稀有。尤第二天上班時，把心愛的袖珍攝像機交給阿O，說："別光顧得拍工程資料，記得拍些風景名勝，拍些好玩的，帶回來給我們搞旅遊的開開眼界。"

阿O應承了。晚上回家他試試操作，發現攝像機裡已裝了一盒磁帶，怕抹去人家有用資料，先打開看一下。一看，是尤的自拍，她一個人在家練瑜伽，竟一絲不掛，舒展傲嬌身軀，做出妖魅動作，似乎孤芳自賞，顧盼之間，媚眼流波，把阿O嚇一跳。幸好，阿O也算過來人了，見過更美的更香豔的，不然會流鼻血的。

她是故意的麼？正猜想著，她來電話了。

"阿O，我拍了些私密的，可能留在機子裡，看看有麼？"

"哎呀糟了！"阿O壓住心跳，一本正經地撒謊："剛才我試試機，隨便拍了些亂七八糟的東西，我再看看……都覆蓋了！"

"……"尤無語，掛了電話。

阿O卻不淡定了，覺得好像錯過了什麼，又把錄像倒回去重放，細細審視。終於，他找到了自己的疑竇，按下暫停鍵，畫面中：她小腹紋著一枚蠍尾蕉，妖豔奪目！很眼熟，好像哪裡見過。對了，當初郝書記拿來證明夏敏政審通不過的照片，阿O曾仔細審視是否PS的。不堪入目的畫面裡，墊在夏的臀部下的枕頭一角，不正繡著這花麼？想起來，阿O驚出一身冷汗。聯想到當年警方查抄的那家旅館，店名正是"美人蕉旅館"！

滾滾紅塵裡，魅影憧憧，幾人能看透？

該為夏敏報復嗎？看她現在皈依了基督教，一心向善的樣子，自己真下得了手麼？阿O徹夜無眠。早晨起來，真的把在這段影像從磁帶上抹掉了。記在心裡就是，該報復時也將是陰損，不需要證據，這也不是什麼證據。

"兄弟，你真了解她麼？"阿O想了想，問道。

"她離過婚。以前是怎樣的我不知道，但我知道現在她是真心對我好。"佘實話實說。在香港，兩人第一次聯手入股市狙擊成功，大賺一筆，開洋酒慶賀，喝得爛醉，滾到一張床上了。那晚真是乾柴烈火呵！佘闖蕩江湖多年，已是盛年老光棍，也想有個家了。他可不是什麼處子，閱人多矣，不過以前都是提起褲子買單，互不相欠。只因少年時聰穎過人，小婭媽媽給他啟蒙，悉心教導五年，竟將這放牛娃的人格塑成QQ版的子路（孔子門人）。可惜他還沒有成才，慈母般的老師撒手人寰，他也失學了，混跡于華夏新一代農民工中，憑過人的膽識，漸漸嶄露頭角，也沾染了江湖匪氣。對於女性，他敬畏高尚的，無緣親近；又看不起庸俗脂粉，授受不親。而今淪入尤的溫柔鄉，不知是禍是福。阿O還能說什麼，自己私生活更荒唐，想想還是積點口德：

"既然她是真心的，不要辜負了。祝福你們！"

但是，阿O心裡的芥蒂未解，從此兄弟反而疏遠了。儘管在借殼上市的後續一系列操作上仍給予悉心指點，他有意無意地淡出了天策房地產開發公司業務。

又是一夜無眠。清晨，他要去東湖看望老人孩子，被肖道元攔下。肖將小婭後母託付的東西交給他，悄悄轉告她留下的話，特別強調：老人孩子在她照料下安然無恙，沒有她的召呼，千萬別讓人察覺還有任何聯繫。

近來，京城傳來風聲，又一位高官被"雙規"，涉嫌通過香港大通銀行洗錢。阿O猜想小婭在與巨貪們搏鬥，卻无从给予帮助。捏緊手里的钥匙，咽下心頭千言萬語，黯然赴吳城上任。

西子湖畔的秋水山莊，相傳是著名的民國報人史良才為情人李秋水所建，現在它是市政府招待所的一部分。依山傍水，景致宜人。隔著西泠水面，可以看見林和靖的放鶴亭，垂柳掩映，蓮葉田田，十分雅緻幽靜。門前是環湖觀光公路，出入方便，離繁華鬧市又近。阿O租下來，作為香港星洲基建有限公司的辦事處，招兵買馬，籌建公司。

六、印钞机

招聘啟事一見報，想不到第一個來應聘的是潘媽。她也不投檔待約，直接闖入秋水山莊，面見阿O。

"妳這是何苦？"阿O思量來者不善。

"你又何苦？"

是啊，放著央企高位不去坐，兩手空空來吳城闖蕩，所為何來？信義？在人家眼裡就是個屁！不知小婭對她說了些什麼，自己又有什麼值得她追隨？這葫蘆里有點意思！轉念又想，無論如何，我得配合小婭演好這齣戲，不傷害她就是。

"好吧。"阿O索性把一疊求職信交給她，"妳做我的助理，挑幾個有用的，我們先把草臺班子搭起來。"

然後，他一本正經談了公司組建的初步打算。

省外經貿廳接到"華夏星洲投資有限公司"的設立申請，廳長鄭重其事約談阿O，建議將註冊資本5億元降下來，先為1億，以後再逐年加碼，這樣就能在省級政府權限內解決審批問題。阿O不同意這作弊的辦法，闡明這個公司將投資高速公路建設，1億元資本金顯然不可能，認為還是"做老實人辦老實事"的好。

這讓廳長刮目相看，見慣投機取巧走後門的，今天竟碰到個循規蹈矩的，不知變通？

請示省政府主管領導後，廳長主動與省發改委領導打招呼，讓設立申請很快通過省級審核，轉報國家商務部。這過程，潘助理去辦理種種繁雜手續，門熟人熟，斡旋才能不凡。

陪同阿O赴京的是外經貿廳吳處長，在商務部機關里有熟人，吳與哥們一番勾兌，相關處室商議通過，秘書直接把阿O的申報文件從大堆文件中拎出來，擬好批復，放到主管司長的案頭。潘助理私下里活動，拜託一位外交部退下來的老嬸，帶阿O去見那位司長。司長提了些問題，阿O對答如流——

母公司情況：星洲基建（00□2·HK）最新年報，淨資產在20億元以上；公司註冊資金5億元（港幣），來源：母公司注入；公司擬投資項目介紹……這幾個項目的國家發改委或交通部批文；建設資金籌措途徑……等等。

阿O早已研究過外商投資性公司的審批要求，精心策劃，自是無瑕可擊。實際上，阿O手裡除了翔實的文件資料，只有一張華銀雙幣信用卡，好在外資企業註冊資本可分步在三年內到位。

司長當即簽批了。拿到商務部批文，吳處長帶阿O去國家工商行政局總部，又找熟人"插隊"，很快拿到了"華夏星洲投資有限公司"營業執照。

凱旋前夕，阿O和吳在京城CBD[注1]的一個西餐廳喝酒，隔街對面便是大通銀行總部。觸景生情，往日恩愛縈繞心頭，也不知她現在何處，是否無恙。見阿O鬱鬱寡歡，吳處長見怪了，說：

"可知道，你手裡那張外商投資性公司的執照，可是金飯碗，價值千萬元！這在我省，通過正規渠道審批的還是第一家。除了央企搞的特批公司，全國也屈指可數。"

"是，是！"阿O忙點頭，堆起笑容。"這次多虧您神通廣大，有那麼多朋友幫忙，不然何年何月才能批下來。來，敬您一杯！"

"你就開瓶'人頭馬'謝我？"吳眼睛乜斜，發笑。

阿O一怔，旋即反問："您想要我怎麼謝？"

這下吳發窘。阿O目光炯炯看著他，低聲說："金錢、美女，都可以。我安排您去趟香港，鄧老闆有的是錢，鄧氏集團還有個影視公司，圈養了不少嫩模、稚伶，還有明星。但是……您會後悔。"

吳若有所思。阿O誠懇地說：

"這次陪我來京，您大可公事公辦，交差了事。為了早日獲得批准，您費盡心機，還動用了不少人脈資源，欠下人情……"

"不用說了，"吳打斷話頭，"有你這話就夠了！我認你這個朋友。來，我們為友情乾杯！"

碰杯。喝下杯中酒，阿O還不釋懷，又說："其實，對我來說，還是讓鄧老闆給金錢美女好啊，不欠您人情。對您來說，可是倒持太阿——"

"授人以柄。我懂，所以認你是朋友。"吳點頭，又歎了口氣，"唉！可幾人能扛得住金錢美女的誘惑？"

"您是故意試探我吧？"

"哈哈哈哈，"笑聲有點不太自然。不過，以後吳和阿O真的成了好朋友，相互幫助，從不計較得失。後來鄧氏集團倒臺，阿O被捕入獄，也沒牽扯到他。

華夏星洲投資有限公司掛牌成立。鄧老闆喜出望外，帶了幾個高朋和明星前來慶賀。阿O包下了香格里拉酒店的總統套房及幾個行政客房接待，還通過朋友借了水務局的快艇供他們遊西湖。

阿O特邀吳處長作陪。真在明豔逼人的女明星面前，他倒正襟危坐，人家逢場作戲跟他調情，他還臉紅。

此行，驚動了新上任的省委邢書記，省府傳話過來說他安排了宴請。隨鄧來的客人中有位漱石先生，香港太平紳士。他屈指一算，悄悄說那位可是未來的神州主宰，鄧惶恐不已，率眾早早到指定酒店的宴廳包廂迎候。可惜，省政府幾個部門高官簇擁而來的是他弟弟，說邢書記臨時有外事活動來不了。

倒是有幾位平常請不動的銀行大班，聞風到酒店來找鄧老闆，阿O知道他們是借個名義來跟省領導混個臉熟的，隔壁間開了一桌招待。果然，一開宴他們就紛紛去主桌敬酒，沒見到邢書記有點失望。不過，都是久經沙場的人精，場面上還是挺熱情的，倒也添幾分熱鬧。

席間，鄧老闆酒喝高了又吐豪言，吹噓滬上首富是跟他學生意起家的，還說要投資幾十個億幫助地方建設，最後將阿O推出來說"有什麼項目找他就是，請大家多多關照"。阿O無法找個地縫鑽進去，硬著頭皮應酬，倒也結識了幾個達官貴人。陪同侍候的小媽，饒是見過世面，也差點被雷暈。

可人家聽進去了，在座的交通廳領導當真提出：甬嵊高速公路越城段建設資金尚未落實，請鄧出資支持。鄧要面子，當場應承下來，責成阿O負責。

資本金呢？鄧讓阿O自己去找盛總經理。

阿O將華夏星洲的公司事務全部託付潘助理，"打飛的"跑到香港找盛總。盛聽了哭笑不得，根本安排不出資金來呀，叫阿O自己開動印鈔機去印。阿O提出借鄧老闆一怒之下扣住未撥的那3億港元，讓他先拿去兜一圈，完成公司註冊資金首期到位驗資，一個月內歸還。這筆繞城高速公路建設的啟動資金，甬城方催了多次，鄧老闆氣頭一過，簽了約還是要臉的。想拿這個大項目的建築商，也派了一個美女幹部盯著，軟硬兼施催促早日啟動項目建設。

盛被逼無奈，心想：你阿O不管甬城的事，諒你也不敢壞了甬城的事！也就依了他，通過"星洲基建"賬戶匯出資金。

阿O當即"打飛的"回吳城，小媽已在機場迎候。

阿O上車后，直奔大通銀行。現任吳城分行的一把手原是龍行長的助理，叫胡璉，長得也像那個同名的國軍將領，為人風趣，談起生意來也很刁。他曾到香港拜訪老領導龍行長，也跟阿O一起吃過飯，彼此有好感。這筆錢通過SWIFT系統到賬，胡下令營業部不辦好這筆業務不得下班，親自打電話敦請註冊會計師到銀行來上門服務，讓行員帶小媽去櫃上辦理驗資，拉阿O坐下喝茶，垂涎三尺地懇求留存，將這筆錢轉為結構性存款。

這項業務他要實現"0"的突破，就寄希望於阿O了。

阿O看了條件：三年內，倫敦同業拆借利率Libor低於5.31%，給存單持有人的利息為7.6%；若Libor高於5.31%，則無息。期間，存單持有人不得提前解約，銀行在一年後可以主動解約。

借胡行長的電腦上網審視了前五年Libor的走勢，阿O腦子裡飛快轉過影響國際金融走勢的一系列因素，尤其是地緣政治方面的，估摸三年內Libor由今天的3.27%漲到5.31%的可能性低於35%，願意賭一把。不過，要我幫你完成拉存單任務有條件的哦！

"這筆錢我有急用。幫您可以，只能'拷貝'。"

"拷貝！複印錢？"正給客人續水的美女行員嚇了一跳。

"胡說什麼，去去去。"胡不耐煩揮揮手趕走她，沉吟一會，說："存單質押，貸給你3億元，基準利率。"

"不跟你玩。"阿O作勢起身要走，被胡拖住。胡咬咬牙："貸款利率下浮百分之五……十，到底了！"

阿O開顏笑了，說："再給我1個億的銀票額度，好麼？"

時下港幣兌人民幣約1:1.1，存單質押貸款3億元，還有3,000萬元，作為開1億元銀行承兌匯票的保證金，貌似合理，只是存單質押不打折扣冒匯率風險。胡腦子一轉，拉阿O去飯店，"喝酒去！邊喝邊聊，好商量。"招呼幾個女行員，拉上潘助理一塊去。

酒桌上，阿O反客為主頻頻勸酒。雙方聊得投緣，胡覺得該培植這個大有發展潛力的客戶，答應了額外要求。

小媽暗暗竊喜，這錢一"拷貝"，論利差，相當於每年銀行得送給我們幾輛奔馳車啊！公司日常開支都有了，銀行養我們。從業以來，從未見過這麼與銀行打交道，看向阿O的眼睛直冒小星星。

傻逼！阿O見她偷著樂，苦笑。心裡惦記著風險，他回到秋水山莊又打開電腦，熬夜搜索著各種風險因素，反復論證。

接下來，阿O去建設銀行省分行，找那天酒宴上剛認識的俞行長，拋出一個購併計劃：北崙高速公路買下來是20億元，鄧氏集團投入6億元資本金，14億元是以項目公司經營權抵押向申城工商銀行借的。現在華夏星洲要併購整合，自己出3億元，再貸款3億元，買下項目公司全部股權，以全部股權作為貸款抵押。以公路收費收入增長勢頭來看，起碼付息沒有問題。

以股權併購貸款而論，風險是低的，也是合規的。俞行長認為可行，交代一個下屬支行去辦。

下屬支行頂住了，說銀監局有規定：貸款不得用於股本權益性投資。同時，潘助理在辦理公司貸款證時也被省銀監局卡住了，說是投資性公司不得貸款，理由是《貸款通則》的規定。這樣，大通銀行的存單質押貸款也辦不成。小嫣急得七竅生煙，找熟人去說情，銀監局一個處長建議她將公司業務改為實業性的，營業範圍加上貿易也行。這怎麼行？！

老同學卞顰來秋水山莊看望阿O。他正急得火冒三丈，想去銀監局論理，教訓那些連本本條條都沒學好的傢伙。卞問了情況，笑道："記得你以前說過，痛罵一頓，不如請人家吃一頓。"

"請誰，怎麼請？"

"你別問，我請。"她拿出手機，撥通了銀監局一位副局長的電話。她們同在之江大學攻讀在職博士，是好同學，相約在秋水山莊喝桂花酒賞月。

當晚，在秋水山莊的小院里，他們圍桌小酌。小嫣去市政府招待所餐廳搞來了幾個精緻小炒，桂花酒是卞帶來的，那位副局長帶來了兩盒月餅。她叫柳漪斐，有一張很耐看的鵝蛋臉，鼻樑上架著一副無框眼鏡，笑起來眼角有些魚尾紋，想必比卞姐還年長，使阿O想起黨校那位教高等數學的老師，不敢放肆。看她泯酒像在聞花香，舉止優雅，令潘大小姐都有點心儀。聊了一會，卞介紹了阿O及其公司業務，故意挑逗說：

"姐，明天他要打上門找妳。今晚見到妳又慫了，瞧。"

柳詫異，問阿O怎麼回事？

"銀監局不讓我公司辦貸款證，豈有此理！"

阿O仰脖子灌了一盞酒，來勁了，說道："現行《貸款通則》二十條中有規定，'不得用貸款從事股本權益性投資，但國家另有規定的除外'，可對？"

"對呵，說下去。"柳處變不驚，依然笑容可掬。

"可妳的部下只認前半句，后半句就不認了。"阿O叫小嫣拿來商務部批文和營業執照給柳看，"這是不是國家批准的？"

"你給局裡經辦人看了么？"柳的笑容斂去。

小嫣委屈地說："看了，他們說政府的投資公司才適用這條，還建議我把營業範圍改成實業或商業的，最好不要叫投資公司。"

"荒唐！"柳怒了，眼睛冒出火來。雖然她是副局長，但主持業務工作，有絕對權威。卞拍拍她的肩膀，叫她別動氣。她說："能不氣嗎？這是基本業務常識！"

火頭上，她還是有分寸的，把"心思都用在哪里"的話嚥下了。

"姐，也許他們是第一次碰到這樣的事。"卞寬解。

"他們只認人民銀行的規定，商務部說了不算。"小嫣火上澆油，"是不是人民銀行也管公司審批？"

這下柳又光火，說："人民銀行不是美聯儲。在我國，也是國務院的一個職能部門，商務部也是，只是職能不同。商務部出規定也是要通過國務院領導審定的，怎麼就不是'國家另有規定'？"

阿O咂舌：怎麼上個世紀的姑娘都這麼"飆"？！

"好了好了，別辜負良宵美景！"卞舉杯勸說。柳平靜下來，又巧笑倩兮，對小嫣說："明天妳到局裡來，直接找我。"

"唉，"阿O歎氣，"現在銀行那邊也不敢放貸了，說你們銀監局不让贷。"

"哪家銀行？"

"建設銀行。"

"放不放貸我管不著，別拿我銀監局說事啊！"柳看看腕錶，哼了一聲，說："明天我問問老俞。"

好厲害！小嫣偷偷吐舌頭。然而，柳副局長的一個"不幹涉業務"的電話，客觀上讓建行的人高看了這個客戶。

月上中天，小酌盡歡而散。阿O叫司機送客人回家，小嫣還想陪他說說話，被婉言勸回家。她住外公家，就在左近寶石山下，阿O把她送到大院門口崗哨處就回頭，獨自沿湖邊散步。波光映照下，白堤、斷橋、孤山，歷歷在目，一首歌油然浮上心頭：

湖上月明時，我自吁天苦。照眼寒波映斷橋，往事堪回顾……

命運多舛，曾經是自己的未婚妻，不得已分手，現在龍行長又撇下她走了，她不知有多淒涼幽怨。前些天，他去河坊街她家的老宅院探望過，大門緊閉，貼著"出售"的招貼。照招貼上留的電話號碼打過去問，回答是：女主人出國留學去了……

雲起，一輪明月在濃雲間穿行，時掩時現，湖面上月影在水中出沒，阿O心境也乍明又暗，反復咀嚼著悲歡離合的往事。在湖畔垂柳下的長椅上，他獨自坐了一夜，露水溼了衣裳也渾然不覺。

注1:中央商務區的英語Central Business District縮寫。

七、亂局

3億港元流入內地轉了一圈，回流入鄧氏集團錢袋6億元，賣出去的資產仍在掌握中，盤活了。盛總將2億港元又通過星洲基建作為出資打回來，再按原計劃將3億元投向甬城的繞城高速公路，鄧老闆手頭還多了約8,000萬元現金，轉去滬上炒樓盤。

星洲基建的關聯交易及定向批股的操作問題，讓盛總去頭痛。鄧不清楚其中奧妙，還說：

沒錢才真沒辦法，有錢還會沒辦法？

就像金幣在猶太婦人產門前叮噹一敲，催生了一個巨嬰。華夏星洲投資有限公司的註冊資本全部到位。華夏星洲的總資產一下膨脹到將近28億元。時下也算是個龐然大物，業內聲譽鵲起。

2億港元又如法炮製"結構性存款"，"拷貝"出人民幣，阿O當即轉存建行1.5億。貸款回存率50%，相當於一半的貸款利息收入來自客戶自己的資源，雖然是暫時的，但銀行的資金流就是諸多短期資金融成的。俞行長覺得大有面子，年度信貸計劃會議上對全省重點客戶評議，將華夏星洲列入其中。會後，俞親自登門與阿O接洽，嘗試順應金融業改革大勢，搞個銀企合作協議，給予10億元授信。

這授信可不能當真以為可隨時支取，實際放貸還是要具體評估投資項目風險的。但這又是實在的銀行支持的承諾，也是金融界的一個風向標。阿O來勁了，說："人家給臉，咱也得給人家臉。搞個簽字儀式！"

"我們去租下省府會議廳，搞得隆重點。"潘媽也來勁了。

"再請來鼓樂隊，鋪紅地毯，大門口列兩排禮儀小姐。唔，我上主席臺作報告，讓他們坐在下面聽……"

"這不好吧？"

"對，讓他們在主席臺坐一排，我們在下面聽。聽眾不夠，把北侖高速關閉，所有員工都調來⋯⋯"

"唔⋯⋯這排場，會不會太鋪張啦？"看他的笑臉有點作狹，潘遲疑起來。阿O點點頭，收起小惡趣，認真指點："行事多動腦子，不要鋪張浪費，錢要花得恰當，不落俗套。"

簽字儀式定在香格里拉酒店的總統套房，順帶有個酒會。

總統套房裝潢豪奢，露臺面向西湖，客廳夠大夠氣派，中央是四方玻璃大茶几，周匝一圈牛皮沙發，坐十來個人還較寬舒。在外圍臨時加了一圈座椅，并佈置鮮花、水果，還有咖啡、糕點、各色果仁免費提供。酒店老總很高興有諸多金融大佬和政要光臨，會議禮儀小姐由酒店安排，只需給小費。阿O順勢跟他簽了個協議，年花費不下45萬元，餐飲、住宿都給7折優惠。

華夏星洲發出請柬，工商銀行首先有個迴響。小媽的姑媽是吳城工行的高管，有拉存款任務在身，來秋水山莊看望姪女時，隨口一提，阿O當即讓小媽看看大通銀行帳戶餘額，都轉過去。5,000萬元錢雖不多，卻引起極大好感，在她看來這公司是姪女當家的。接到酒會請柬，她即刻向省行匯報，主管信貸業務的杜副行長頓起興趣，領導層碰頭商議一下，也下決心爭奪這大客戶。

杜副行長到秋水山莊拜會阿O，交談中對金融體制改革話題有共鳴，相見恨晚，當場談成銀企合作協議。

胡行長嗅覺靈敏，擔心自己被擠出圈子，但大通銀行的實力與幾家國資大行自不可比，悶頭想了半天，憋不出新招。

簽約儀式那天，吳城幾個金融界大佬來了，其中有國家開發銀行省分行主管信貸業務的沙副行長，見面就罵阿O不夠朋友，幫他給甬城建設搞了天量資金，到吳城竟不來拜山。阿O連連賠罪，他還不放過，把阿O小心眼逐字逐句——哦，還有標點符號——修改标准合同的糗事抖落出來。阿O大囧，跳起來回懟：

"每一分錢可都是要還本付息的哦！我能不認真嗎？再說，你們總行不是也認可了嘛！"

"好好好，"沙笑得直不起腰來，"哈哈，瞧你又認真啦！"

阿O窘相，引得在場大佬哈哈大笑

柳漪斐也被卜犟請來了。她聽了一臉嚴肅，站出來替阿O出頭，說："好笑嗎？我怎麼沒覺得可笑？"

幾個銀行大班脖子一縮，噤若寒蟬。都知道她得理不讓人。

"若都有這樣認真負責的態度，銀行現在就不會有那麼多爛賬呆賬。尤其是國企！國家銀行的錢像是白拿的，有的連看都不看就簽合同，壓根兒沒想還，要還也是下任領導的事。而下任又新官不理舊賬。看看這局面，讓四大資產經營公司背了多少不良資產？"

在她注視下，財大氣粗的幾個大班幾乎不敢喘氣。論資歷、級別都不在她之下，無奈"縣官不如現管"。據說她就要升局長，背景豈可小覷。胡行長機靈，帶頭鼓起掌來，大家跟著鼓掌。

氣氛又活躍起來。簽約儀式開始，次第簽了三份協議：

建設銀行的授信15億元，據情報有人想搶風頭，臨時緊急會商改的；工商銀行的授信12億元；大通銀行直接授予銀行承兌匯票額度2億元，錢不多但是可立即兌現。

打開香檳酒，大家共同舉杯慶賀。

卜適時攝下的這意氣風發的場面，配發了獨家報道。阿O對這學姐是情有獨鐘，這場合也不宜有諸多記者進來問東問西，投資業務也不需要宣傳到家喻戶曉。

消息即刻傳到香港，鄧老闆很開心，對如夫人說："看，阿O就是一臺印鈔機。"

當場，俞行長提議請柳副局長講話，柳也不推辭。

"今天我沒準備講話。倒是剛才話題，使我忍不住想再說幾句。近來我研究了幾家銀行的標準合同文本，發現有些條文就是霸王條款。鮮有客戶像阿O一樣當面提出意見是不？"問得幾個大班面面相覷。柳還吐出驚人之語："這些看似絕對維護銀行利益的條款，其實是最大的風險！"

"你們以為有這霸王條款罩著，其他些許風險無須多慮，對不？其實一旦打起官司來靠不住，可能在某些個地方法院還能起作用，但現在最高人民法院已有判例，這些霸王條款被視為無效條款。因為，這違背了市場主體平等原則！"

話又說回來，"我想，以國家開發銀行之尊，總行領導之所以會同意一個小客戶的修改意見，正是基於這個原則。"

她看看周圍，想今天不能掃了大家面子，圓轉話題：

"我希望，今天簽訂銀企合作協議，是一個踐行市場主體平等原則的新起點。祝合作成功！"

眾人鼓掌。胡又帶頭，還怕柳沒注意，高聲叫好。這就過了，招來周圍幾個白眼。

觀禮見證的有省、市幾個政府部門的官員，有省發改委的、外經貿廳的、交通廳的、外匯管理局的等等。吳處長受特邀來幫助接待，這是阿O讓他多接觸頭面人物，心領神會。潘助理本想請出外公來站臺，阿O謝絕了，連威名赫赫的老棋友（原省軍區副司令）都沒請。進入酒會時間，自由散漫，大家各有應酬，三五成群，品評阿O從機場免稅店搜羅來的世界各地名酒。

省交通廳的曹廳長親自出席，是特意趕來的。他揪住阿O私下談，甬婺高速公路建設已箭在弦上，越城段資金還沒落實，鄧老闆的承諾要你來兌現哦！要是甬城段、婺城段都建成了，中間一段不通，將是巨大浪費，也是天大笑話。在他的催促下，翌日阿O就帶著新組建的項目評估團隊，趕到了越城。市交通局柴局長熱情接待，市政府領導設宴款待，接洽順利。

評估團隊在阿O指導下，對該線這一段37.89公里的建設條件、建築及維護成本、預期車流量等設計文件和資料進行分析，第二天又在局領導的陪同下實地考察，初步確定了投資意向。

返回秋水山莊后，經三天的建模測算，團隊討論，確信：

投資總額可以控制在25億元以下，投資回收期13.5年，IRR12.9%，資本回報率高達16%。

如果把甬婺線比作一條魚，甬城段是魚頭，骨頭難啃，要打幾個長隧道，還有部分路段在地震斷裂帶上，施工難度大，但經濟效益高於婺城段；婺城段是魚尾，地勢平坦，施工容易，但並行公路多，車流量分流也多，因而效益較低；越城段車流量匯集，施工難度相對較低，只是兩頭各有個不算長的隧道，因而是最肥的魚腹。不利的是，灌溉系統水渠密集，且民風彪悍，改渠、拆遷等政策處理較難。

阿O想，現在我與亞斯博士易位而處，不妨借用他的策略。

初步接洽，阿O感覺越城市政府的注意力還在跨海灣大橋上，經濟發展傾向與滬上加強聯繫，因而對甬婺線過境持消極態度，話里話外透著甩包袱的意思。怎麼辦？借勢！他主動去找曹廳長匯報工作，提出華夏星洲和越城交通投資有限公司合資成立項目公司，設定資本金7.5億元，按建設進度分步到位。雙方資本金7:3，由華夏星洲出大頭并承擔項目融資工作，地方政府負責征地拆遷。曹拍案叫好，起初還擔心阿O經驗不足，忽視了地方配合。

很快，在省交通廳的壓力下，柴局長與阿O簽訂了協議。越城以市交通局為主，成立項目工程指揮部，同時項目公司註冊掛牌，首期資本金1.5億元到位，阿O撥出1.05億元，柴撥出0.45億元。

背後，曹許諾柴給安排補助，促使項目盡快上馬。

項目公司組建，阿O出任總經理，人員招聘以當地為主，辦公地點租用交通局騰出來的房子，自覺置於柴的監督之下。鄧老闆不放心，從申城在建項目抽調一些人進入公司要害崗位把關，首先派來副總經理負責工程管理，接著是派財務部經理來管錢，再派辦公室主任來管印章，最後讓申城項目的負責人來兼任董事長。柴也委派了副總經理負責與地方關係處理，并推薦了會計和出納員。

這些人幾乎個個都有裙帶關係，背後都有利益博弈。各人打著維護己方利益旗號，實則謀取一己私利，蠅營狗苟。

阿O是項目建設註冊負責人，卻孤掌難鳴。

金之勢勝木，一刃不能殘一林之木；土之勢勝水，一掬不能塞江河；水之勢勝火，一酌不能救一車之薪。

越城對阿O來說，有特殊的感情，因為師門的計然七策在這裡大放異彩，炳彪史冊。他自承為傳人，在越城若不能像范蠡那樣再創輝煌，也不能留下敗績吧！

週末，他率一些公司管理人員到會稽山，恭恭敬敬祭拜了禹陵。敬香祝禱畢了，阿O讓大家自由活動，看日頭還未下山，自己就近朝一個山頭攀登。不一會，部屬們混入熙熙攘攘遊客落在山腳下，跟上來的只有潘助理，已是嬌喘吁吁。

攀上山崖時，阿O回頭拉了她一把，她已渾身力氣耗盡，順勢倒向阿O懷抱。阿O想掙脫，又怕傷了她的自尊，便扶著她在巖巔坐下來。她索性身子一歪躺倒在阿O懷裡，豐胸起伏，坦然任君採擷。阿O傻望著落日餘暉映照下的秀麗河山出神，她渴望阿O附身來吻，又不敢打斷他的思緒。

天幕漸漸暗下來，原先蒼白的月亮打起精神來，吐露光華。涼風起，她一哆嗦，抱緊了阿O，往溫暖的懷裡拱了拱。

"你在想什麼？"

"哦，"阿O回過神，看她拱在懷里踡縮，便將搭在肩頭的上裝蓋住她的嬌軀。自己點起一支煙，鬱鬱寡歡，說：

"我已淪落江湖，身不由己。看似風光，自知危機四伏，眼下這盤棋已成亂局。妳又何苦來蹚渾水？"

以清入濁必困辱，以濁入清必覆傾。

"跟著你闖，越來越有意思。怕啥，輸了大不了從頭再來！"

"嘿！"阿O笑道："下棋的是可以推枰再來，可我只是枚棋子，輸了便是敗亡。"又幽幽一歎，"贏局中也可能成為棄子。"

世道兇險，阿O怎麼跟她說呢？若非經受過挫折，她可能還在家族羽翼庇護下做著少女春天夢。而今心智成熟了，潘嫣也有點破罐子不怕摔的心理，霍的挺起腰桿："那我也心甘情願！跟著有情有義的人去博一場，勝似與庸俗小市民廝守一輩子。"

她兩眼閃亮，直逼阿O。阿O別傳臉去，被她雙手捧住，扳過來正面對視。她嘴唇哆嗦，還想說什麼，卻什麼也沒說，猛地對準嘴就吻，使勁吻，激動得淚流滿臉。

阿O腦子一時宕機。轉念，雙手抱住嬌軀，倒地一滾，將她壓在身下，撐起上半身，喘著粗氣，說："不怕我吃了妳？我可是一個流氓！"

"我不管！你吃了我吧，"她一把扯開胸襟，"讓你吃個夠！"

艷紅的乳罩，晃眼的白花花胸脯，激情催迫下起伏涌動，泛起潮紅。阿O傻眼了，還真惑誘？！不過，見識過"八國聯軍"還真有免疫力，他歎息一聲扭過頭去，又掏煙抽起來。小嫣扳著他的肩膀坐起身，委屈地問："是我不如小婭美麼？"

"不，春蘭秋菊各有芳菲。"阿O心裡自然是小婭可愛，但不願傷害她的自尊心。

"哪為何……不愛我？"她沮喪。

阿O這才轉過頭來，認真道："美貌會讓所有男人動心，但那只是感官的吸引。而愛是心靈的吸引，直教人生死相許！我的初戀情人，是一個臉上有可怖疤痕的護士，但心靈似天使，我曾像一條小狗依戀她，覺得她是世上最可愛的……"

"後來呢？"她被意外的故事吸引。

"剛表白就被她暴揍一頓，我傷心了好久！"

說著，他鼻頭發酸。偏巧，這時手機鈴響了，靜謐的山野里響得格外刺耳。阿O壞壞一笑，從褲兜裡掏出它來接聽。電話里傳來杜副行長的聲音：

"阿O老弟，我们這就下高速啦，越城分行那幾個頭兒已在咸亨酒店等候，酒席擺在大雅堂，你先過去吧！我們很快就趕到。"

"哦哦，我這就過去。"

阿O額手慶幸，方才心事重重，差點忘了重要約會。

八、兩面

阿O一轱轆翻身站起，伸手拉起小嬤，往山腰那邊公路跑。攔下一輛的士，趕到還不算遠的那個著名的百年老店，一座鬧市裡的古色古香的建築。電話鈴又響了，是陪同領導來的潘姑打給小嬤來催促的，他們已先到酒店。小嬤謊稱誤跑到新咸亨酒店去了，正逗轉過來。那邊寬慰別急。

"要不我就不去了，好麼？"她一手抓著剛才扯開的連衣裙胸襟，紅著臉說。阿O一看，還好只掉了第一、二、三個釦子，第四個能扣上，以下都完好無損。正好街邊的有個珠寶店，拉著她進去迅速挑了一枚綠寶石胸針，匆匆刷卡買下來別在她胸前。

她照鏡子一看，雖有點暴露，呈8形，還真是香港流行的款，細心去掉扣子殘餘線頭，看上去是新潮裝。白皙的胸脯映襯碧綠寶石，異樣嬌艷，讓人不敢直視。

"既入商場，桌面關總是要過的"，阿O誨人不倦。"況且，妳姑媽刻意安排的聚会，对項目融資关系重大，妳怎能不去捧場？"

到酒店包廂，杜起身相迎打趣道："姍姍來遲，是否等候美人化妝呵？"把小嬤羞得臉上飛霞。阿O臉皮厚，反唇相譏："杜大班還挺有經驗嘛！"眾人訕笑。

"說實話，是我猶豫著，不好意思進來。"阿O為她開脫。

"哦，為何？"主人疑問。

"杜大班說約在'大雅堂'，我聽了尋思：越城乃千年文化之邦，那地方擺酒想應是群賢畢至，我一介渾身銅臭的港商，怎配登大雅之堂，附庸風雅？"

嘿，大班皆一愣：這話說的，有意思。

"這小子在罵我們哩！"潘姑想歪了，還解釋："我們做銀行的就是整天在錢堆裡轉，豈不是更多銅臭味？"

哄堂大笑，大班們不以為忤，反覺有趣。阿O汗顏：

"好好好，我給諸位大班賠罪，當自罰三杯。"

賓主坐定，杜給在座各位作了介紹，阿O一、一敬酒，謙卑誠懇，贏得好感。桌上敬了一圈，再額外連飲三杯，阿O未忘自罰。

小嫣急了，連忙勸阻，說："這25年太雕陳釀，入口綿飴，后醉可厲害。萬不可多飲！"

阿O正等著這句話，即向座上諸位拱手告饒，笑吟吟道：

"在這大雅之堂，結識諸位金融家，又有如此佳釀，得意忘形，見笑了，見笑了。"

別人再勸也不喝了，要了杯茶水作陪，還再三致歉，說改日請到秋水山莊，再與諸位盡興。

席間，越城的喬行長審視著阿O的言行舉止，不時與鄰座的潘姑悄悄交流，說他灑脫風雅，語出必行，又能自律，應是個有信用的客戶。潘姑則見阿O尊重姪女且言聽計從，很是滿意，自是讚歎不已：若成一對多好！小嫣胸前的綠寶石吸引了她的目光，悄悄問："這枚胸針怕要好幾萬吧？"

"不知道，"小嫣搖頭，"他買的。"

潘姑看向阿O的目光有點複雜，思忖：都說這小子是"小心眼"，摳門，竟這麼大方？！

咸亨酒店必上佐酒菜有茴香豆。潘姑說，吃茴香豆就想起了

"阿Q"。侍應生提醒一下，應該是"孔乙己"，讓潘姑臊紅了臉。阿O插科打諢，說其實"孔乙己"是讀過書的"阿Q"，"阿Q"若上私塾讀幾年，也是一個"孔乙己"。問他何以見得，阿O一時不想扯開去詳解，搪塞道：一個爹生的嘛！大家捧腹噴食，想想也是。

"嘿，他倆都是魯迅筆下誕生的没错。"喬一樂，戲問："那么，阿'O'與阿'Q'什麼關係，是兄弟？"

阿O信口開河："說來話長。那天到了軒轅口，跪在刑場上，劊子手喝高了，得令便快刀一揮，刀光閃過辮子落地，倒地的阿O一摸腦袋還在，就地一滾，鑽進圍觀人群……"

"等等，"首座上的杜大班不好胡弄，伸手攔住話頭。"你說什麼，倒地的阿O——'O'？！"

"是啊，丟了辮子怎麼好意思再稱自己阿'Q'？"

座上諸位面面相覷，轉念間有人憋不住嗤嗤笑出聲來，其他人相繼發笑，很快匯成滿堂哄笑。化解了潘姑的尷尬，阿O施施然起身，說："今日既登大雅之堂，我也附庸風雅，背誦一首此地先賢賀知章告老還鄉寫的好詩。"

少小離家老大歸，鄉音無改鬢毛衰

兒童相見不相識，笑問客從何處來

誦罷，擺手撫息滿桌掌聲，朝喬一拱手："請教地主喬大班。詩中說他到老還未改鄉音，對不？哪——越人方言該怎麼念呢？"

喬堆起笑容，稱讚阿O博學，謙遜說自己書讀的不多，土生土長，說方言還行，當下用方言復誦一遍。誦诗時他搖頭晃腦，是老派腔调，唐代《元和韵谱》的韵味，別有一番情趣。別人都頷首，阿O卻搖頭，說："好像有點不對哦。"

"哪裡不對？"杜追問，"你倒說說。"

當地的幾位逼視過來，阿O摸摸鼻子，有點難為情，說："前些天我去考察線路，遇到老農問山上有沒有野獸，回答是'Niū'！剛才您念作鄉音'Wú'改，那就鄉音已改。對乎哉？不對也！"

見座上好幾位樂不可支，笑得前俯後仰，阿O慌忙扶住桌面，怕灑了酒水。喬真是個人物，面不改色，站起來又認真用方言念了一遍，纠正了"无"的发音，然後對阿O拱手一禮："受教！"

阿O肅然起敬，又要來酒杯，滿上，再敬喬一杯。

自此兩人成了朋友，阿O以後每到越城必詣喬，喬也多次到訪秋水山莊，品酒論詩。喬有新作相贈，阿O即步韻唱和。

而在業務上，兩人各為其主，博弈各展其能，鬥得難分難解。當晚酒後小憩，初步接洽項目融資，項目投資願望雙方一致，談到利率就有重大分歧。越城工行給當地公司的貸款，利率是基準上浮10%到15%，而阿O卻要求下浮10%。

貸款利率的考量，阿O認為除了資金成本及銀行收益，主要還在於银行間接投資的項目風險，而這是甬婺線越城段項目的優勢。喬則認為利率主要看市場供需，近年來當地個體企業如雨後春筍般冒出來，那些沒有原始積累的業主，對貸款的饑渴可想而知，民間高利貸2分利都爭搶。

但阿O有更廣的視野，可在國內、國際兩方面資金市場選擇。

回到吳城，阿O接到了鄧老闆的"厚賞"，一輛嶄新的德國原裝進口奧迪A8黑色轎車，隨同而來的是兩位嬌美的申城小姐。

阿O把她們交給潘助理去安置，授意讓一個財大畢業的小涂當會計管賬，另一個職高畢業的小柯當秘書管公司印章。小嬌不滿，阿O苦笑道："做棋子要有棋子的覺悟。哪怕是身為'將'或'帥'，職業經理人要自覺接受老闆的監督。"

鄧對這樣安排很滿意，原本打算委派一位副總經理過來，也就擱置了，但阿O要求任命的兩位副總也沒批。一位是潘媽，仍為總經理助理；另一位是老棋友推薦的邵斌，軍旅出身的網絡高手。

由於鄧身邊傳來猜忌的風言風語，阿O只得任命邵為企劃部經理，負責投資項目研究分析。在甬婺線越城段項目評估中，他展現了卓越的網絡資訊收集分析才能。阿O下達任命時誠摯地說："邵斌，我看好你的未來，希望你的職業生涯規劃裡，有段時間與企業發展的軌跡契合。相信我，就委屈一時。"

作為決定地位。置身在體制外的企業里，阿O自身有體會。

來了兩個不速之客，是馬良和他的同學田漢。阿O拿出好酒款待，殷切問候兄弟們的近況，以及天策房產的建設經營。小良對經營方面所知不詳，只知道佘老大現在已是香港上市公司的董事長，天策房產以資金優勢吃下了許多項目。說到濱江樓盤的建設，他很嗦瑟，誇耀了設計獎、建築獎等一大堆。他這次登門拜訪，是陪老同學來求職的，有陳老總的推薦信。

好大的面子！阿O打量著這面容清癯目光炯炯的精壯漢子，好感油然而生，何況自己負有陳老總的提攜之恩，收下他是一定的，怎麼安排他才好？聽介紹，他曾是陳手下的一個項目經理，由於時下水利工程業務不景氣，加之陳的繼任者排擠，跳槽出來另謀出路。先到天策房產，專業不對口難以施展，肖建議他來找阿O。

"作為老同學，我馬良別的不敢保證，田漢的為人正直可以拿我項上人頭作擔保。他從央企出走，就是不願同流合污。"

"哦，"阿O覺得有趣，"你還是第一次跟我說這個話。可以為他掉腦袋，是不是你'打土豪，分房子'的同志？"

"我是認真的！"馬急了。想了想，他還是要把話說出來："您也別想叫他做齷齪的事。"

阿O認真點頭，正是自己可遇不可求的。

高速公路建設基礎施工主要是土石方工程及混凝土結構，與水利工程有相通之處，讓他有個適應過程就能發揮作用。阿O當下決定派他去項目公司任總經理助理，他也欣然從命。

"你不是說要過三關，桌面關、情面關、場面關。"潘助理辦好田漢的任命文件，交給阿O。"怎麼，自己就過不了情面關？"

"呃，"阿O一愣，反應過來，啞然失笑。

"傻丫頭，不講情面以後誰幫你？關鍵在於是否礙於情面，該用的人不用，不該用的人用了。"

"那好，我外公的面子給不給？"潘找到機會，說了不知該怎麼說出口的話。

"怎麼，你外公有何吩咐？"阿O沉下臉，認真對待。

潘又扭捏起來，哼唧會兒，赧顏道："請你晚上到家里做客。"

看她支支吾吾，也不說明因由，阿O想：若非邢書記降臨，譚老可能是省委一把手，駁他面子，以後麻煩大了。於是，叫她去準備禮物。

這是當作公事對待，她心裡有點失落，隨意買了點時令水果交差。阿O也沒介意。

阿O隨小媽來到寶石山下，那個古樹參天的大院，進入武警站崗的大鐵門。裡面別有乾坤，山腳下散落著好幾幢別墅，阿O覺得自己像劉姥姥進了大觀園，任由小媽領著在花木掩映的曲徑穿行，來到一處雅致的庭院。小車可以開進來的，他們步行抄了近路。客廳外已有人等候，是一個戴金絲眼鏡的儒雅年輕人，穿馬甲著西褲，卻趿拉一雙拖鞋，無疑是主人。潘叫他小舅，問起外公，他說老頭子臨時有重要會議，可能很晚才回家。把阿O請進門，他擺手讓保姆迴避，親自泡茶、遞煙，讓阿O坐在大沙發上，自己在旁陪聊。

阿O跟着小媽尊稱他為小舅，他摆手说："你我平辈论交，叫我小谭，谭永杰。"倒也没什么公子哥儿邪气。

寒暄幾句，他直截了當說，請阿O設法搞點工程業務。

剛完成博士學業，組織上安排他到越城市轄的一個縣里掛職鍛煉，當副縣長。聽說甬婺線穿過他們縣，幾個朋友想弄點工程業務，照例會按業務量給提成，大家分享。

"這點小事，對你這個省公司的一把手來說，不費勁吧？"

瞧他說得輕巧，看來是許多人巴結他，把他寵壞了。阿O笑了，點點頭："說難也不難。"

"您是學建築的？"阿O把話題扯開。

"不，是研究西方政治學的。"

"研究馬克思主義，還是馬基雅維利主義？"

"本科是馬列主義專業，讀碩士起就擴展了研究範圍。你知道馬基雅維利？"

"噢，讀過他的《君主論》。"

"君王權術，對你的經營管理有用麼？"

"不，我有本能抵觸。但佩服他對專制手段及人性本質的論述鞭辟入裡，思想深邃。您的博士論文也是這方面的研究心得？"

"不，是關於古羅馬的共和制及其民主方式。"

"那倒是很有現實意義。"阿O意味深長地說："有助於認識現在的政治體制。"

"您說的是'元老院'麼？"

阿O笑笑。這使他兩眼放光，眼前這"土鱉"能一下子抓住要害，當刮目相看。他馬上給阿O面前的茶杯續水，興沖沖到書房拿來一份大學學刊，翻到自己發表的論文，指給阿O看。接著，他開始滔滔不絕談起自己的獨到見解，痛罵編輯無眼，刪去了精華部分，特別是恩格斯談論美國議會制度的引述。

"也許編輯是好意。"阿O勸慰，"您的見解確實不俗，但涉及過於敏感話題，如果是我說的，恐怕已被……"

"想不到你是個膽小鬼！"他又恢復了对土鱉的鄙視。"我們在插隊落戶時就敢批評時政。"

"但現在，我們已不是小孩了。"阿O認真起來，反過來蔑視道："小孩子才會說'皇帝沒穿衣裳'。"

氣氛搞僵了。扮淑女乖乖坐在旁邊的潘小姐笑了笑，拿起削好的水果遞過去："小舅，吃蘋果！"

"您當副縣長分管哪一塊？"阿O又轉了話題。

"暫時只管文教，主抓希望工程。"

"我去考察甬婺線時，經過王羲之墓所在的那個鄉，看到一個很破爛的小學。"

"哦，是'書聖小學'。我一來就申請撥款修繕，到現在財政還沒安排預算。"他爆了粗口，"他娘的，重視教育都在嘴巴上說說！"

阿O見他良心未泯，就說："這樣吧，我將以'非典'流行期間不宜集會的名義，取消項目建設開工典禮，省下這筆花費捐給你們縣的希望工程。」

他又不放心，問：「您能確保不會被挪用吧？」

「誰他媽敢挪用！咱家老头子再沒本事，撸掉一頂七品芝麻官帽子還是辦得到的。」

九、三刀

「好，我明天就向鄧老闆打報告。」阿O看看手錶，想告辭，被主人挽留再坐會兒。點了支煙想想，他還是說了心裡話。

「我不想幫您搞工程業務，因為不值得！」

這當面拒絕也太過不給面子了吧?見主人發憷，阿O笑笑說：「我覺得谭兄的政治見解不俗，希望您以後大放異彩，不想讓您為這點錢掉進坑裡。」見潘小姐也疑惑，解釋道：「妳該知道，這麼大的工程依法應公開招投標。我耍花樣瞞得過外界，瞞不過鄧老闆佈下的眼線。當然，鄧老闆應該會同意或默許，所以说'不难'。那麼，妳小舅的脖子上就被套了絞索，以後將被人家牽著走。那些小商人也許不敢怎麼樣，但鄧老闆在北京高層也是有人的，不然也不可能成氣候。」

這話，揭示了商界的骯臟，燈紅酒綠下的刀光劍影。

「給您個忠告：從政就別想發財，想發財去經商！」

阿O離去后，里間走出來小潘的外公，他已聽了多時，感歎道：「那死鬼真有眼力，難怪肯將女兒許配給一個被處勞教的流氓。此人非池中物，可惜跟我們無緣。」

「外公，難道我們真的無緣？」

"妳死了心吧！明天就辭職，別再跟著他虛擲光陰，跟著他妳沒好日子過。年輕才俊多的是，改天叫妳媽再抓一把挑挑。"慈愛地將她拉倒身旁坐下，語重心長地告誡："跟著他，妳有得苦吃！"

"不，絕不！"潘大小姐急哭了，"情願跟他吃苦。"

潘大小姐特寵撒潑，外公拿她沒轍。現在她父母的關係處於危機中，被第三者插足搞得焦頭爛額，也沒心思管她。

實際上，華夏星洲是她在日常當家，各方面不看僧面看佛面，不敢為難。公司內部，兩個申城小姐看她背景不得不敬畏，邵斌等職員更是她的死黨，阿O時常不在公司，她便是頭。

通過關係，她搞來特殊號碼車牌，方便出入政府機關。還怕阿O到施工現場被村民圍攻，托小舅搞了一輛警車，放在項目公司。

各項政府審批事宜，她去辦比阿O親自出馬還好說。

秋水山莊雖好，但是租的，她又看中湖濱一幢帶花園的別墅，要買下來作為公司的駐地。由於在歷史建築名錄上，政府官員實在沒法辦過戶，只得變通，給她簽了個20年的租約，相當於被她買下來了。裝修費了她不少心思。修篁環繞，花園內挖池鑿井還搞了湧泉，養了一群錦鯉、金錢龜，點綴太湖奇石，別墅成了水榭樓閣，主體則修舊如舊，保留民國時期的風貌，以致游人作為景點拍照留念，還有來拍婚紗照的。政府原規劃拓寬道路，要佔去大半花園，憐它美景不忍下手，擱置了道路改造的半幅規劃。

公司形象無形中被拔高了不少檔次。

公司新居由她折騰，阿O自己忙於撒網佈局。他親自陪田漢去越城上任，途中將項目公司的內部齟齬細細分析，讓田有心理準備，但保證只要自己還在項目總經理任上，極端情況下會用極端手段挺他。正常情況下，如何周旋于各方利益之間并發揮自己的正能量，就看他的江湖經驗了。阿O在項目中不圖什麼私利，只求項目如期建設好，不需要這個安插的親信為自己做什麼。

田漢感到欣慰，困難不怕，齟齬也不怕，哪個單位內部不複雜？有您正直的老總信任就夠了，自己會對得起這份信任。

這步棋，使阿O對項目建設施工進程了如指掌，後來在緊要關頭採取斷然措施，踢開主管工程的副總和財務總監，讓田漢擔綱，保證了甬婺線如期竣工通車。

田漢的任命一宣佈，會上自然不會有反對聲，會後就像被捅了馬蜂窩，公司職員各找各媽，四出打小報告。

鄧老闆正在申城家中，陪大老婆玩麻將牌，聞報只是笑笑。他心裡明白：從這項工程得益，自己是大頭，讓跟隨的手下也撈點湯渣吧。阿O安插個親信盯著大家也好，免得過分。阿O想撈？國企裡這麼多機會他不撈，現在轉性啦？

柴局長接到報告也笑笑，心說："阿O看來不是個傻蛋，這一刀插得真狠！不過，有道是'擋人財路如殺人父母'，有你難受的。"

兩個巨頭不發話，其他人也無可奈何。副總經理以上要通過董事會任命，老總聘個助理能說啥？惹惱了，他開掉幾個自己不順眼的，找個理由還不容易？想不到，阿O真做了，很快祭出第二刀：開掉項目公司財務部經理，讓她哪裡來回哪裡去！

這讓鄧老闆火冒三丈，當即打來電話責問。

原因是她擅自趁"十一"節假期出遊，因為陪同鄧老闆的如夫人，逾期不歸也未經請假。阿O要項目公司財務部編制項目貸款申請書，指令15天前已下達，讓潘助理打電話催要，一問她竟然沒當回事，還在山水間逍遙。阿O只好親自出手，邵經理、潘助理相助，搞了個通宵完成編制。第二天，小嫣將它分別送達各家銀行，同時紅著眼替阿O下了辭退令。

阿O認賬，還在電話里說了"孫武操練宮女斬王妃"的故事。鄧聽了發笑，想：若因此惩罚他，岂非显得我"公路大王"没气度？暫且嚥下這口氣，縱容了先斬後奏。如夫人恨得牙根癢癢。

接到項目貸款申請書，俞行長和沙副行長聯袂而來，到秋水山莊找阿O談判。國開行在越城沒有分支機構，項目貸款擬由建行越城分行監管。聽說工行已與阿O接洽，下決心要爭一爭。阿O設酒款待，對銀行主動上門感激不已，但對國開行要求資本金佔項目總投資的35%感到為難。

杜副行長和喬行長也來了，算是老朋友相見，不醉無歸。席間，喬行長退讓一步，工行願將利率降到基準下浮5%。他們看上的是建成后每天通行費收入的巨額現金流。

這是阿O期待的局面，但還不滿意。

多家銀行競爭的結果，是越城建行額外提供總投資的5%貸款，國開行視為項目公司自籌資金，給予總投資的65%的貸款，利率一降到底，下浮10%。這就讓其他銀行知難而退。

"阿O你有本事就讓利率下浮15%！"

鄧老闆找荏發洩不滿，信口胡說。阿O想了想，還是應承道："那您別幹預，我再設法讓項目建設期的資金成本降下來。"

"這不可能，違反金融政策。"潘助理在旁提醒。

阿O笑笑。他是認真的，因為手裡還有牌。潘拭目以待，看他還能玩什麼花樣，突破央行劃的底線。

項目公司與國開行、建行的簽約儀式，在越城新咸亨酒店舉行。當晚，項目公司宴請各方，市委程書記也撥冗光臨，金融界的頭頭腦腦來了不少，喬行長負氣沒來。阿O親自打電話再請，還到酒店門口迎候。喬拗不過還是來了，見面就夸：

"好你個阿O，還會耍'二桃殺三士'的把戲！"

"想捧殺我？什麼殺不殺的，買賣不成仁義在。"話雖這麼說，阿O再三賠罪，還承諾即從項目公司調7,000萬元存入越城工行，喬這才緩頰。知情者都說阿O會做人，小嫣則說：是有遠見。

別以為是小女子情愫作怪，她對阿O的經營之道有了更深的理解：要有騰挪空間！後來，真的應驗。

酒席上，阿O勸酒搞氣氛，又賣弄風騷，學喬的腔調吟誦了賀知章的那首詩。當地人都夸他能到鄉隨俗，感到親切和被尊重。阿O卻專向喬敬酒，並說是剛向他學的，請喬喝下拜師酒。眾人鼓掌之下，喬再也繃不住臉，喝了酒表態：以後將一如既往支持交通建設，將甬婺線項目公司作為重點客戶。

沙副行長和俞行長高聲叫好。俞還拉著當地分行幾位頭兒向喬敬酒，借機融洽關係。

程書記看在眼裡，佩服老領導的外孫因有眼力。

可當場有人挑眼，一位當地建築業大佬來主桌敬酒，仗著幾分醉意說："這位港商，能用俺鄉土話唱古詩，想必很了解越城風土人情。這裡民風彪悍，窮山惡水出土匪，天臺山著名土匪頭——王金發，聽說過嗎？就是我們長樂鄉人。俗話說'強龍不壓地頭蛇'……"

"打住！"阿O毫不客氣打斷他高談闊論，知道他想要挾自己搞點工程業務，笑道：「瞧您這話說的，我懷疑您不是本地人。」

「哈！」那大佬一愣，說：「我不是？你說我不是本地人？你問問他、他、他……」被他指到的座上幾位都報以訕笑，預感這傢伙落了人家的套，還渾不吝的。

「王金發乃辛亥革命英烈秋瑾的把兄弟，造清王朝反的民主革命軍將領，是越城的驕傲！本地人有您這麼說自己的英雄麼？」

眾人點頭，都道：是，是，是呵！

「您喝高了。」阿O為那大佬解窘，扶著請回原座，高聲叫服務員給他來一杯解酒茶。然後，轉向主賓座上的程書記，拱手道：「領導呵，說什麼土匪啊，地頭蛇啊，對本地招商引資不利，傳出去還不把投資商嚇跑囉？在香港，公司董事會上介紹投資項目，我說，越城自古是文化禮儀之邦。」

「太對了！」書記大人站起來發話，「本地的同志都聽到了吧，還是這位港商政治覺悟高，值得大家學習。要搞好招商引資的軟環境，多講越城的光榮歷史。解放都半個世紀了，還談什麼土匪、地頭蛇，你不要臉共產黨還要臉！」

接著，他聲色俱厲警告：「那個地頭蛇敢鑽出來試試？堅決剷除！」轉而和顏悅色對阿O說：「再聽到這類混賬話，直接來找我。」

那大佬聽到一哆嗦，滾燙茶水撒到褲襠上，還不敢聲張，怕眾人注意力轉到自己身上。

很快在越城傳開了，市委程書記罩著阿O。

阿O的第三刀出手。竟然不顧紛至沓來的關係戶，也不顧副總已開始私下議標，他去交通廳匯報工作，愣愣將公司可以自主的項目施工招投標交由"省招標辦"主持，回頭又狐假虎威，拿曹廳長指示堵住非議。自己不插手，誰想違法搞小動作，有檢察院伺候。

這下，阿O犯了眾怒。公司董事長也從申城趕來問罪。

阿O卻抽身去了香港。盛總很欣賞阿O的作為，也討厭滬幫那夥人上下其手，一向是幫阿O的。他寬慰道："越城項目事已定局，公開招投標之下，充其量讓他們搞點小動作，弄點競標建築商給的好處，無傷大雅。你有更重要的事要做。"

把阿O召來，是商議星洲基建的投資計劃，因為阿O是公司主管投資業務的副總經理。

盛想改變原計劃，抓住機遇跟央企合作，在石油期貨上搏一把，希望阿O配合他操盤，誘惑是獲利提取高額獎金。阿O明白，這將影響內地的項目投資，若資金被套牢，或損失慘重，公路建設項目甚至可能爛尾，很為難。

出於尊重，阿O沒有當即反對。他要了有關資料，下功夫去研究盛的計劃，以及國際市場的石油行情。

回到灣仔老窩，剛進門戴明憲就找來了，拉他出去喝酒。

作為星洲基建的前任董事總經理，他和前任董事長一起卸任了。董事長留在駐港辦事處，他則被召回甬城另行安排，搭明天的航班離港，這是來辭行。就近到君悅酒店的大堂吧，兩人要了一打德國黑啤，苦顏相對喝悶酒。心頭都有千言萬語，不知從何說起。

十、高手

阿O恪守自律，不理甬城的事。決不幫鄧老闆算計甬城，也只能眼睜睜看著他們喪失控股權，內心也不好受。這曾是他千辛萬苦從英國人手裡奪來的，為此還被法院判罰，至今不能涉足證券業，也不能出任上市公司董事。戴明憲知道不能怪阿O，只怪自己無能。止不住的淚水奪眶而出，和著淚水喝黑啤，嗝出一聲："苦呵！"

話匣打開，阿O勸慰他：

"鄧氏集團財大氣粗，盛總的操盤經驗和人脈資源確不是常人可比。捫心自問，若非有機可乘，出奇制勝，我也招架不住。"

他為戴復盤評點：

一、張先生急需巨額資金，鄧氏集團乘機一口吞下他明裡暗裡持有的的5.2億股，盛以"財務投資"且不到30%說項，沒觸發"全面要約"，讓鄧為第二大股東蟄伏。這是"扮豬吃老虎"。

戴坦承：沒想到鄔少華會私沒重要信息，以致失去可靠的盟友。他見勢不妙，曾向上級請求讓阿O回來主持大局，上級的答復是"地球離了誰照樣轉"。當時，鄧支持大股東對跨海灣大橋的投資主張，再高調赴甬城投資50億元，貌似是比張先生更好的合作夥伴，麻痺了甬城市政府的警惕性，也拔掉了威脅自己的利牙——唯一在星洲基建有影響力的阿O。這局棋阿O不出手還真玩不轉。

阿O感慨：朝中有人排宗澤，虎帳無人用岳飛。我算老幾？

二、由中介機構出面介紹個好項目，星洲基建的資金已掏空，批股為代價收購也順理成章。這是"引狼入室"。

戴坦承：盛總當時是投資銀行負責人，受他的鼓惑，星洲基建以優惠5%的價格定向配售新股3.7億股，以股代價收購香江基建的一座剛建成的賓館。原以為不化錢壯大公司實力，新增利潤來源，又吸納了頂尖富豪為第三大股東，抬高公司聲譽能拉升股價，一舉多得，全沒想到危險。看股價升到2元多，高興還來不及。

阿O感歎：人的弱點，是總往有利的地方想！

三、"臥槽馬"突然殺出，兩大股東聯手拿下公司控制權。

戴坦承：沒料到他們竟會聯手將自己趕下了臺。這背後的勾兌無從知道，沒把柄能告他們為"一致行動人"麼？間接持股更難查證。幾個股東意見一致也很正常啊！香港是法治社會，律師辯才出神入化，法官對證據的要求近於苛刻，要伸張正義難如登天。

鄧提議召開股東大會時，駐港辦領導層齊出，四處活動，也沒能挽回敗局。最後，報經市領導批准，他們乾脆找幾家實力較強的有自營業務的券商，把持有的股票拋了套現，倒是換回一大筆錢，哈！戴含淚苦笑，而今手頭股票總算出乾淨，該打道回府啦！

兩人復盤檢討，敬佩投資銀行老手，確是高明！

盛總在華爾街時，曾冷靜應對"里根遇刺事件"的危機，匯市上逆勢做多美元，為華夏銀行賺了一大筆，被譽為青年才俊。后被雷曼兄弟挖去做投資銀行業務，在業內聲譽鵲起，轉又被澳洲財團聘為香港投資銀行的總經理。這次是搖身一變"伴郎成了新郎"。起初，為鄧氏集團併購星洲基建提供中介服務，成功控股星洲基建后，被鄧老闆高薪挖來，成了上市公司董事總經理。年薪100萬，可是美元哦，幾乎是阿O的八倍。

戴認栽，只是心頭還有牽掛：失去這張資本市場入場券，下一步最擔心的是繞城高速公路的建設，若不能如期建成這交通樞紐，將影響國家的北侖港二期建設計劃。鄧氏集團投下3個億，資金已難以為繼，上次股東大會審議通過接盤計劃，已發行新股募集資金6億元，有跡象顯示：盛總有改變資金投向的企圖。

他懇求道："阿O，我知道你有'約法三章'，但甬城畢竟是你的家鄉，為孫中山先生的'東方大港'夢想，再次出手吧！"

"賣了星洲基建的股份，偌大一筆錢在手，還愁什麼？"

"還記得那個'菁英信託'倒閉的事麼？"戴豎起中指，倒轉來插入酒瓶口。"許市長拿去填補大窟窿啦！"

阿O點點頭。記得當時市政府捂蓋子力保菁英信託，理應負責。各地來討債的也有政府撐腰，不是好糊弄的。這無可奈何。

然而，阿O也不好直接應承他，就岔開話題問他以後的工作安排。他也茫然，"黨叫幹啥就幹啥"唄，還真沒為自己好好考慮過。老上司王喆去世后，市政府不知還有誰能為他說話。

送別小戴，望著他落寞孤寂的背影，阿O心頭湧起同病相憐之感，掏出手機發了一條短信給他：

青山一道同雲雨，明月何曾是兩鄉

莫謂前路無知己，天下誰人不識君

佇立在君悅酒店的門口，阿O滿腹心事，又犯傻了。借古人這首詩送別，兄弟呵，不僅是表達情意，其中深意你該領悟！這時，一輛白色的皇冠轎車駛來，停在他面前，酒店門童上前為他打開車門。背後有人推了他一把，"上車！"

阿O驚回頭。沒錯，是賈生，一身白西裝打扮得像洪常青。這傢伙總是神出鬼沒的！依言上了車，見車駛向獅子山，就戲問："帶我去見南霸天？"

"見你和朋友喝悶酒，出門又不回家，想女人了吧？哥可憐你，帶你去玩玩！"

阿O翻了個白眼，說："送我回家，還有功課要做！"

"盛總那點屁事嗎？"他似乎什麼都清楚，"你別管，等下聽鄧老闆怎麼說。"

"對啊。"前座的人扭身探出螺髻螓首，從抹得鮮紅的嘴唇吐言："您得聽鄧老闆的！做事不依東，累死無用功。"

有人的地方就有江湖，不是國企才有辦公室政治。

"你身邊不缺女人吧！鄧老闆把兩個申城小姐送到你身邊，嬌嫩臉蛋能擰出水來，你還看不上？"

"是潘助理把您看得緊吧？"

"嘿，都收了吧！"

"嘻嘻嘻……"

兩人唱雙簧似的調侃。阿O緘默，點起一根煙，也給身邊的賈點了一根。賈的眼睛真毒，稍不留神會被看穿底牌，最好的應對就是任他嫖。司機打開車窗，疾風挾噪音灌進來，讓他們閉了嘴。

轎車駛入半山的一處別墅院子。

迎候的是一位金發小美女，阿O在星視的亞洲小姐選美活動見過，金絲貓似的妖嬈靚麗。想不到見面就給他一個大大的擁抱，阿O聞到她呼出的酒氣，就別轉了頭，臉頰被她"吧唧"親了一下。她又撲向賈，掛在高個子頸上蕩千秋，蹭熱度。親熱一番，她才將客人引入室內。

別墅的隔音不錯。想不到室內搖滾樂震天動地，五彩繽紛中強光閃爍，只見幾個男女剪影晃動，扭曲，抽風，癲狂，光怪陸離的景象讓阿O發暈。賈見他眉頭緊蹙，便領他鑽入了地下室。

地下室還算清靜。一排排酒櫃，陳列著各色瓶酒，是阿O見過沒見過的，太豐富啦！酒色方面阿O是小白，由賈領著挑選，拿了兩瓶，在大沙發上相對坐下來品嘗。茶几上酒器是現成的，第一瓶開的是法國拉菲莊園的紅酒，阿O沒看年份，倒入醒酒器擱在一邊，點根煙瞇著眼睛休息。賈開了第二瓶，是蘇格蘭威士忌，在兩個水晶杯裡加了冰塊，倒入約2盎司金色酒液，和阿O互敬同啜。這會不會影響紅酒的口感也顧不上了，眼前酒香已讓他們愜意得很，誰也沒開口，各自想心事。喝著，倦意襲來，阿O瞇上了眼睛。

再睜開眼時，茶几上多了個果盤，酒杯也換成了高腳的，盛著拉菲莊園1982年的紅酒。對面的賈生懷裡踡縮著半裸"金絲貓"，一隻手在她豐臀上遊走。他用另一手舉杯向阿O致意。

繼續喝。正喝得蘇爽，鄧老闆叼著煙來了，穿浴袍趿拖鞋，擺手示意他們別起來，一屁股坐到阿O身邊，順手掏出煙盒扔上檯面："提提神，正好要找你說件事。"

聞到煙味有異香，可能夾了大麻。阿O怵惕，摸自己的煙抽。賈拍了一下"金絲貓"的屁股，她乖巧地起來，給鄧倒上紅酒，退了出去。

"阿O，你做過期貨麼？"鄧沉聲問。

"沒，"阿O老實回答。

"你不是考了證券期貨執業牌照麼？"

"哦，做期貨是2號牌。我是6號牌，做企業上市或併購的。"

"隔行不隔理，理是通的。你應該上手不難。"

"隔行如隔山。上手是不難，做好卻難。"阿O想到小戴的話，約摸知道鄧的意圖。轉念又說："不過，見過朋友操盤，也知道門道。後來看著他差點輸得傾家蕩產，從此不敢再碰。"

"哦——怎麼回事？"鄧來了興趣，"說說。"

"前幾年我剛到香港工作，結識了一個證券業操盤高手，他助我拿下了星洲基建控股權。當時國際市場銅價瘋漲，LME三個月合約價從年初到年末幾乎翻番，一度高達每噸3,000多美元，那老兄經不住誘惑，將全部身家投進去跟風做多，還拉我也去做期銅。我分析漲價的原因，是日本住友商社在人為控盤，盤面已遠遠脫離供需均衡水平，勸他趕緊拋出。"

"為什麼？"貪婪之心鄧更熾。

"我發現多頭有被一些國際資本大鱷圍獵的跡象，量子、老虎、迪恩威特等基金都在做空，一些大型金屬貿易商也在打壓銅價，但那老兄聽不進去。果然，被深度套牢……"

"那是97回歸前一年春天的事吧？"賈也有風聞，"香港好些炒期貨的人爆倉，後來還有人跳樓。"

"當時一度有所反彈，價格回升到2,700左右，我勸他割肉離場，可他還要借錢加注做多，指望重上3,000峰值。美國商品期貨交易委員會和倫敦金屬交易所，對市場異常交易情況進行調查，準備出手干預。多頭棄守，6月份銅價狂跌到1,700左右，比最高點將近腰斬。"

"後來呢？那老兄怎麼樣？"他們當故事聽了，嘿。

"不知道，我陪朋友回鄉省親，自己被關進去了，哈哈！再來香港后沒見過。"阿O說的是實話，但也不老實，怕讓他們知道這層關係會被利用。老實也不需要脫下內褲吧！

其實，那券商最後還是聽從阿O的意見，反手做了把空，撈點本離場，回歸自己本業。

"計然曰：不識莫買，在行不去。"阿O脫口而出。

"啥，啥意思？"鄧問。

"貿然進入別的行業，貨物性質未必全識，價格高低難以預料，會導致財本傾覆；平常做慣的本行生意，貨物熟悉，行情摸透，即使利潤微薄，不要碰到什麼機遇，就輕率放棄老本行。"

"那個誰，"鄧撓撓頭皮，"說得蠻有道理！"

"范蠡說的。"阿O直接抬出心目中的大師兄，"就是幫越王勾踐打敗吳國的那個將軍，後來帶著西施跑江湖發大財的商聖！"

"哦，商聖，知道知道！"這個人鄧信服。

見機，賈出手了，親暱地用滬上方言規勸："鄧老闆，儂現在鈔票否要太多哦，幾輩子也化不光！好好'公路大王'不當，還像個愣頭青去炒石油期貨，不識水性，一個不好翻船，儂囡仔去做雞做鴨還債，當瘋三吶！"

阿O有默契，插上一刀："做期貨、期權是槓桿交易，付出一點保證金，賭對了賺十來倍，可賭錯了呢？賠也是十來倍，爆倉血本無歸。"

"你們不是很會分析局勢麼？"鄧還不甘心。

"國際石油期貨市場是公海，資本大鱷出沒無常，翻手為雲覆手為雨，預測行情比預測天氣還難。我們沒有遍及世界各地的情報網，資本實力比起量子基金這樣的大鱷，是九牛一毛。你看準了行情做多，他們忽然反手做空，你擋得住麼？以現在華夏政府的實力都不是對手，掌控不了定價權！老闆，您是有錢，富可敵國麼？"

賈乘機再補一刀："阿O算是高手，盛總更是高手，但高手只能講究規律，依規則行事。那些資本大鱷跟你講規律、規則麼？必要時會掀桌子，搞暗殺、綁架，甚至挑起戰爭！"

這話別人說鄧也許不信，賈生說的他不能不信。

鄧老闆埋頭沉思一會，猛抬頭乾了杯中酒，摔了杯："媽的！

后天下午3點公司開董事會，阿O你也來。去，去睡覺！"

阿O和賈拍拍屁股就走。背後傳來歇斯底里的罵聲、玻璃破碎聲，不知他在罵誰。

回到地面，坐車下山路上，天已破曉。賈接了個電話，神情肅然，半道下車，不知又去幹什麼。這城市里的人們大都還沉浸在夢鄉，看來他並不輕鬆。

阿O不由想起老朋友馮枰，不知他現在何處，能否再見。

十一、過招

走進星洲基建董事會熟悉的會議室，阿O內心感慨物是人非，曾經是自己的董事長位置，現在坐著鄧老闆。他和財務總監是應召到會作匯報和參與討論的，沒有席位，各自拉把椅子敬陪其末。

財務總監還是那個大衛·王，專業水準和操守仍受尊重。

獨立董事約翰·李，在夫人借併購資金給鄧老闆時就已避嫌辭職，由賈生取代。另二位留任的獨立董事也沒出席，授權委託賈生代表。他一人擁有3票，然而形勢並不能樂觀。

非執行董事二人。一位竟是老熟人，華銀集團的陶經理，他不是股東來當董事，想應是巨額貸款約定所按排的。另一位是香江基建的卓總經理，此人不但在專業領域很有聲望，據說還佛學造詣超群。卓把新建酒店換股裝進星洲基建，幫盛掌控了公司，在隨後的星洲基建供股時，賣出10配1的認購權，還在二級市場悄悄減持股份，顯然沒有併吞的野心，所為純是牟利。作為董事，除了明面上只為公司利益著想的宣示，實際上各有特殊利益要關照。阿O在這場博弈中，可能爭取誰的支持？

執行董事二人，董事長鄧老闆看上去精神萎靡，盛總則似有成竹在胸，觀氣色像是兩人剛爭吵過。

旁座還有做會議記錄的，是阿O見過的紅唇蛾首女秘書。

鄧宣佈本次董事會議題，是原定投資建設甬城繞城高速公路的6億元資金臨時變更投向，先抓住機遇去石油期貨市場搏一把。首先，請阿O匯報投資方案及預期效益。

阿O將投資方案按盛交代的照本陳述，接著發表自己對投資效益研究的意見，意見與盛的期待相反。

接著，鄧讓王總監發表意見。王說了一通改變資金投向的弊端，對投資石油期貨并不看好。

盛不能再保持淡定，當場駁斥：

"一派胡言！俗話說，'跟著黃狗吃屎，跟著老虎吃肉'。這次投資石油期貨，是我好不容易爭取來的跟隨央企發財的機會。華航油新加坡公司陳總，幾年前20萬美元起家，做石油期貨獲得暴利，現在做到幾十億的規模。相比之下，我們投資高速公路建設，簡直是跟土狗搶食。也不是說高速公路不投資了，是先拿資金拐彎去撈一把，賺點錢彌補利潤不足，讓股東多點分紅。"

阿O平心靜氣地回應："誠然，陳總的這幾年業績驕人，大膽抓住了發展機遇，了不起！但是，他還不是超人，對其業績我們應作客觀分析。

"9.11事件以來，恐怖主義氾濫的影響下，國際經濟震蕩，尤其遭慘重打擊的航空業元氣大傷，繼而"反恐戰爭"陰雲籠罩下，經濟的不確定性使投資人踟躕，普遍對經濟景氣及油價不看好，華航油敢在期貨市場逆勢做多，主要原因首先是華夏國內採取積極的財政政策，刺激經濟發展，對石油需求大幅度增長，在國內資源有限的情況下依賴大量進口，陳總買石油期貨有恃無恐，到期大不了交割吃下，而且所做多單價格還在合理區間。"

王也讚同："與國內的石油生產價格相比，不算貴，量也在需求範圍內，所以有底氣。隨著歐亞大陸經濟在金融風暴后復甦，這段時間油價穩步上升，布倫特原油從2000年的最低價每桶21美元，漲到現在將近35美元，因而是做對了方向，華航油做的多單，隨便拋給內地及海外的石油進口商都能被吃下。"

"那不是很好嘛？"盛總接口道："如果我們早就跟華航油合作，豈不是發財啦！"

"可惜，在適度的範圍內，陳總不帶我們玩。現在，風雲變幻之際，讓我們投錢進去跟陳總做，如果陳總的方向錯了呢？"。

"嘿！做空還是做多，方向選擇得根據各方面情報作行情預測，操盤經驗很重要，隨機應變。"盛冷笑，"難道你更有把握，還得由你來主導？"

"真不知天高地厚！"陶經理也發聲了，一臉鄙視。

阿O進逼："央企是老虎不錯，但能左右OPEC（石油輸出國組織）的決策麼？"

"做期貨能看對方向就是，何必去左右石油產量。買點豬肉吃還要去控股養豬場麼？"盛反詰。

"那倒不用。"阿O承認，但並不難堪，正好借題發揮："那麼你是說，在國際石油市場上央企並不是老虎，也不過是個投機的。"

阿O再進逼："央企不能左右市場，我為什麼不能質疑陳總有可能行情判斷失誤？據您盛總給我的資料，華航油賣出大量原油看漲期權，賬面浮盈幾千萬美元，疑是收了大量保證金，計作投資利得。現在他大量籌資，勢必打壓遠期油價。反手做空，以前做多的底氣還在麼？華夏是產油出口大國麼？在國際大鱷面前，他有點不自量力，因而風險很大。我看油價未來長期趨勢很可能上漲！"

卓的手指敲一下桌面，想說什麼，陶搶先開口了，陰陽怪氣地說："國企不自量力？你是目空一切！俄羅斯的石油儲量豐富，年產量將近每日50萬桶，是OPEC成員產量合計的一半，這才是國際市場油價的長期影響，沒看到麼？"

"那也不是新增的影響市場行情因素。伊戰將使中東產油大國中止輸出，才是打破市場均衡價格的黑天鵝。"

王補充道："還有一隻黑天鵝。去年11月發生的威望號油輪洩漏事件，致使歐盟禁止66條與海上安全標準不符的油輪進入其成員國港口。運力大幅削弱也會導致歐洲供應短缺，抬升油價。"

"什麼叫高手？高手就是在眾人恐慌時敢逆勢而為。我們有情報，美軍'斬首行動'，就像來場雷暴，雨過天晴。伊戰不會超過三個月！"

賈冷哼一聲："情報，哼！美軍的一廂情願也叫情報？"

"當年日本鬼子不也說要三個月滅了華夏？"王也譏笑。

"好吧，說說你看漲的理由。"盛冷靜下來，調整策略。論戰是攻擊容易防守難，論證很難周全，他要讓阿O露出破綻來再猛攻。

果然，阿O開始作反向論證：

"雖然美軍的'斬首行動'，勢如破竹打垮伊軍，但不會像上次那樣速戰速決。小布什總統宣稱要'推翻薩達姆政權，給伊拉克人民自由民主'，這是'滅國之戰'的節奏！薩達姆政權根深蒂固，要連根拔除，滅絕反抗，必將曠日持久，民族矛盾也將突顯出來。美軍扶植起的新政權，將被視為入侵者代理人，既缺乏民意基礎，又沒有忠誠的武裝力量支持，孱弱不堪。因而，美軍為鎮壓反抗將在兩河流域深陷泥潭，不會像上次那樣打了就撤，將在中東長期佔領。戰爭對世界石油供需的影響將是長期的。"

"真以為美國想霸佔伊拉克油田？哈！"盛訕笑，"這是共產黨宣傳！你沒去過美國，不知它自己的石油儲量不要太豐富！"

"您說得對，到底是在華爾街逛過的精英。"阿O順手送了頂高帽子。"前天您叫我研究行情，還真看到這方面資料。美國有儲量豐富的頁岩油，00年發現了Elm Coulee大油田，美國政府投入巨資攻克開採的技術難關，開始有了技術突破，將水平井和水力壓裂用於巴肯中段頁岩油藏的開發，產量上去沒問題，不過開採成本仍遠高於目前油價。若是戰爭使中東持續動盪，油價飆升，您說對美國是否有利呢？"

盛不吭氣。這方面王很專業，說："以目前的技術進步情況來看，油價若高於每桶60美元，美國將成為石油出口國。"

"哇，再漲一倍？可能麼？"鄧驚疑。

"戰爭持續，不是沒有可能。"王很嚴肅。

"這將讓美國石油巨頭發大財。"阿O也很嚴肅，進而又說："發動戰爭的直接目標恐怕還在於維持美元地位。石油供不應求導致油價飆升，世界對美元的需求更大，可稀釋美國的通脹。美軍進駐伊拉克，還可以震懾周邊沙特阿拉伯、伊朗、阿聯酋等採油國。"

"恐怕這才是美國深層次的長期策略。"

賈的看法有點"陰謀論"味道。冷眼旁觀的卓總卻點頭了。見勢，盛不想再讓阿O發揮，與鄧對視一眼，說："討論就到此吧，下面我們董事會商議決策，好麼？"

鄧頷首，以目示意，阿O與王自覺退到門外迴避。

閉門磋商沒多久，表決結果出來了，是3:3平局，卓選擇棄權。鄧招呼大家到近旁的六國飯店用餐，叫阿O和王同去。阿O納悶，鄧老闆怎麼投了讚成票？想著，落到了眾人後面。

有意落後的卓拍了下阿O肩膀，低聲說："想不到呵，被人家開除了，你癡情不改。"

阿O一驚：他對自己還挺了解！剛才自己有點過份，他也看出自己意圖了，鄧顯然會懷疑自己別有用心。

"如果混得不順心，你可以來找我。"卓塞給他一張印有私人手機號碼的名片。阿O報以傻傻一笑。

包廂裡，大家開始喝酒吃菜，而卓只要了碗麵條。陶經理勸酒，他推說晚上集團總部還有事要商議，況且自己是吃素的，不喜歡飲酒，就不奉陪了。盛總要抓住時機，忍不住再次請求：

"卓總呵，支持一下吧！我是好不容易通過高盛的朋友，以前在華爾街時的老關係，才爭取到陳總答應帶我們玩。大家方案都做好了，這下我怎麼交代？"

卓冷冷一笑："說實話，早聽說陳總在向三井財團、Fortis銀行、Sumitomo Mitsui銀行、Macquarie銀行等等，到處籌資。"轉向陶問："沒求到你們華銀？"

陶微笑不答。卓也不為難他，揭開自己的底牌："我看有日本人背後在操控，不蹚這渾水。你們一定要做，等我手裡的股票脫手再說，好不？"

盛無奈，以目示意陶。陶轉而向鄧發難："鄧老闆，那筆股權質押貸款的展期申請，還壓在行長手裡沒上會，您看……"

鄧不吭聲。嘴上叼的雪茄滅了，他伸手拿桌上的火柴來點，劃了幾次沒著，惱火連雪茄狠狠丟在地上。暗罵：媽的，收了禮還拿捏老子？看來幫了華航油可能虧死，不幫我現在就得死。

轉瞬間，他又換付笑臉與卓商量："呵呵，要不您就抬抬手，讓我行使一下董事長的權力吧？"

"哼，會上我棄權，做成和局，已給你鄧老闆面子啦！大家把風險講得那麼透了，你還投贊成票，恐怕另有苦衷吧？若你非得這麼做，我手裡还有10%以上的股票，要求召開一次股東大會……"

"哎呀，"鄧趕緊攔住，"不就想抓住機會多賺點錢嘛！好，就按原計劃投繞城高速。嘿嘿，我還可撈回3個億不是？"

說罷，鄧將目光轉向阿O，像兩隻激光劍，發狠要殺人似的。卓笑笑，"看他幹嘛？他是老實人，私下什麼都沒跟我說。猜不透你們這點小心思，也太小看我了吧？"

說罷，他擱下碗筷，手一拱作別，先走了。

難堪的靜默中，賈生開口道："知道是這結果。鄧老闆，兄弟我不是不依您，委託我的兩位明言要我投反對票，我……"

"別說了！改天把兩個特立獨行的老東西開掉，換聽話的。"

"那您先開掉我吧！"賈也不是軟柿子，撂下筷子就走人。鄧怒，差點掀了桌子，雙眼冒火看著他瀟灑出門，憋著口氣。

"老闆，"自身難保的阿O又犯傻了，去堵槍眼，"賈哥是為您好！如果像謝瑞麟那樣，您就慘了。"

"珠寶大王謝瑞麟？"鄧吃了一驚，"這老哥怎麼啦？"

"被證監會提交律政司起訴，挪用資金罪，估計要坐牢兩年。他也是被債務逼的，拿他控股的上市公司一百多萬給自己周轉一下。"王也關注這事，幫阿O說話。

"這點錢？就……"鄧張口結舌，想想自己要周轉的數，汗都下來了。強自鎮定，自我安慰："做得巧妙點，誰知道呢？"

阿O又好氣又好笑，說："門背後屙屎，天要亮喔！"

電話鈴響。甬城那邊，繞城高速公路建設急需後續資金，鄧逼項目公司總經理跟阿O攀比，在當地至今還沒搞定項目貸款。不得已，他又來電話催款。鄧氣得痛罵："要你總經理幹嘛，花錢誰不會？自己想辦法，沒辦法籌資我換人！"

話是這麼說，想想他跟隨自己多年，也算忠心耿耿，下不了手。下屬都像阿O那樣敢頂嘴，急了還敢反抗，再不行就尥蹶子，那成何體統？不料，鄧剛扔下電話，阿O的手機響了，那老兄轉又向阿O求助。阿O開了免提，給鄧聽。

鄧無奈，對電話說："好了好了，我叫阿O幫你搞。"

阿O收起手機想開溜，被鄧一把揪住。"阿O，繞城高速項目也劃到你華夏星洲名下，交你去管。"

"不，我不管，有約法三章。"

"又不叫你去甬城管！你兼個董事長，只管出錢就是。"

"我哪来錢？"

"給你10億資本金。"

盛提醒道："公司只有6億，總還要留1億周轉吧？"

"我（鄧氏集團）不是已投下去3億了麼？"鄧瞪眼。

阿O扮豬吃老虎，木訥地扳著手指數數，三加六，再屈一指，

~ 90 ~

叫起來: "還差兩個億哦!"

"滾你的, 自己去印鈔票!"

鄧撩腿就踢, 阿O狼狽逃竄。見狀, 王也乘機溜了, 追上阿O, 拉他一起去酒吧解悶。鄧轉身吩咐盛:

"你從申城物色幾个财务人员, 派到各個在建項目去當財務總監, 直接聽命於總公司。"

"越城那個項目是合資的, 怕不好辦。"陶提醒。

"我已經搞定了, 他會配合的。"鄧詭秘一笑。

盛了然, 向鄧豎起大拇指: "高!"

鄧忽的脖子青筋暴起, 雙眼珠幾乎突出眼眶, 衝著盛和陶大聲嘶吼: "還不是你們逼的! ! !"

十二、應變

西子湖畔, 華夏星洲遷入新居, 朋友紛紛來賀。

"恭喜呵, 華夏星洲大發!"

"實繳資本10億港元, 躋身省內一流大企業。"

俞行長送來一對花瓶, 與人等高, 描金繪彩, 景德鎮精品。阿O把它放在門口兩邊, 連稱: "蓬蓽生輝。"

"阿O已是明星企業家啦!"

"別, "阿O正色糾正, "我只是個打工的, 說好聽點是職業經理人。稍有點成就, 也是靠諸位抬愛。"

其他朋友大都送來花籃、字畫, 把別墅裝點得美輪美奐。老棋友親作一幅"下山虎"國畫, 阿O把它掛在L型樓梯照壁, 正好鎮宅。胡行長貼心送來意大利進口咖啡機, 還有大包藍山豆, 潘助理正好拿來現磨咖啡，招待貴客。

　　吳處長來賀，送來公司增加註冊資本的批文，還有私宜：送一包咖啡豆，說是出國留學的兒子知道你愛喝咖啡，特意帶來的。阿O道謝，隨手將它交給小柯收藏。吳不高興，嘟噥"阿O不識貨"，恰好讓在旁的胡璉聽到。"什麼稀罕物？我送來的藍山咖啡豆才是頂級的！"他非要打開來看看不可。阿O依他，當場打開，一看真的從未見過：一顆顆滾圓飽滿。

　　抓一把藍山豆來比較，人家都是半球的。嘿，有趣!

　　"我的是公豆^{注1}，懂不？"吳嘚瑟，嘲諷胡："你的是母豆。看，像女人的那個……"讓湊上去聽的小柯鬧了個大紅臉。

　　咖啡豆還分公母？大家圍上來看稀罕，阿O乾脆倒入咖啡機讓眾人品嘗。口味略有不同，但在場的誰也說不出道道。阿O覺得特別醇香，剩下一半自己收藏了。這是心意!

　　譚副縣長特意趕來相賀，轎車後備箱塞了十幾甕陳年"女兒紅"酒。甬嵊高速公路全線破土動工，只有越城段沒搞開工儀式，準備花在儀式上的預算資金，阿O都給他拿去修"書聖小學"。

　　這被卞犖發在省報頭條，其它媒體也大肆渲染。阿O達到了宣傳目的，譚的政績也添了濃墨重彩，真是花錢也買不來的。消息被有心人直捅到團中央，引起高層關注，夸譚公子肯動腦子。

　　阿O當下將"女兒紅"開封，酒香四溢，勾人垂涎。真好下午陽光明媚，賓主在花園里開宴，在觥籌交錯中，進行生意勾兌。

　　阿O帶來5億港元追加資本金，胡行長又要搶去，如法炮製做成'結構性存款'和質押貸款，這回阿O不同意，因為人民幣有升值趨勢，讓他立即結匯。俞行長又和阿O達成併購貸款協議，貸給5億元，從鄧氏集團手中拿下了甬城繞城高速項目的全部股權（含未到位的認繳出資）。私下約定，打回鄧氏集團的3億元掉過頭來，還掉下個月到期的北侖高速併購貸款。

這是銀行"以貸還貸"覆蓋風險的不傳之秘。

阿O還是囿于"約法三章"，委派潘助理去甬城，出任繞城高速項目公司董事長，項目建設貸款放手由她出面去辦。

當晚酒後，賓客散去，譚永傑留了下來，與阿O深入私聊。通過家族勢力運作，他將被派往"中聯辦"（中央政府駐香港特別行政區聯絡辦公室）工作，雖為正處級，前程看好。阿O向他道喜，他卻憂心忡忡，問：

"近來香港局勢不穩，董特首提出要就《基本法》第23條立法，國安條例草案一出臺，反對聲四起，有人辭職抗議，還有人煽動市民上街，你怎麼看？"

"山雨欲來風滿樓。"阿O謹慎應答。

"任何一個政府，為國家安全立法，天經地義，真不明白他們為什麼反對？"

"煽動的人居心叵測，渲染陰暗面，利用了民眾對大陸司法制度的不信任。我所認識的，許多人擔心警察會以國安名義半夜敲門，任意入室搜查、拉人。要取信港人，最好自家先來一場廉政風暴。"

"大陸公安有這麼亂來的嗎？我感覺還是挺守法的！"

"您感覺？"阿O啞然失笑，"再壞也不敢到您府上去撒野吧！公安半夜臨檢，查暫住證，搜盲流，或掃黃，工廠宿舍和工地上是家常便飯，還擾及村民。城市裡較收斂，也時有見到非法騷擾。我就曾被當作流氓送去勞教。"

"社會風氣是不好。"譚分辨道。

"那也得依法執法，不能任性，更不能下指標搞'創收'！"阿O像是個憤青，還媚英："香港曾經社會更亂，廉政風暴掃蕩后，警察風紀端正了，社會風氣才好轉。"

從辦公桌文件夾里，阿O找出一份文件給譚看，說："您治下的縣公安局組建高速公路交警中隊，要我們項目公司'給點支持'，這是要求清單。"

"每年撥給百萬元人頭經費補助，還要為他們建辦公樓、宿舍樓？"他一看就光火，"荒唐！吃皇糧的，有這麼辦事的嗎？不行，我……"

"算了！"阿O攔住話頭，"他們還有省發改委的文件支持哩，不過要得過份點兒，潘副總在跟他們討價還價。"

譚苦笑，很鬱悶。猶豫再三，他還是說出自己目的：

"阿O，您在香港工作多年，肯定認識不少工商界大佬吧！能不能介紹我認識幾個相好的，便於開展工作。"

阿O的期望恰恰相反，說："我希望您到香港后，能深入貧困市民中去，像前輩共產黨人那樣，為他們謀利益，尤其是為年輕人謀出路，團結他們。眼下亂象，正說明要加強社會底層工作。"

譚聽不進去，阿O還要說："我們不去團結爭取，自有人會去爭取，前不久還有人組織工會為漲工資鬧罷工哩！問題是你們這些中央派駐大員，還能不能到群眾中去，辛苦勞累打成一片？"

譚無語，想想有點憋屈，反詰：

"讓你到勞工中去，你行嗎？"

"當然，我在香港地盤工中還有一幫兄弟哩！可輪得到我這樣的人去搞政治嗎？您被選上，也不容易吧？"

"你不懂政治，哪有你想的那么簡單。"

"我是不懂政治，"阿O坦言，"但我知道，共產黨脫離普羅大眾就一事無成。"

話不投機，譚告辭走了。不過，他還是向阿O要了阿熊的電話號碼。果然，赴港工作不久，迎頭遇上幾十萬人大遊行，他主動去做工運頭領阿熊的思想工作。提起阿O，阿熊竟說：你不是共產黨人，阿O那樣的才是。

話傳到阿O耳朵里，他苦笑：我還是共產黨人麽？而阿熊，你還是切·格瓦拉的"後來人"麽？世事變幻，白雲蒼狗。

第二天，小貝陪同亞斯博士找上門來。恭賀喬遷之喜客套話說了一通。亞斯送了個水晶球，阿O道謝后隨手放在書案上，見他沒重視自己的禮物，兩撇白長眉聳成八字，苦笑一下，也沒提示這是出自阿拉伯術士的珍藏。"明珠暗投"，不知德語腹誹怎麽說。

寒暄幾句，切入正題，此行旨在爭取項目貸款的利息優惠。現在你阿O搞的越城段項目貸款，不是在國開行創了利率新低麽？那甬城段項目貸款合同的"最惠國待遇"條款，老博士較真了。

阿O也是認真的，當下陪同他們去找沙副行長，見面就給他送"高帽子"，說"貴行可是主權級信用的銀行"。言下之意，不能把國家的臉丟到國際上。提起這茬，沙早已忘卻了那條款，讓秘書找來貸款協議，看了那條倒也認賬，當下撰文向總行請示。

亞斯博士在西湖邊盤桓數日，拿到貸款合同批改文件，滿意而歸。臨別還有說不完的話，他與阿O相約以後香港再聊。

在杜副行長陪同下，潘董事長去甬城與工行接洽，達成20億元貸款協議。出人意料，利率是5.05%。各家銀行都沒敢爭。

難道有面子可以無視央行規定？

柳副局長沒貿然出手干預，私下詢問，原來是省社保基金為提高存量資金收益，委託工行放款，利率5%，工行只收0.05%。柳持審慎的保留意見，還指使卞犖不作宣傳。

鄧老闆則聞訊大樂，這省下資金成本可不是小數！隨即下達正式任命，索性再加冕潘嫣為華夏星洲副總經理，年薪提到80萬元。還說要重點栽培，召潘去香港面見。她怯生生說不想去，阿O明知鄧是想將她作為臥槽馬威脅自己，還是勉勵她去。

"去吧，既入江湖，就得面對風浪！"

阿O還有個目的，是拜託她去要回打給鄧氏集團的那3億元，依約通過星洲基建再注入華夏星洲，去還建行。

幾天後，潘副總從香港回來了，給阿O帶來一套范思哲服裝，卻沒帶回那3億元。這筆資金，她盯著盛總轉入星洲基建賬戶，原想事急從權，可掛往來賬處理，及時轉出。盛總卻說要先轉增股份再匯出，有不少手續要辦，讓她回去等。實際上，已被盛總連同星洲基建賬戶裡留存的1億港元，都投到新加坡華航油公司去了。

起初美軍迅速瓦解伊軍，進入巴格達推翻薩達姆政權，油價一度回跌，盛總帶來華航油"大有斬獲"的消息，讓鄧懊惱不已，悔不該聽阿O小赤佬的，坐失良機。於是，默許盛總去撈一把。

阿O原計劃還了這筆到期貸款，再找俞行長借流動資金，為工程建設準備水泥、鋼材和木材。因為他看到各地在積極的財政政策刺激下，大規模上基建項目，國內"三材"供應能力將遠遠跟不上基建項目需求。這"三材"是甲供物資，阿O已讓邵斌提前與物資供應商洽談預購。資金鏈被盛總掐斷，阿O只好從項目公司抽資先還上，好在小嫣已是甬城公司董事長，悄無聲息辦妥了手續。

預購物資資金怎麼辦？阿O先去越城找喬行長商量。

兩人在護城河邊一家小酒館坐定，點了茴香豆、梅乾菜扣肉、油炸臭豆腐等幾碟風味，端起酒碗對飲。

"現在建材市場繁榮，貨源充足，你怎麼想搞這一齣？"

對喬行長的疑問，阿O顯得像個學究，掉文道：

"計然曰：知斗而修備，時用乃知物。二者刑，則萬貨之情可得而觀之。"

熟讀《越絕書》的俞行長當然明白，問："何以刑之？"

"審時度勢，擇時捉機。視物之情而計所為。"阿O拋出邵斌收集信息整理的兩張清單：一張是近期國家發改委和交通部批出的基建項目，以及按建設規模匡算的"三材"需求量；一張是國內主要建材年產能的官方統計資料。

喬看著，臉色漸漸凝重起來，問："為什麼找我？"

"搶個先機。"

"哦！都知道了，一擁而上，供應商還不乘機抬價？"

阿O不好意思笑笑，"您先給貸點流動資金，等項目貸款按計劃撥過來，我分步抽出來還您。"

"1個億？"喬狡詐一笑："利率上浮10%！"

"枉我對您這麼敬重，您居然乘火打劫？"

"在商言商，各為其主罷了。哈哈！"

"睚眥必報？小氣！"阿O怒容一現，轉又冷笑："國內還沒有開通這方面的期貨市場，我可以去香港做啊，對不？"

喬一愣，这他沒經驗去估量，只得說："算了，平！"

"承情。"阿O起身拱手一揖。說實話，他不敢再讓資金過盛總之手，而且項目貸款的銀行監管也不允許。

這雖在權限之內，喬還是向省行作了匯報，杜副行長聽喬說了阿O的分析預測，深以為然。反正給華夏星洲的授信額度還沒用足，便吩咐道：這事你放手，省行直接來辦。補充一句：業績指標算你的。

阿O還沒離開越城，杜副行長電話已打過來。

"阿O老弟，接下來去甬城，為繞城高速找流動資金是麼？"

"哪裡？那邊由潘董事長管，我不管甬城的事！"阿O否認。

"行了。"杜不喜歡磨牙，直接說："找你喝酒。是來我這裡，還是我去你那裡？"

"還是到我湖畔別墅吧，輕鬆點，我還存有陳年'女兒紅'。"

杜副行長大駕光臨時，阿O也剛到。小媽和幾個女職員已備好酒菜，陪不陪酒，阿O向來不勉強。可文明場合，哪個女孩子不喜歡和大人物飲酒作樂？

雖為小酌，鶯鶯燕燕中也開懷多喝了幾杯，杜很豪爽：

"阿O，給你3個億，明天你派人來辦！"

見阿O一愣，他笑道："這麼大事你悄悄去找喬行長，不當我是朋友？"

"一點小事不敢驚動您省行大班。"

"還小事？說實話我很震驚！甬城那邊就不要備料？繞城高速公路三分之一是高架橋，鋼筋混凝土結構，預購定金估計要付2個億。行了，越城那邊我摁下了，這事你該親自統籌，我出錢。"

"也對。"阿O從善如流。

"嘿,有個條件!"杜笑了,"來我行里做個分析報告。"

"這好說。"阿O認真想了想,又敬酒乾杯,抹抹嘴開口道:"央行大幅調降準備金率,貴行流動性很充裕啊!"

"是呵,"杜卻皺起愁眉,"也得有好項目才行!"

阿O似乎要為他分憂,"貴行的授信倒是該用一下。我以北侖高速項目公司股權為質,找您借幾個億花花如何?"

"建行那邊還清啦?"杜饒有興趣,這可是優質資產。

"有借有還,再借不難嘛!"阿O老神在在。

杜思考一下,說:"俞行長給你3個億,我給你4個億如何?"

"行吧!"阿O挺爽快。

在旁的小嫣看見了狐狸尾巴,憋不住笑,趕緊殷勤勸酒,掩飾自己失態,還招呼小涂、小柯給客人敬酒。

"用途呢?"杜問。銀行不是當鋪,這是審貸首要問題。

"唔,"阿O撓撓頭皮,歉然一笑,"我還沒想好。"

阿O當然不能說要再倒騰回去。杜不以為忤,反而覺得不好意思,主動幫阿O謀劃起來,透露了一項商業機密:

錢江集團的在建工程,吳城第一高樓,全靠工行流動資金貸款支撐,眼看貸款周轉期要到,現在規定不得展期,必須先還再借。這幾天集團董事長急得團團轉,由於平時牛逼哄哄,還端著以前的官架子,誰也不情願幫他。

"阿O,想不想乘機撈一把?"杜誘惑。

"好啊,"柯小姐插嘴賣乖,"我們可以向杜大班借來錢,先放高利貸給他還銀行,銀行再貸給他,他還給我們。豈不可以撈一把?

不撈白不撈，穩賺呵！"

"不行，投機倒把的事不能做。再說，萬一有個蹊蹺怎麼辦？"阿O很嚴肅。見小柯還要分辯，揮揮手，說："好了，大家喝高了，莫說酒話，都回去休息吧！"

"我沒醉！"小柯感到委屈，噙著淚抗議，被潘副總哄著拉走。其他人見機也散去。杜要告辭，阿O卻打發他的司機先走，把他拉到樓上自己的辦公室，親手磨制兩杯"公豆"咖啡，坐下來密談。

直至午夜，阿O才親自開車送走客人。

注1：英文名peaberry，咖啡豆變種，較稀少。

十三、圍獵

別墅后有一排平房，改造成為外地員工宿舍，內裝修雅緻，設施現代化。兩個滬上小姐住其中一間。潘副總走後，她倆嘀嘀咕咕議論起來。小涂說潘姐為人不錯，大家閨秀不擺譜，對員工很照顧，剛才還護著妳。小柯不以為然，不屑地一聲"哼"，尖酸說：

"狐狸精，迷著老總生怕別人搶了風頭，把自己當成老闆娘了。今天我的主意不錯吧，她也不由我分說，我要去告訴鄧老闆！"

"別，別惹怒了他！"她指指頭頂，"會把妳炒魷魚。越城那位跑去找鄧老闆哭，有什麼用？"

"我小姨媽可是鄧老闆正室！"

小涂撇撇嘴，不吭聲。心想，哪個男人靠得住？妳小姨媽自己都鬥不過小妾，還能為妳撐腰？潘姐那麼漂亮，說不定鄧老闆把她也收了，妳小姨媽又能怎麼樣？

後院的齷齪阿O根本不理會。想不到消息捅到鄧老闆那裡，真

~ 100 ~

惹來天大的麻煩。鄧盤算著，阿O手裡該有多少億資金？怎麼利用這印鈔機解眼下之急？

盛總在各項目公司派了財務總監，直接聽命於鄧老闆，這不是阿O能說撤就撤的。阿O只是告訴他們，隨便挪用項目專項貸款，會有什麼法律後果。訂購工程物資的流動資金貸款，總部直接掌控，非得阿O親自簽字不可，別人想動也動不了。這招又挫敗。

無奈之下，鄧甚至想直接派財務總監去華夏星洲，奪了阿O財權。盛說沒用，要是阿O手一攤，可能會崩盤。

省工行的4億元股權質押貸款到賬。名義上用於一項併購（商業機密），實際上3個億即刻回填繞城高速項目公司。

工程物資的訂購，工行3億元流動資金貸款足以付定金。阿O放手交給邵經理去簽訂合同，對打著鄧老闆親友旗號來的，同質同價情況下優先照顧。

自己佈置妥當，阿O才應杜副行長邀請，到全省工行的信貸工作會議上去講一講。阿O講完，杜要求各分、支行的行长，對有間接投資的基建項目負責人發出預警。

建行系統也聞訊而動。

此舉確實為Z省的基建項目節約了大量投資，後來建材價格果然如預測暴漲，幾乎翻番。事後，國開行沙副行長為阿O算了一筆賬，華夏星洲旗下兩個在建項目提前備料，"三材"差價起碼省下2個億。阿O在業內聲譽隨建材漲價逐浪抬升，都夸他是個善財童子，還傳言他能八卦起課預卜兇吉。

這一天，阿O去省委黨校去拜望授業恩師，陸教授反過來叫他給黨校經濟管理班學員講課，就講經濟預測，嚇得他趕緊逃離。但陸教授是省政府首席經濟顧問，阿O你逃得過初一，逃不過十五，省政府經濟工作會議安排你發言，還敢溜麼？阿O不敢抗命，上臺就中央積極的財政政策，根據已故岳父曾經給的提示，拿管仲的"輕重"之論發揮一通。與會者覺得凱恩斯理論並不深奧，華夏兩千年前就有，還說得更精闢。文言文翻成白話，道理更明白。阿O再引述馬克思的《資本論》中的經濟週期理論，令人愈加信服。關於經濟預測，阿O留小心，沒搬出八卦演算驚世駭俗，還不傻。

起始不信邪的也有，建材當時打個電話送貨上門，大客戶還可以賒賬，把傳聞的阿O論述當耳邊風。

阿O自己訂購了足夠物資后，公開發表演講，其實居心不良。大家一擁而上訂購建材，雖說先下手的也沾了便宜，直接後果是加速了漲價潮提前來臨。連做小生意的也囤積看漲！

正在傾力建造吳城第一高樓的錢江集團，本就銀行債務即將到期，資金轉不過來，又因建材價格暴漲沒有準備，雪上加霜，陷於困境。錢江集團沒有資金實力，是一個下海经商的政府官員挑头搞起來的，銀行收貸則資金斷供，項目可能爛尾。消息一傳開，銀行大班們避之唯恐不及。

阿O盯上這個項目，私下動用金融界的關係網進行圍獵。

現在貸款銀行有求於阿O，要求按進度計劃的撥款能調整靠前，如果原定10月撥款，提前到2月，銀行利息收入就高一大截。社保資金為了提高收益，首筆撥款就下來8個億，這是例外的約定。

阿O不會撐死，早有伏筆且消化能力很強。

首先在制訂資金計劃時，阿O已按實際需求推遲貸款分步到位時間，這期間應付款項並不拖欠乙方，而是開商票讓乙方去大通銀行貼現。商票貼現的利率約為長期貸款的四分之一，三年半建設期滾動使用商票，節約資金成本不可小覷。阿O當初答應鄧老闆，在利率下浮10%地板上再降低資金成本，這就是他的底氣。現在為了獵取重大目標，適當給銀行放點水也未嘗不可。

看到後面有國開行、省工行的項目貸款按計劃到位托底，其他中小銀行也紛紛找阿O合作票據業務，屢試不爽，自然信譽好。

那麼提前到位溢出來的資金呢？華夏星洲私下借省建行的席位，在資金市場做國債回購/逆回購業務。這是央行調控流動性的手段，只要你有富餘資金，無虞虧本，多賺少賺而已。當然，非銀行機構禁入，借席位躋身期間是秘密。阿O善審時度勢，操盤人邵斌是數學測算高手，悶聲為公司理財，連潘副總都不知情。

那晚，阿O還給杜副行長灌了點"興奮劑"，不是"公豆"咖啡，而是承諾："若能助我拿下吳城第一高樓項目，籌資將還是以工行貸款為主，利率上浮15%。"

"是我還是你喝高了？"杜簡直不敢相信，摳門著名的阿O，珠錙必計，怎麼忽然轉性啦！阿O很嚴肅，說："高速公路項目投資利潤薄、規模大，全靠融資槓桿，所以貸款利率一個點都要計較；房地產項目利潤豐厚，利率高一點我供得起。大家發財不是？"

哈，真是好人！

這場私下勾兌，絲毫沒摻雜個人利益。後來阿O受審時，杜不但自證清白，還敢拿腦袋擔保：這小子不行賄，他何需行賄？

圍獵行動，由阿O策劃，杜在暗中聯絡各方，發揮工行系統的影響力，把錢江集團逼入了死胡同。

錢江集團也找過大通銀行，胡行長想乘機撈一把高息，但最終沒放款，他怕阿O。因為那筆結構性存款上家做不下去，提前終止合約，那麼按理應及時結匯，還掉存單抵押貸款，他將同時降下存款指標5個億，貸款指標5個億，如果阿O不肯幫忙，會嚴重影響年度考核。阿O放水了，年內維持5億元貸款和5億港元存款。

錢江集團被迫從民間借了高利貸來周轉，還了省工銀的到期貸款，再貸款卻沒在貸審會上通過！

潘副總到辦公室找阿O，期期艾艾欲言又止。阿O正在電話裡向佘總求援，佘答應帶馬良等人過來，協助審核在建項目，估算投資。敲定后放下電話，見小嫣為難的樣子，疑問："妳還有什麼說不出口的事？除了婚姻，妳什麼都可以对我说。"

小嫣的臉漲得彤紅，掉頭出門去，被阿O拉回來，按在長沙發上坐定。給她泡了杯茶，在她對面坐下來，阿O定定看著她，等她開口。看她侷促不安的樣子，他覺得好笑，但辛苦忍著。終於她還是開口說："我外公想找你談談，想要你放人家一馬。"

"唔，"阿O想了想，"有意思。"

"你同意？"小嫣驚異。

"同意談談。"

"晚上去？"

"不，那裡門坎太高。"阿O笑得有點捉狹。"妳請他老人家移駕蒞臨寒舍。"

阿O住在辦公室的小閣樓，把公司說成寒舍自無不可。小嫣說，我試試。晚上，小婭開阿O的座駕去接，譚老帶了一個隨從來，讓隨從留在樓下守候，自己跟恭敬迎候的阿O上樓。在那幅下山虎面前，他震驚駐足凝視一會，定神問跟上來的小嫣：

"誰的作品，怎麼沒落款？"

"是阿O的一個棋友特意畫的，自謙沒名氣，不肯署名。"

"下山虎發財，好！只是有點嚇人。"

走進阿O辦公室，他打量一下四周，見室內全套明式紅木家俱，古色古香，暗道：彰顯公司實力，還頗有品味。客座區，由花梨木製作的一長二短椅子和茶几砌成"L"形，椅子上鋪著黃緞面的沙發墊。對面，朝南擺著雞翅木做的寬大書案，配太師椅，桌面放著文房四寶。還有一臺筆記本電腦，合上後一點不違和。背後是淺綠玻璃屏障，修竹圖案，隱現內鏤文字，是一首詞：

挺秀足風流，無意取人悅。埋沒泥中未出頭，已有堅貞節。

風雨促成長，頑石壓不滅。待到凌雲志遂時，猶自虛心徹。

"哪位大作？詠竹詞我讀過不少，這首《卜算子》沒見過。"

"小可自勉，見笑啦！"

"哦，"譚老詫異，走近玻璃屏又細讀一番，暗自思量：這小子不俗，不是鑽錢眼的商人。他沒回到客座區去，順便在書案后的太師椅上落座。阿O只好端把折椅，隔著書案，乖乖坐在他對面。

小嫣奉上茶水要走，阿O一把拉住她，為她端來椅子，讓她並排坐下。還說："談公事嘛，妳是副總，該參與意見。"

譚老摘下淺色茶鏡，展顏一笑，說："請坐，潘副總。"

老傢伙有手腕，還挺幽默！阿O暗自讚嘆。打起十二分精神來，單刀直入說："您開條件吧！"

譚老不理會，端起茶杯，吹吹浮葉，泯了一口："好茶，明前龍井，十二顆御茶樹那邊的吧？有心了！"

阿O並不欣賞老人家的涵養氣度，定定等著他開口。

"好吧，"他放下茶杯正視阿O。但開腔還是迂迴，"何必把人家逼到山窮水盡呢？"

"志在必得。"阿O心說：若條件足有吸引力，好商量。

"你初來乍到，做到如此地步，不容易吧？"他並不等待答復，繼續說："想必費了不少心機，付出代價也不少。"

"談不上什麼代價，都是追求商業利益。"

"難道銀行還有求於你們？"

阿O笑笑。本不想解釋，但在譚老面前，還是有必要說明自己行為的正當性，說道：

"譚老，銀行經營的是風險，經理人卻厭惡風險，所以總是下雨天收傘，出日頭送傘。貌似我華夏星洲有香港上市公司做後盾，實際控有幾十億優質資產，與徒有虛名的錢江集團相比，風險高下立判。銀行大班當然希望我們接手開發。"

譚老聽進去了，點點頭。

當初，是他主持規劃了吳城市這中心廣場的建設項目。佔地200畝，總建築面積36萬平方米。中央180米高的48層塔樓是高檔寫字樓，周邊裙樓是博物館、科技館、文化藝術館及大型購物中心等，為市民及遊客提供一個文化娛樂場所。當時估算總投資約需9.8億元，土地收儲再招拍掛運作模式未出臺，市財政無力承擔，他參考其他城市運作模式，建築資金交由開發商自籌解決，地價為零。建築費用大部分可以由施工隊帶資建設解決，部分可以土地抵押貸款解決，建成后公建部分無償交付政府安排，寫字樓、商場等可銷售部分約12萬平方米，估價在20億以上。

有10億元左右的盈餘空間。他的一個老部下動心了，辭職下海集資1億元搞了個公司，在自己的幫助下拿到了開發權。前期工作扯皮不算，開工將近2年，進展緩慢，主要是資金跟不上。

現在根據民意追加了大型停車場、餐飲區等，又遇建材價格猛漲，恐怕18億元都不夠。風險大增，錢江集團股東也缺乏信心。阿O的圍獵是直接原因，病根還在於自己實力不濟。本想開個條件讓阿O收手，可還有什麼條件可講？

譚老剛去工地視察過，登上已建了二、三層的建築，像站在斷崖之上。下面成群建築工人窩工，等米下鍋；后有高利貸追逼，如果不能迅速解決，可能釀成大禍。錢江集團垮掉，也會使他這後臺老闆身敗名裂。

阿O的話使譚老氣消了。這小子用心險惡，手段並不齷齪，無瑕可擊。譚是個明智的政治動物，思路一轉謀求妥協。

"給你百分之七十股份，由你入主錢江集團重組，如何？"

"百分之八十五。"

"過份了吧？"

"現在它已資不抵債，"小嫣審核過財務報表。

"還有無形資產呢？"譚老不得不與外孫女認真對弈。

"那是政府公建項目，協定目的無法達成，政府當收回土地并予以懲罰。何來無形資產？"專業上小嫣可不含糊。

"好！"譚轉向阿O發問："如果錢江集團清盤退出，不管它結局如何，項目將重新投放市場招拍掛，這是現行政策規定。那麼，還有你想謀奪的潛在利益麼？"

不錯。譚真是老謀深算，目光犀利，難以從他手裡討便宜。

"這個公建項目，涉及省、市多個政府部門，協調可不容易，當初我是費盡心機，主持拆遷招來民怨，還樹了幾個政敵，到現在未除隱患。"譚歎息。

這是威脅。但也露出他的軟肋，不然他可以不理。

"好吧，當初他們籌集的資本金全部退出，再加20%報酬；或者繼續持有15%股份，以後分紅足以頤養天年。呵呵，持股吧，如果公司經營得好，這些股份升值，還可以讓他們發筆小財。"

譚想想這小子不厚道，但手裡再也沒可出的牌，便問："重組后股本總額多少？"

"這就無需您老費心，由她去決定。"阿O用大拇指朝身邊小嬡一晃，"她出任集團總裁，主持公司重組和後續建設經營。"

譚老和小嬡都吃了一驚："這行嗎？"

"我的潘副總不行嗎？"阿O給個燦爛的笑容。"江山代有才人出，各領風騷數十年。"

"是'數百年'好不？"小嬡掉書袋。阿O啞然失笑："哈，妳想還壓制後人數百年？一、二十年不錯啦！"

"哦，"小嬡服氣。又面露難色："我怕管不過來？"

"甬城那邊我另有安排，妳騰出手來去管這個項目建設，也省得兩頭跑。本部內務妳也得用點心，我感覺有些人不安份！"

小嬡認真點頭。

十四、潛龍

譚老看著，覺得這小子有點大將之風，排兵佈陣頗有玄機，這下把我也拉進了陣營！暗自苦笑，竟有點喜歡上了。正待起身告辭，庭園內進入一輛掛軍牌的轎車，樓下傳來嚷嚷聲，是譚老的隨從阻止來人上樓，被來人訓斥。還沒等小嫣起身去處理，餘怒未消的老棋友闖了進來。一見室內還有譚老在上座，冷笑道：

"呵呵，我當這小子才有點氣候就擺譜，來客還要通報？原來是你這老傢伙在耍威風！"

譚老忙起身拱手相迎，笑道："張將軍，幾天不見脾氣見長呵。我們家人談點私事，不想被外人打擾罷了，哪敢擺譜！"

這話原是想掩蓋此行目的，他插手商界見不得光，沒想到竟惹怒了來客。張氣得臉紅脖頸粗，指著阿O沖譚怒道：

"他是你家人？"

又指自己鼻子，"我是外人？嘿，我還是他老丈！"

驚得在場三人面面相覷。張卻大大咧咧步入客座區，在長椅沙發墊上落坐，指指點點數落起阿O來：

"你小子不認賬麼？我女兒把家族繼承的那份財產都留給你，撫恤金領取的指定人也是你，你敢不認我是你老丈？"

阿O懵了。小嫣趕緊奉上茶水，安慰老將軍："我外公說笑呢，您可別認真哦！"

譚老也端著茶杯過來，施施然在客座坐下，拍拍張的手說：

"是啊！就算我看上了，也得經過你張將軍同意才是，對么？"

"那麼，你倆是真有意思嘍？"

張看向阿O，阿O還愣著；他又看向小嫣，小嫣臉紅，扭捏作態，不語。他霍的站起來，摔了茶杯，撲向阿O痛打，一邊罵道：

"你這個小流氓！我女兒屍骨未見，你又勾三搭四，禍害人家姑娘！你又想勾引譚家外孫女，你……"

阿O飽嘗老拳，既不躲閃，也不吭聲，只是流淚。天！為什麼如此厚待我，又如此折磨我，這輩子情債我如何償還？

小嫣奮不顧身去阻攔，被譚老硬拽出去，到了樓下還在掙扎嚎哭，直至被譚老及隨員架上車離去。早已收手的張將軍，站在窗口目送轎車遠去，才回過頭來，露出慈祥的笑容：

"受不了啦？"見阿O還在傻傻流淚，知他動了真情，老將軍心頭湧起一股暖流：這小子還算有良心！他彎腰替阿O撿起被打落地板上的眼鏡，攬著阿O肩膀，在長椅上坐下。阿O木訥，但很乖。

老將軍歎口氣，用粗糙的溫暖大手替這淚人抹臉，再給他戴上眼鏡，端詳一下，開口說："有消息了。"

阿O泠然睜大眼睛。他私下拜託老棋友，通过軍方关系打探小婭的消息，等了好久，今天總算有了回應。張用低沉的語音講述：

那天，在中央紀委幾位領導震驚目光的關注下，小婭憑籍超強的記憶，吐出一條條破案線索，線索甚至牽連到中央政府高官。中紀委書記親自佈置，將她嚴密保護起來，對外切斷所有聯繫，同時抽調精銳組成專案組，根據她提供的線索展開秘密調查。有人警覺外逃，有人跳樓自殺，有人被捕，也有人自首，但破案並不順利，阻力重重。

黨的肌體內，免疫系統與腐敗孳孳，展開了生死較量！

令人咋舌的是，嚴密保護圈裡小婭忽然不見，人間蒸發。在她睡過的枕頭上發現一個神秘的符號：六道杠，其中一道血色，疑是她咬破手指畫的。

張掏出當時罕見的智能手機，調出一幀畫面給阿O看。阿O一看就明白，這是"乾"卦，唯底下一道紅色，就脫口而出：

"初九，潛龍勿用。"（易經）

張聞言沉思良久，對阿O說："這應該是留給你的，提示你別輕舉妄動。"

阿O點頭。他在腦子裡推演一會，說："如此看來，她是被好人接走的。"

張苦笑，人總是往好的方面想，這情癡連"好人"都想得出來，小朋友聽故事？但不願打擊他，順著說："她忍心切斷跟你一切關係，是想不連累你，你可要千萬小心，別辜負她的一片苦心！"

阿O重新為老棋友泡了茶，自己抽起煙來。

夜深沉，星空浩瀚，我的小婭在哪裡？他真想引火燒身，不顧一切把備份拿出來，將內容公佈，揭露那些道貌岸然的共和國高官。但又想，她當初為什麼不把資料交給香港媒體？她是共產黨員，不想被敵對勢力借以抹黑黨，肯定其中內容是驚天醜聞，才寄希望黨內正義力量內部動手，刮骨療毒，清除腐敗。

潛龍，想必是她留給自己的備份資料，勿用是告訴自己別拿出來用。莫非中紀委已掌握內情，若貿然公佈反而壞事？

樓下庭院又傳來一片嘈雜聲，阿O忙到走廊憑欄探身去看，是幾個民警闖入，被老將軍的司機兼警衛阻攔。他就沖其中熟悉的派出所長打了招呼，說是"誤會，請回吧！"。原來是小嫣怕阿O吃虧報了警，說有人吵架還動手打人。嘿，有意思！

"阿O，你不會真對譚家的小嫣起意吧？"張又恢復了忘年交的友善，調侃起來。"今天我可是棒打鴛鴦啦！"

"那是工作關係。她心地不壞，也有才幹，何不給她機會？"

隨後，小嫣又打來電話問安。阿O支吾過去。

"可她看來對你真有意思哦！"

"我是有婦之夫。"

張俯身湊近阿O低聲說："肯定周圍有人盯著你，會在你身上打主意，我也只好用女兒這層關係掩護你。小子你以後給我放尊重點，別沒大沒小的！"

"是，老丈！"阿O腹誹：能怨我麼，自己為老不尊。

"那譚老頭我很了解，八成也是個貪官，很有手腕，你最好離他遠點。"張曾作為駐軍政委兼任吳城市委常委，沒少與譚打交道。

"那是談業務，"阿O分辯，"今天頭一次接觸。"

"他和你小子談什麼業務？"

阿O將圍獵錢江集團和譚私下調停的事簡要說了，張敏銳察覺其中譚有貓膩。老將軍嫉惡如仇，就算"狗咬耗子"，也不會放過這個機會，當即要求阿O安排邵斌去做個項目審計。

"我是這麼打算。怎麼，他是你們線上的人？"

"捍衛國家利益，是每個國民的義務。"

這是他們的口頭禪，他不明說，阿O也不多問。張扯開話題，關照阿O："經營業務關係，你免不了和那些官員打交道，都是些心機很深的傢伙，要小心應對。"

"該怎麼應對才好？"阿O虛心討教。

張挽起袖子，走到擺著文房四寶的書案，"來，我給你寫個條幅。"

阿O趕緊鋪開宣紙，研墨。老將軍揮毫，寫下自己的心得：

不趨不避，不卑不亢。秉德如是，可參天地。

翌日，阿O"打飛的"去香港找鄧老闆匯報，香港卻來了個不速之客。卓總出現在華夏星洲的湖畔別墅，事先不打招呼，是想看看

~ 112 ~

阿O管理的公司面貌，找點感觸直覺。輪值秘書接待了他，將他引見潘副總。他還是母公司的董事，小嫣自不敢怠慢，奉上現磨的藍山咖啡，認真回答他關於公司經營狀況的問題。聽她娓娓道來，卓頻頻點頭，阿O的運籌和圍獵行動讓他暗自心驚，原看好他也沒想到他這麼厲害，簡直是個商場"職業殺手"，更堅定了從鄧手裡挖走這得力幹將的心願，甚至想連眼前這白領麗人也帶走。

喝了杯咖啡，卓讓小嫣陪著到各個部門辦公室轉轉，幾乎所有員工都埋頭做自己的事，只是抬頭沖他一笑，算是有禮了。

只有到行政部才受到殷勤招待。享受著小柯泡的極品龍井茶，看她受寵若驚的樣子，聽她話里話外流露的酸味，他心想：再強的營壘也有縫隙！

借著上廁所的機會，卓將幾個隔間都打開看看，沒見污穢。對大陸各個企業考察他有經驗，若是廁所污七八糟，這個企業必定管理不善。他很有好感，卻沒料到小嫣是個潔癖，阿O沒講究。若是爬到閣樓進他臥室，就會發現床底下塞著一盆臟衣服。

午餐很簡單，只有三盆可選的菜，兩葷一素，外加一湯。卓謝絕按公司內定規格的招待，到會議室和員工一起享用自助餐。他選了自己愛吃的黑木耳燉豆腐，勺了一碗西湖莼菜湯，很可口。廚娘過來問他是否嫌葷菜太油膩，聽他解釋是吃素的，過會兒又從廚房拿來一碟素幾，香噴噴淋了糖醋汁，特別解釋是用茶籽油煎的，讓他大快朵頤，吃個一乾二淨。

飯後小憩，瀏覽花園，在獅形太湖石下他想留個影，小柯湊上來要求合影，他乾脆將在旁觀望的小涂、邵斌等人也招攏來，合影留念。看看腕錶，他告辭要打車去北侖港，說是簽訂集裝箱碼頭二期建設的投資協議，耽誤不得。潘副總叫司機用阿O的配車送他去，還吩咐這幾天就跟著卓總，直至把他送上回香港的飛機。看看院裡還有一輛寶馬X5（小嫣私車），阿O又不在，他便不客氣了。

這時候，阿O和盛總正在半山別墅，被鄧老闆呵斥。

伊拉克的民間反抗越演越熾，恐怖活動像野火蔓延，美軍持續流血，全面佔領后應付恐怖襲擊的傷亡，已超過大規模入侵階段。中東局勢動蕩不息，國際市場石油價格節節攀升。阿O慶幸星洲基建董事會沒通過盛總的提案，躲過一劫。然而，沒料到盛還是投了進去。肉包子打狗，一去不返。鄧也好悔啊！

鄧斥責他們各行其是，事先不請示，一個擅自拿3.5個億去做石油期貨，一個竟擅自攬下20個億的生意，真是慣壞了！簡直無法無天！！

盛總強辯：事先怎麼沒請示？董事會沒否決提案，鄧老闆你也是同意的，機不可失，限額內我總經理有權相機行事，我也想不到被套牢呵。鄧不管，強令他立即去追回資金。

阿O老實，說這不是還沒簽約麼？若您不同意，我馬上下令退出，誰要誰去爭。說著，他作勢要打電話，鄧趕緊攔下，綻開笑顏說："別別別，讓我再想想，有便宜不佔王八蛋。"旋又正色，"就說不得你啦？驕氣！"

"沒啊！"阿O一臉無辜，表態："我是打工的，令行禁止。"

盛也說這是絕佳的接盤機會，王八蛋才不下手！看看鄧的尷尬臉，不好意思把他也罵進去了。見獵心喜，也不顧了，搶著說穿阿O的詭秘："建材大幅度漲價，水漲船高呵，樓價將會漲得更高！"

阿O衝他伸個大拇指，高手就是高手！

"估計能賺多少？"鄧問。

"少說10個億，"盛搶答，"而且風頭無二！"

鄧被勾起貪婪，強自鎮定："可資本起碼也要投下七八個億，囊中羞澀啊！到嘴的肥肉啊！"歎息著踱步思索，轉又朝盛瞪起眼睛："你倒是快去啊，追回那3.5個億！"

"那也不夠。"盛也認真思考。

"去呀！"鄧又撩腿，作勢要踢。

盛斜乜一眼，聳聳肩，悻悻走了。鄧倒了兩杯威斯忌酒，拉阿O坐下來商議，試圖先從工程資金挪用一部分。阿O說不敢，這投下去不是掉個頭能回來的，影響工程建設，會被追究"抽逃出資"和"挪用專項工程貸款"刑責，指望盛總追回那3.5個億。

"那也吞不下這項目，怎麼辦？"鄧著急。阿O順勢建議："要不，引進合作夥伴？"

鄧點頭，說："你去找合作夥伴吧，但我要做老大！"

阿O應承下來，接著提出：

"我想讓小潘出任錢江集團總經理，她能擺平政府各方面關係。再起用被你趕下臺的那個戴總去接替小潘當繞城高速項目公司董事長，他在甬城有社會基礎。"

"小潘打前驅也好，她的背景可利用，你也照顧得到。那個戴總麼……"鄧沉吟起來。自己親信中上得了檯面的不多，派到甬城的那個總經理管管工地還行，再說也要有人看著他。

"我不也曾是您的對手？"阿O笑道。

鄧翻個白眼，說："好吧，反正Z省一攤子你替我打理，出了問題找你算賬！問題是小戴肯來嗎？年輕輕爬到縣團級以上，不想在體制內混啦？"

"體制內很多人勢利眼，敗軍之將招人嫌。想必他的日子不會好過，給他80萬元年薪應該會過來。"阿O胸有成竹。

"好吧，都依你。"鄧舉杯和阿O碰杯，乾了。阿O要告辭，鄧把他按下，還有話說。猶猶豫豫，終於吐出："阿O呵，你五年禁入期該到了吧？我還是想讓你來當董事總經理……"

"不行。"阿O當即拒絕，正色直諫："盛總是資深高手，難得人才。您想想，北侖高速、繞城高速的資產盤活，關聯交易和定向批股，規則繁瑣的一系列審批程序讓您輕鬆過關，他玩得多溜呵！若沒他執掌公司在背後挺我，我在前方施展得開麼？我跟他還差得遠，要好好向他學習。"

又捉狹笑道："每年付出100萬美元，您是否心疼啦？"

"切，我很小氣嗎？"鄧不屑道，反詰："你還要向他學習？哪還在董事會上跟他爭論，讓他下不來臺？"

"討論問題各抒己見。我跟我老師還辯論吶！"

十五、女人

阿O得空去嘉道理徑探望恩人，可是又吃了閉門羹。

偶爾逛街，在上環一家古董店見到一堆茅山道祭祀用品，心頭隱隱有感應，駐足察看。店主說盤店清倉貨，喜歡就都給你，不挑不揀，八萬八千八。阿O也不還價，拿卡給店主刷了錢。他要這麼多雜碎幹嘛，仔細翻檢，覓到一條玉飾皮腰帶，抽出來一看，是玉柄軟劍，鏽跡斑斑像條爛铁皮。使勁一抖，劍身嗡鳴，挽成一圈再放手，它彈開來，顫顫巍巍，又挺直如故。阿O拿了就走。

店主人見怪不怪，那堆東西照賣八萬八千八，還是不挑不撿。

阿Ｏ回家用砂布打磨一下，鋒芒畢露，寒光逼人，還刻有幾個辨認不清的符籙，心想老劍客一定喜歡。

今天特意帶來獻寶，還是不遇，哪裡再去找他呢？在別墅小院門口石階坐下來等，再試試運氣，結果半包煙都抽完了，不見老先生蹤影。快快回到灣仔老窩，把它藏在床下。

夜晚，躺在床上想著過往：帶夏敏一起狼狽逃奔，被老人搭救；吃了官司，老人攜夏敏去懇請多位太平紳士，向法官求情……迷糊睡著了。夢裡，浮現夏敏酷美的臉容，似海棠含羞，相擁激動而戰慄，魂卻升入云巔。恍惚間，小婭撲入懷裡，處女體香洋溢，嬌羞又癲狂，顛鳳倒鸞，忽見她疼得呲牙咧嘴，慌了神，她卻噙淚眉開眼笑，還攔緊了使勁吻，"傻，我是你的女人啦！"

阿Ｏ發現自己又"尿床"了，醒過來又不願醒來。兩個心上人都生死難料，音訊杳然，情何以堪！

夏敏失蹤，無跡可尋，交給賈的信也泥牛入海。也許，他利用自己寫給國軍老將的信，去搞統戰……

小婭失蹤，阿Ｏ不是沒往壞處想過，只是沒說出口。要是壞人裏挾小婭，也可能故意讓她留下信息，免得他們所不知道的"我"絕望而憤然出手，釀成大禍。也許，通過老棋友傳過來的信息已被人家盯上，老棋友可能也意識到，才借女兒的"撫恤金的指定人"事實自認老丈，出頭罩我，讓他們有所忌憚。這樣，也會淡化小婭和我的關係，可解釋為曾與登徒子的春風一度而已，雖有了結果——

想到小雯子，觸動心頭的柔軟處：多想抱抱她親親她啊！

恍惚間，阿熊闖入他的夢境。這個切•格瓦拉的"後來人"，現在頭頂著"民主鬥士"的天使光環，居高臨下審視他的靈魂：至今還不覺悟！他們害得你的家破人亡，你還能指望這個黨麼？

他們？那些爬上高位的"變色龍"，雖然得勢一時，真正追隨他們的只是一些為升官發財混進黨內的小人，他們在高位上坐不穩！九千多萬個同志不是奴僕，尊奉的是無產階級先鋒隊的章程……

——那是寫來騙騙人的，他們自己都不信！阿熊跳腳。

但我們信的就是這個黨章，宣誓永不叛黨面對的是標著鐮刀鐵錘的紅旗！同志們大都是有階級覺悟的人，不是"馴服工具"，就算一時受制于黨紀被裹挾，終究不會盲從誰誰。

——唉，還執迷不悟！阿熊失望離去，撂下一句：他們遲早會找到你頭上，有你好受的！

阿O驚醒。真找上我，我能咬緊牙關死也不說麼？現代審訊技術，若真不管你死活，肯定能從你腦子裡挖出秘密。怎麼辦？

上午，他悄悄去HS銀行，溜到戒備嚴密的庫房，通過驗證，憑鑰匙和密碼取出保管箱里她留存的東西，是一個U盤。這他早就猜到，所以隨帶筆記本電腦。當場打開電腦檢視了其中內容，震驚之餘，他用自己獨特的八卦數列算法，把內容分解成許多支離破碎的數碼信息存入電腦。然後，又清空U盤，再塞進一堆亂碼，將U盤存回保管箱。回到大廳找個不起眼的位置坐下，將電腦里暫存的數碼信息發送到網上各個角落，又將電腦徹底清空。還不放心，讓電腦下載網上亂七八糟的東西，覆蓋痕跡。自己到自助咖啡機取了杯奶咖，慢慢喝著，潛心思考。

中央政府領導班子換了一屆，成員一個個履歷阿O都研究過，其中有小婭留存資料中牽涉到的人，還手握重權——生殺大權。眼下保住U盤信息就是保住小婭的命，對方一定明白：殺了小婭，若是她有後手，醜聞就會曝光，身敗名裂。

現在，阿O自信：要從網上重新匯聚整理這些數碼，必須是我清醒的時候，清醒的我是死也不會屈服的。

出銀行大門，他打的去機場。路上，疑神疑鬼，覺得有個人影跟蹤。到候機廳看時間還早，去酒吧要了杯啤酒和一份牛排，正巧遇到葛培爾先生，那位前奧地利國會議長，意外的久別重逢令人激動，兩人很親熱地湊到同桌吃，彼此用拙劣的英語聊起來。

葛培爾現在下海經商，攜家族資本，試圖到香港一搏。他有雄心想與亞斯博士在香港搞個上市公司，阿O聽他介紹，覺得現金流還不夠上市要求，建議擴大經營規模，再搞幾個收費公路項目。聊得正起勁，廣播催促去維也納航班的旅客登機，葛培爾匆匆道別先行。結賬都來不及，賬單留給阿O一併結付。

過一會，阿O也去登機。過安檢通道時，他被安檢員從人流中擇出來，叫他打開隨帶的手提電腦，可輸入屏幕保護密碼不對，懵了。他被拉進小房間盤問一番，最後留下電腦，放行。

幸好電腦里已沒什麼在乎的資料。阿O想來應是和葛培爾的調包了，都是戴爾出品，同樣的筆記本提包，慌忙間拎錯。好像當時他急著招呼結賬，還是自己攔下，將電腦提包塞給他，推他走的。想來，此時他可能已急得團團轉，可身在飛機上能怎麼辦？這個時候，阿O也沒辦法和他說。

真是哭笑不得。可為啥，偏偏會抽檢到我呢？

回到吳城，佘老大一夥人已在公司等候，同來的還有應阿O特邀的戴明憲。他們已研究了設計文件，還到工地細細踏勘了一番，大家邊喝酒邊商議，大有梁山好漢大碗喝酒大秤分銀的氣概。眾說紛紜，最後佘老大拍板：

改組后錢江集團註冊資本10億元，按工程進度分步到位，華夏星洲控股45%，天策房產和華甬旅遊各參股20%，留給原股東15%。銀行融資由阿O解決，錢江集團重組交給潘嬸，佘老大負責工程，尤香蓮負責酒店經營和總體物業管理（含公建部分）。塔樓設計需局部修改，置入超五星級酒店，讓馬良去找設計院商議。

阿O聽了基本滿意，晚上留佘和戴，在辦公室私下再聊聊。

怎麼把華甬旅遊也扯進來了？佘解釋：尤香蓮和同行企業把甬城的旅遊資源瓜分得差不多了，不想窩裡鬥搞惡性競爭，在李何淑儀的鼓勵下正籌劃跨地域開發。這些年積累了一些資金，想在吳城第一高樓開個超五星級酒店。

看神情，阿O心有芥蒂。

"是否因為她曾害得夏敏淪落風塵？"佘問。阿O在老友面前不得不點頭。佘私下透露了隱情：其實，尤香蓮早已向岑牧師告解，懺悔了自己陷害夏敏的罪過。

是匡姐的勸導，她說：

我們若認自己的罪，神是信實的，是公義的，必要赦免我們的罪，洗淨我們的一切不義。

"去辦結婚登記前，我跟她說要征求你的意見。那天你剛走，她就來問：阿O怎麼說？我說：叫我別辜負了妳的真心。她頓時痛哭流涕，當時我納悶：怎麼回事？她說想不到你會以德報怨，說了當年如何造孽，又如何在匡姐的勸導下向牧師懺悔。"

佘苦笑道："阿O，我以為你早放下了，還不能饒恕她嗎？"

電話鈴響，手機顯示不明來電，阿O心煩按掉，馬上又打過來，只好接了聽聽。是葛培爾先生，借用飛機上衛星電話打的。他也發現手提電腦調錯了，著急問了阿O，才鬆口氣，說：別急，我會讓駐港領事派人去取。倒是我手裡的電腦怎麼辦，給個地址寄給你？阿O想想算了，郵費恐怕要比香港買一個還貴，扔掉又不捨得，就說：方便時帶到香港放在亞斯博士那裡吧，我自會去取，不急。

英語通話，佘聽不懂也不管，還眼巴巴等著他表態。

看來佘是個"懼內"的，還把匡姐搬了出來，想想搞個酒店是不錯，阿O也就依他。朋友交心，佘卻不依阿O倚重潘媽，實話說內心很不安，要阿O有所節制。戴明憲也不滿，要提醒阿O。

阿O搬來"女兒紅"存酒，陪他倆喝個痛快，掏心掏肺聊聊。

"你們別想歪啦！"阿O首先明誓："我此生絕不負小婭！"

這讓佘欣慰，阿O再說什麼"用人不疑，疑人不用"，也聽得進去了。阿O強調：

"任何人只要心存善意，想幹事又能幹，就不能委屈人家！"阿O這話源自《通玄真經》引述的道門宗師一段教誨：

老子曰：苟向善，雖過無怨；苟不向善，雖忠來惡。

說得佘心服口服。想當年阿O肯提攜惡名昭著的自己，放手交給開山重任，不就是這個理？想通了他就拍胸脯："好，我挺她！"

"阿O，有些事我還得說！"戴還心有焦慮，仗著酒勁，不忌道破別人隱私："在香港，鄔少華還在董事長任上時，她常來探望，兩人如膠似漆。有次被秘書撞破，大白天在公司辦公室都那個，給他那個……"戴是正人君子，"口交"還說不出口。給自己灌了大碗黃酒，就口無遮攔，惡言衝口而出："她是人家玩剩的破鞋！"

正好，小嫣給他們送夜點心來，到門口聽到小戴警告阿O的最後一句，雖然壓低了聲音，還是讓她聽個真切。她僵住了，漲紅了臉，想轉身逃離，找個角落去哭。聽到室內阿O說話聲，她又不甘離開，還是憋著，屏息聽下去。

"他們當時已談婚論嫁，婚前有性行為也司空見慣。"

"問題是鄔少華出事，被免職，她就撇了他。現在移情別戀，又纏上你……"

"等等，"阿O打斷他的話頭，"你該知道鄔少華出了什麼事。你說哪個女人能容忍這種事？已婚的都要離，何況沒結婚吶！難道女人就該從一而終，看清下流胚嘴臉還要廝守他一輩子？"

"你這話也對！那好，她盜竊商業機密，幫鄔少華害你，你該不會上了法庭還不明白吧？她為幫鄔少華狙擊你的公司，挪用公款又作何解釋？"小戴連珠炮似的攻擊下，阿O啞了。

室內靜寂無聲。院中，風拂垂柳，軟軟作響。

佘打破沉默，說："女人啊，如果愛上誰，就會不顧一切去幫所愛的。我還見過女人為情人去賣身、去殺人的，呵呵。"

"這就可以理解了！"阿O說。

小嫣聽到鬆了口氣。又聽得阿O說：

"我看她心地不錯。剛來吳城時，有次會計小涂去附近銀行營業點辦理票據業務，主任見她長得漂亮，故意刁難她，要她留下來陪喝酒，她為了公司資金週轉及時到位，勉強應了。誰知飯局上他們風言風語，灌她酒，還動手動腳，她嚇得藉口上廁所，偷偷打電話找潘助理，潘嫣趕過去，一把掀翻酒席，拉著她回了公司。"

"這麼飆哇！"戴吃驚。

"後來那個主任還打電話來，说票据有问题，哄小涂去解釋，潘嬤不讓小涂再去。小涂說，老總把資金安排得很緊湊，錯過一步怕轉不動誤大事。"

"資金鏈繃得那麼緊幹嘛！"佘責備。阿O心道："空手道那麼好玩？八個瓶子七個蓋，慢一拍都不行！"嘴上卻說"是我太摳"，繼續講故事。

"結果，潘嬤竟打她一嘴巴，說：如果這個公司要靠妳出賣色相来维持運轉，那就倒閉算了！帶她直接去找银行行长，立逼人家开除那個营业點主任。"

"厲害！"佘舉起酒碗，"來來來，為她這話我們得幹一碗！"

"說得好，幹！"戴也舉酒碗，一飲而盡，問："後來呢？"

"行長見她不依不饒，很惱火，打電話要我把她們領回去。我也惱了……唉，別提了！"阿O喝酒，不想說下去。

"呵呵，她真是烈性子！"佘知趣沒問下去，打哈哈，舉起碗還要再幹。三人碰碗，又都喝了一大碗酒。抬袖抹抹嘴，戴吁了口氣，說："看來她吃過虧，性情大變。"

阿O說："人的成長過程，難免犯錯，吸取教訓就是。若她心存善意，不給她機會，豈不很殘忍？何況她很有才幹！"

"對！"、"對！"，"乾！！！"

門外小嬤已哭成淚人。聽到嗚咽聲，戴要去開門，被佘攔住，阿O也不做聲。待門外再無動靜，阿O去開門，取來留在門口的食盒，噘嘴作出一副苦相：傷人心了，背後議論真不該！

戴聽著上心了，追問："后來你怎麼處理的？"

見他刨根問底，阿O想想今後他在自己手下工作，該給他個該何以行事的提示，簡要說了結局：

當時他在香港，立即打電話給邵斌，讓這當過兵的幹將放膽去找卡犛。邵心領神會，召呼幾個員工闖進報社，說銀行的人欺辱我們姐妹，還叫老總來施壓，我們要向社會呼籲，討個公道，不然全體辭職，讓公司關門。事情鬧大了，調查下來，這個營業部主任利用手中丁點權，猥褻過多個企業女職員，還有貪污受賄，被抓進去，又亂咬，牽累一串銀行幹部……事態平息後，他回來惺惺作態給銀行道歉，卻在公司內部開慶功會。

"怪不得你手下都是驕兵悍將！"佘服了，戴也不得不服。

錢江集團的幾位原股東，當初湊了1億元投入，現在公司已資不抵債。在高利貸財團暴力追討威脅下，連破產自保都不可能，潘媽最後拋出的方案，竟還有價值1.5億元的股份保留，已是賺到了，自無話可說。商議后一致看好公司前景，反過來共推潘媽為頭，出任公司董事長。阿O權衡再三，接受了譚老的建議，讓原董事長留任，仍為公司法定代表人。

那位董事長很識相，託病去休養，非召不來公司。董事會其餘成員大換血，由潘媽、徐渭、尤香蓮、邵斌等人取代，他們代表注資參股各方出任董事，潘任副董事長兼公司總裁。

項目建設重新啟動，邢書記在譚老等官員陪同下，出席復工典禮并深入工地視察。聽說要部分修改設計置入超五星級賓館，這是他曾經提議過未被落實的，大為欣慰，殷切勉勵潘媽和尤香蓮兩位美女老總：要把項目打造為吳城驕傲的標誌建築，給民眾一個舒適的文化娛樂場所，還要搞成吸引四方來賓的國際一流酒店。

項目命名為"瓊花廣場"。

因建築設計俯視圖像朵瓊花，塔樓似花蕊；又因此地正是古都汴梁到江南吳城的大運河終點，世傳隋煬帝夢見朝思暮想的美女變為瓊花落在吳城，才下決心開鑿千里大運河，擺駕親赴江南。民間傳說雖荒誕不經，但也是美麗動人的愛情故事。阿O的提議，征求公眾意見結果，多數人讚成。市政府予以批准。

工行貸款在復工前就通過審批，還增加了額度。

阿O從甬城調回潘媽，同時聘任戴明憲接替，任項目公司董事長。香港話別，戴已將阿O引為知己。回甬城后，他在發改委掛名副主任，坐了一段時間冷板凳，現被阿O委以重任，去做自己想做的事，五內感激，拿了聘書就回去上任，不要阿O送，說自己再搞不好就一頭撞死算了。

阿O儘管信任，還是讓前任潘媽送他上任。

她也夠狠，在員工大會上宣佈戴明憲的任命后，當即讓會場外等候的公安經偵進來，銬走項目公司總經理，罪名是他涉嫌行賄受賄，在工程招投標中勾結政府官員違法舞弊，驚得會場上眾人目瞪口呆，平素趾高氣揚的一些老闆安插人員當即收斂。

阿O也知小媽有點仗勢妄為的毛病，但讚賞她嫉惡如仇，也就不過問。後來還是按鄧老闆要求，讓戴董去辦取保候審，怕事態失控。從此，這總經理被打斷了脊梁，要看戴董的臉色行事。

消息傳到香港，鄧老闆發懵：這笑靨甜甜的妞，竟是個母夜叉！對阿O用人他再不能放心，阿O再次報請提升邵斌為總經濟師的文件，又被壓了下來。負面效應開始發酵。

前些天，曹廳長薦個人到華夏星洲來，讓阿O安排一下。阿O見是個艷麗的女子，言談間流露她跟曹頗為親暱，情知事關風月。

阿O自己私生活也很荒唐，哪會苛責別人，生活中男女情事各有曲衷，陷入婚外情的女人不一定是壞人。她有大學文科學歷，能言善辯，見多識廣，並非花瓶。於是，安排她當行政助理，負責公關事務，也是給小嫣減負。但見小嫣痛下辣手后，她再沒露面。

曹說她另有高就，與阿O的關係也開始疏遠。阿O到省交通廳辦事，曹不再親自接待。

原先曹對阿O很友善，有求必應，曾親自陪阿O到甬婺高速工地解決征遷問題，現場直接與農民對話，很有擔當魄力，是阿O欽佩的官員。兩人常在酒桌上聚首痛飲，閒來聊聊S大師的著作，他也是S大師崇拜者。

工程受阻，曹為震懾屑小，還曾把副省長請去越城，巡視項目建設進展情況，給地方官員講話，為阿O撐腰。

失去曹的鼎力支持，阿O的工作將處處受掣肘。

十六、MBO

尤經理把遊艇會觸角伸到了吳城，通過小嫣斡旋，在钱塘江黃金岸線買下一幢臨江小洋房。此處原是航管站，有一個小碼頭，系泊幾艘巡江快艇，改為遊艇會所很理想。

開張之日，賓客雲集，錢江集團在職董事都來了，佘老大拉阿O去捧場，還通過小嫣特邀譚老剪綵。他來了，卻不出面，拉來吳城的徐副市長去登臺唱主角。徐是他一手提拔的，現主管城建、交通和旅遊，這場面上他確是游刃有餘。

熱鬧一陣后，眾人散去，尤留幾位貴賓遊覽錢塘江。

在遊艇上搞了個小型酒會，開香檳慶賀，大家請德高望重的譚老致辭。譚老是人精，這場合哪能來官場這一套掃興，不打官腔又有失身份，還是大家隨和胡鬧吧。眾人碰杯乾了第一杯，不肯致辭的譚老卻語出驚人：

"阿O，我看你公司的名稱要改一改，不然與地位不相稱，現在名分有點亂，名不正則言不順。"

這一說，大家想想也是：華夏星洲投資有限公司，原有三個子公司，而今下面又多出個錢江集團，聽起來像小馬拉大車，誰駕馭誰啊？

"要不錢江集團砍掉集團兩字？"小嫣提議。

"不可。"徐副市長認真應答："這一改名牽涉面太廣，不僅項目批文、土地證照以及環境評估等，還有要遷入的博物館、文化館、科技館等等，一系列文件都要改，得牽涉多少政府部門？"

"光跑批文，累也累死小嫣姑娘啦！"佘老大深有體會。

"說不定還有人借機翻舊賬，質疑項目的合理性。"譚老的聲音陰沉，讓人心頭一緊。怕人想多了，他又笑笑說："何不考慮改你們自己公司的稱謂，改為華星集團？"

眾人思路豁然開朗，連稱高明。徐還不動聲色拍個馬屁："這名字大氣，又不與原名違和，真是妙不可言。"

"也得國家工商行政局批准，不容易吧？"邵斌質疑。

"這好辦，我給你們搞定。"徐大包大攬。

"還得香港母公司董事會批准，恐怕鄧老闆又起疑心。"邵再質疑。這場合他有點過了，內部的關係也不好擺到檯面議論，阿O擺手不讓他說下去。他自己提出個折中辦法：

"譚老起的司名很好，就叫'華星集團'，也不用改。"

咦，這話說的？讓人發暈，丈二和尚摸不到頭。

"省工商局再註冊一個公司名稱，兩塊牌子，一套班子，不就得啦？"阿O把兩手一攤，很輕鬆。

"對啊，不就一個名麼，實際上該幹嘛還幹嘛！"尤欽佩，樂得差點跳起來，抱住阿O冒傻氣的腦袋親兩口。想想自己是有夫之婦了，還有了身孕，該端莊點。瞟一眼佘，嗤嗤發笑。

大家叫好，這事就定了。於是散了，各聊各的。徐作為副市長要抓住機會和佘談，想要他投資參與吳城的舊城改造。潘和尤逮住馬良，談五星級賓館的設計問題。阿O端著酒杯出艙透氣，邵跟隨，到后甲板抽煙賞景。

錢江上游重巒疊嶂，西下的太陽還探露半規暗赤，晚霞染紅了天空，寬闊江面泛起血色波浪，艇尾紅旗獵獵，不斷將視野里航跡抹去。江岸的古壘殘垣依稀可見，吳越王錢繆的遺跡行將被歲月湮滅，射潮的神話仍在人間流傳。

"讀過這首古詩麼？很應景的！"邵掏出筆記簿，把不知哪抄來的一首詞翻給阿O看：

落日沈浮，煙濤裡，血光飛濺。空悲愴，大江東去，古垣潕漫。頭上陣雲癡對峙，眼前排浪驚拍岸。步長堤，心願訴西風，愁無限。

何投處，孤零雁。天涯路，多虛幻。望殘暉消盡，重山昏暝。依舊吳城春夢續，波心冷月秋魂斷。悵難言，臨逝水滔滔，徒浩嘆！

哪是什麼古詩，是阿O少年時代的舊作《滿江紅》，還在江湖流傳。景觀依舊，心情依舊，白活了這許多年，毫無長進！至今未找到自己追逐理想的可行之路，甚至不知歸宿。而今，孤身在江湖飄蕩，親人生死不明，求助無門。自己看似風光，其實無異賣身為奴，可笑還得苦心經營！華星集團是個空殼，資金被抽調一空，這齣空手套白狼大戲，不知如何收場！不由仰天長嘯，繼而悲從中來，放聲大哭。

艙內眾人皆驚。徐渭陪譚老聊吳城掌故，正在興頭上被打斷，書生氣發作，喝道："吼什麼？哭什麼？瘋啦？！"

轉念想到阿O，他要去看看，剛鑽出艙門，被迎頭一本筆記簿拍回。邵也接踵鑽進艙內，豎中指於口，示意噤聲，還回身將艙門關上。大家面面相覷。

阿O警覺自己失態了，索性坐到甲板上，放聲大笑。

小嫣不管不顧地沖出艙去。見狀，知道阿O心裡苦，默默在他身邊坐下來，陪著流淚。

天黑下來，遊艇掉頭返航。阿O看到遠處廣闊水面橫著珠練似的點點燈火，知是魂牽夢繞的跨海灣大橋在施工，自己卻無緣參與其中，心頭充塞莫名惆悵。

小嫣怕阿O著涼，硬把他拽起來，塞進船艙。阿O沖大家一笑，抱拳致歉："不好意思，失態了，擾了諸位雅興。來，我敬酒賠罪！"

大家鬆口氣，紛紛舉杯說無妨，共飲。

"成大事者，胸中必有塊壘，何妨一吐為快！"徐副市長為阿O排解，說的也是自己心裡話，只是身為政府官員，不能放肆。譚老眇了他一眼，知他也是心比天高，滿腹牢騷。

譚老對阿O溫言勸慰："有什麼難處別憋著，攤開來大家幫你解決。這裡都是自家人，沒人笑話你。哦，徐副市長是我信得過的人，也會鼎力相助。"

阿O笑笑，說沒什麼，只是一時"意迷情亂"，說得好像少年懷春，惹來哄笑。尤差點沒被吞嚥的糕點咽死，嗆得眼淚都出來了。

佘抽起煙來，還遞給阿O一支。阿O接了沒敢抽，懷孕的尤給他感激的目光，默默打開舷窗。佘尷尬地滅了煙，開口說：

"阿O，有些事我無能為力，但'瓊花廣場'項目資本金，兄弟們可以承擔。只是想不明白，你幹嘛要讓華夏星洲控股，45%股份你自己持有不好麼？反正鄧老闆現在資金轉不過來。"

此話一出口，徐暗自心驚，譚老垂眉，都不動聲色。阿O也無奈這老兄，"有錢的王八大三分"，任他說。佘有底氣，知道這場合不宜，憋不住還繼續說：

"聽老哥一句勸，你自己拿下控股權，不去動用公司一分一厘，總可以吧？兄弟們替你出錢！"

"對！"尤也嚷嚷，"我們能有今天，還不是靠你謀劃？！"

在眾人目光注視下，阿O有苦難言，眉頭緊鎖。

"老哥知道你心裡苦，這個窩囊的老總不幹也罷。你給鄧老闆打下偌大的基業，也對得起他了吧？"

"話不能這麼說。"阿O開口道："沒有鄧氏集團給我平臺，我個人能有什麼作為？姜太公本事通天徹地，未遇西伯候姬昌前，也只能在朝歌街頭賣卦，渭水河邊釣魚。後來他率軍蕩平天下，有機會怎麼不自立為王？"

佘無語，但仍不服氣。譚老笑了笑，開口道：

"後來他當了齊王，是齊國的創始人。"

"那是周朝分封天下，論功行賞給他齊地，並非自己割據。"徐渭掉書袋。阿O舉杯向小老弟致意，把話拉回本題：

"現在我是職業經理人，不能背棄受信責任，經營好企業是應該的。這是信義！"

見阿O直冒傻氣，徐大人煩，看在譚老面上點撥一下：

"話也不能這麼說。現在國有企業都在搞MBO，國企老總紛紛搖身一變成了老闆，難道都不講信義？你這思想觀念落後啦！"

"對，"尤立即附議，"何況華夏星洲還不是國企哩！乾脆我們合股把華夏星洲買下來，成為我們的'華星集團'吧！香港的李太一直看好你阿O，肯定支持。還猶豫什麼？"

阿O不吭聲，小媽和邵斌也看著他，沒發言。

譚老動心了。自己快要退下來了，若現在支持這小子拿下"華星集團"，將控有百億資產，以後對家族是個有力臂助，小媽的前途也有了保障，若能收了他更好。於是，他開口了，先說大道理：

"其實，這樣對社會經濟搞活來說，是有積極意義的。管理層收購可以打破僵局，調動經營者的積極性，發揮聰敏才智，把企業做大做強。我們要解放思想，衝破舊觀念束縛。"

見老部下帶頭鼓起掌來，他忙擺手制止。話鋒切入正題：

"我知道，鄧氏集團在滬上的幾個投資項目，資金已是捉襟見肘，華夏星洲難免被拖累。若有新的資金注入，又能讓你放手大幹，以現在的發展勢頭，將對我省的經濟建設會有更大貢獻。"

這話說到點上，大家鼓起掌來。阿O也是有禮貌的。

"老領導高屋建瓴，給我等指點迷津呵！"

"不不，"譚老趕緊擺手，"我只是客觀而論，個人意見，僅供參考。你們自己拿主意呵！自家人關起門來隨便說說，到外面我可不認賬呵！"

大家心領神會，報以一笑。

阿O不表態，其他人不好逼他，轉彎抹角議論起國企的MBO來，都說只有這樣才能發揮經營者的積極性。徐副市長很快融入群眾中，以酒為媒，情投意合。身為共產黨幹部，公開場合當然滿口馬克思主義，理論水平不低；私下議論起來卻是馬基雅維利主義，還頗有心得。他認為"工人當家作主"是空話，社會上大多數人是愚昧的，只能被眼前利益所左右，群眾只能由社會中進化較優的少數精英來統治，所以國企的"職工代表大會"體制是不現實的，實際上是領導人決定企業命運。而人的天性決定，領導人也是自私的，只是腦子靈活善於作偽罷了。不是自己的，企業敗光也不心疼。他進而說：

"私企也一樣，工人當然被奴役不說，沒體制束縛，少數精英分子更是個個爭當老闆，沒當上老闆的只是沒機會，表面恭順而已。"

"不見得都是這樣的吧？"阿O忍不住表達不同意見。舉例說："長X集團規模不亞於任何一個國企，為什麼能聚集那麼多精英各司其責，盡心盡力為企業效力？譬如香江基建的卓總，以我之見，論精明強幹他絕不亞於一般企業老闆。"

"他的薪酬，也不比一般企業老闆賺的少吧？"徐笑道。

"那是分配體制問題。國企也可以啊，社會主義旗幟上不寫著'各盡所能，按勞分配'麼？國企老總現在工資也不低啊！"

"我見過那個卓總，以前派駐香港時打過交道。他信佛，有信仰，又當別論。"

"有信仰的人，共產黨還少嗎？"

這個不好說，朋友私聊也不好說。徐只能腹誹他"太幼稚"，話不投機半句多，不想再說什麼。阿O卻還冒傻氣："曾有多少共產黨人不惜拋家舍業，甚至拋頭顱灑熱血，難道為一己私利？"

譚老聞到了火藥味，出來打圓場，笑道：

"你們說的各有道理。總之，讓能者上，企業才有生機活力，社會經濟才能搞活。"

徐和阿O相視一笑。其實，兩人心裡還有一句同樣的話：選拔"能者"時並非唯才是舉，上級都選對自己有利的。然而，阿O認為這是國企搞不好的原因；徐則認為天經地義，上級也是自私的。

對於馬克思主義和馬基雅維利主義，艱難爬上高位的徐大人有自己獨到見解，是從現實冷酷中感悟的：關鍵在於人性，如果人本自私，那麼共產主義社會不僅遙不可及，本就是個童話，馬基雅維利主義才是真理。只不過，社會中進化較優的人，知道到哪山唱啥曲，自己的上級及同僚都是聰明人，只有傻瓜才被說教蒙騙。阿O不傻，真信？他忍不住又低聲問：

"阿O，趨利避害是動物本能，自私是人的天性，所以現實社會中自私是生存法則。這你該不會不正視吧？"

"嘿，您應該倒過來看。"阿O笑笑，他也有苦力生涯中皮肉熬出來的感悟："正因為是私有制社會的生存法則，所以現實社會的人大都自私。存在決定意識，而存在……"

阿O不想探討哲理，簡言之："未必總是合理的。"

針對徐的"人性自私論"，阿O反駁："人之為人，在動物本能之上，具有社會意識，對不？我看，趨利避害是動物本能，而自私是人的社會意識，並非天性使然。"

這論斷不見經傳，譚老聽了疑惑：這是哪門子的學說？

在旁靜聽的尤，忽然插嘴，口沒遮攔："趨利避害本能不等於自私，就像性慾不等於愛。把人性等同於動物本能，是褻瀆上帝！"

徐無語，還記得馬克思說過：人是社會關係的總和。話是不錯，但有現實意義嗎？对酒当歌，人生幾何！

十七、危機

廚師端上大盤燕窩羹，尤香蓮請大家享用餐後甜品，別光顧著說話。小嫣執勺先給外公打一碗，再給徐副市長及其他人分食，輪到自己沒了。阿O即把自己分到的一碗硬塞到她手裡，說是牙疼不吃甜食。惹來眾人調侃，他不好意思，藉口抽煙溜到艙外去。

佘老大吞下碗中燕窩，也學阿O出艙抽煙，跟阿O對個火，神情肅然問道："老弟，到底幹不幹？"

"我不能違背道義。老兄，以後我不是職業經理人再說。"

"機會難得！"

"社會經濟在不斷洗牌，機會總是有的。"

佘歎了口氣，恨其不爭，惋惜道："枉你得了計然七策真傳，不會為自己賺點錢。老頭說你走火入魔，還真是！"

"計然七策是為自己謀利的麼？"

"范蠡不是憑它自家經商，'三致千金'？"

阿O發笑，"世人只見'千金'，沒去琢磨'三致'兩字。那說明范蠡這老兄，屢次發了財就接濟窮苦眾人，散盡千金！"

"啊，原來如此！"佘驚醒，點頭稱道："這才是商聖！"

"對啊，史書上載有巨富的'白圭家族'、'漪頓家族'、'郭縱家族'、'呂氏家族'等等，怎不見商聖後人有巨富？"

阿O還說："祖師爺計然，不也是飄零江湖一漁父？"

汽笛長鳴，遊艇靠上會所碼頭。將近子夜，大家相互道別，各上各車，打道回府。佘老大意猶未盡，還要和阿O再喝酒，小嫣想留下來陪阿O，被外公拽上了車。車入吳城，已是燈火闌珊，譚老也意兴闌珊，歎息：

"唉，這小子才華橫溢，卻非妳良偶。道不同不相为谋啊！"

"跟他闯荡江湖，这辈子不虚度！"

而那混江湖的哥倆，正喝得暢酣淋漓。佘老大總算明白了何為商圣，放聲大笑："哈哈哈，計然一門，空有驚世財技，卻都是窮命！"

"乐道而忘贱，安德而忘贫。"阿O牢記師門訓條。

尊势厚利，人之所贪，比之身则贱。故聖人食足以充虚接气，衣足以盖形御寒，适情辞餘，不贪得，不多积。(九守·守平)

人各有志，不能强勉。佘老大不跟阿O再扯遠，回到眼前現實，問阿O的財務狀況：

"華夏星洲的四個控股項目，資金缺口究竟多少？"

"總投資近百億，除了項目貸款，華夏星洲合計須出資25.75億元，香港打過來資本金只有10億港元，鄧氏集團收回9億元，又抽走5億元。這缺口……"阿O苦笑。

"空手道？"佘大吃一驚，"抽逃出資是要坐牢的！"

"我也不想啊！"阿O歎息。他跟老哥吐露内情：

"瓊花廣場的45%出資，我本來可從在建項目逐步調用，是有辦法周轉的。想不到鄧老闆瞞著我先一步調走5個億，可能部分調撥給申城在建項目，部分為免石油期貨上的空單爆倉，又投進去了。

我還是在潘嫣離任審計時才發現。現在甬城的繞城高速公路幾乎陷於停工，我不得不開商票應付工程支出，大通銀行的貼現額度已超，快轉不過來了。一旦資金鏈繃斷，後果不堪設想。"

"潘嫣是董事長，財會出身，竟沒管住？"

"總經理和財務總監聯手作弊，她又被我調遣來圍獵錢江集團，並不常在項目公司看著。她也差點氣瘋！"阿O苦笑。

佘想想也是，自己當董事長又幾曾管過日常財務收支？問題是自己能選人用人，她動得了人麼？有些人阿O都動不了！他又開了一瓶存在會所里的茅臺酒，給阿O倒上，不知怎麼安慰小老弟。

"抽去做期貨的應該六個月能轉回來吧？"

"不可能啦！"阿O長歎一聲，又猛灌酒，存心醉倒，可越喝越清醒。看伊拉克戰火蔓延，讓邵斌上網收集石油行情，分析多空勢力較量局面，已徹底失望。他和盛總通過電話，知道他跟著華航油全力做空，當初似乎把握十足，沒有構設對沖機制。

新加坡華航油在石油期貨上頹勢難挽，有爆倉的風險。難以自拔的盛總，已失去高手风范，像個输红眼的赌徒。

轉眼間，現在是阿O站在斷崖上。

MBO是條出路，在兄弟們支持下，阿O自信能維持局面，慢慢扭轉形勢。鄧氏集團將會被追債，阿O也可通過譚老讓政府出面，夠鄧老闆喝一壺的。但阿O沒走這條道，卻再次"打飛的"去找鄧計議，不啻與虎謀皮。

到香港，阿O先找賈生聯手。他仍是公司獨立董事，鄧老闆無奈他何，還有點怕他。兩人一計議，共同找鄧老闆發難。

半山別墅的地下室里，賈讓阿O放膽直言。鄧暴跳如雷，連摔幾個杯子，叫囂老子如何如何，但色厲內荏，因為阿O背後站著高深莫測的賈生，兩人聯手足以毀掉他擁有的龐大家業，最後還是冷靜下來面對現實。他把責任都推給盛總，悔不該當初沒聽你阿O的，放下架子問計於阿O。賈生也反過來勸阿O，事到如今，於公於私你阿O得委曲求全，拿出化解危機的法子。

商議結果，馬上召開董事會，審議阿O的增發新股方案。

盛總去新加坡與華航油的陳總交涉，沒來參加會議，全權委託鄧老闆代表。卓總來了，陶經理來了，賈生及另兩個獨立董事都到會。公司財務總監也被召來。鄧先讓阿O匯報吳城"瓊花廣場"項目併購情況。

阿O拿出"瓊花廣場"的商業計劃書，提交各位董事審閱，并做簡要說明。董事們紛紛讚歎阿O的圍獵行動，預估獲利將遠不止10個億，痛惜這麼塊肥肉到嘴怎麼還讓別人分享。鄧替阿O擔責，說他來請示過，沒及時拿出資金給予支持，卻瞞下抽資的事實，說得吐沫四濺，還捶胸頓足，讓人也不好意思太多責難。

阿O把在建項目作了進度介紹，籠統說了各項目資本金缺口約15億元（人民幣）。

卓起疑，仔細盤問資金缺口。阿O閃爍其詞，不願扯謊，也不好說實話，以"銀行收貸"支應，引起兩位獨立董事不滿，多有責備。卓深深剜了他一眼，沒再深究。

陶質疑阿O，何不當地銀行融資倒騰一下？

阿O含糊其詞，說大陸銀根開始收緊，貸款困難。事實上也確是資本金不到位，項目建設資金貸款批了也不放款。他提議發行新股籌措13.6億元，充作華夏星洲投資項目的資本金。財務總監大衛·

王有不同意見，認為：供股額度超過年度股東大會的常行授權，召開臨時股東大會又費時間，宜以公司股票現在的市值，增發新股20%，以市價八折供股，股東應該可以接受，先募集8億元投入華夏星洲，其餘由華夏星洲當地融資解決。阿O妥協，從善如流。

接下來，董事會閉門審議表決，阿O和王總監退出門外。

阿O的併購錢江集團案，事關機密，變數較多，未作實前不可洩露，董事會認可既成事實，全票通過，立即公開披露。

王總監的供股方案提交表決，結果4票讚成，1票反對，2票棄權。棄權的是2位獨董，因卓總反對，讓他們也吃不准。

賈生臨時提出動議，要盛總對期貨虧損負責，讓阿O取代他出任總經理。兩位獨董附議。鄧說是阿O不肯出任，於是把門外迴避的阿O叫進來，當面問。阿O當即表示不幹，理由：

"這對盛總不公平。現在還只是浮虧，最後交割或清算之前說不定還有機會翻盤，畢竟他是高手！"

"嘿，"卓冷笑道："我看將會被那些大鱷吃得骨頭都不剩。他看錯了方向！你還說他是高手，怎麼一錯再錯？"

"行情變幻莫測，不到最後期限誰說的準？"阿O還為盛辯解。

鄧揮揮手，讓阿O退出。他也猶豫了，怕這時候盛總羞惱之下反噬，將賈的動議按下不表決。散會后，他立即下令啟動供股計劃，先解決燃眉之急。

阿O離開會場就急於回去，被卓總叫住，要找他談談。賈生怕阿O說漏嘴，也湊上去請他們到六國飯店喝酒。卓推說不喝酒，阿O在那晚大醉之後也忌酒，賈不容推辭硬邀，"那就喝咖啡"。

在雅間坐定，卓要了杯Americano，賈要了杯Cappuccino，阿

O則要三杯Espresso，倒在一起加糖喝。這幾天沒睡幾個小時，他親自編制"瓊花廣場"商業計劃書、華星集團的組建方案，以及投資項目效益評估。事關機密，也不想他人被追責，親自動手，搞得心力交瘁。卓有點可憐他，說："當老總的，何須事必躬親。我去吳城拜訪過，看你的部下都挺能幹的，你該發揮他們的作用。"

"是是，我還缺乏領導經驗。"阿O有苦難言，又往杯裡加糖。

"是鄧老闆把你當驢使，還不給添草料！"賈借題發揮。

卓見機笑問："阿O，你又何必當場拒絕？"

"我連華夏星洲都沒搞好，不堪重負。"

"你是想逃避責任吧？"

卓話裡有話，讓阿O聞到了危險氣息。他嘻嘻一笑，忙不迭拱手告饒："實在是不堪大用，不堪大用吶！您就別再抬舉在下啦！不是小弟謙遜，盛總經驗豐富，會比在下做的更好！"

卓也覺得阿O像個氣球，想咬無從下口。賈生在場，也不好挑破，只好改天再說，於是起身告辭。他一走，賈就開罵，罵阿O臨場退縮，"你又不是沒當過星洲基建的總經理，還當過董事長！"

"此一時彼一時也！"

賈又罵鄧反覆無常。阿O低聲提醒他，"投鼠忌器！"

賈警醒，低聲對阿O說："盛總反噬確很危險。鄧老闆我管不了，馮枰交代過要護住你小子，看在夏敏的份上！眼前的兇險我替你想好了，給你準備了後路。"

他露出了真面目，掏出一份表格，遞給阿O：

"這份表格你填一下，通過組織審查，就是我局的人。以後東窗事發，你就說受我的指示，是為了國家利益！"

阿O接過來看了，陷入深思。如果是在以前，他會毫不猶豫就簽。經過小婭的變故及老丈教誨，他不再單純，體制內各種勢力纏鬥看在眼裡，泠濁難辨，豈可輕信。若加入情治部門，不再有隱私可言，這是特殊工作需要，可自己懷著天大秘密！老棋友也說起過情治部門的複雜內情，有人拿移民指標牟利，頗有微詞，警告他不可盲目求助。他對以後的風險早有心理準備，為順利建成自己負責的項目，該擔當的責任就得面對，問心無愧就是。

"老兄，心領了。"阿O把表格退還賈生，說："我這個人污點不少，已被開除出黨，散漫慣了，不適合加入組織。"

見賈生瞪起眼來，又誠懇地說："我敬佩你們，但凡維護國家利益需要，我會盡一個國民義務，赴湯蹈火，在所不辭。"

話說到這份上，賈也只得收起表格，悻悻道："你傻！這還能給你名額開單程證，正式移民到香港來。人家出60萬都求不到一個名額。唉，算我沒說過。"

"您還是我大哥，改天請您喝酒！"

阿O後腦舊傷發作，隱隱作疼。強忍著"打飛的"趕回吳城。

司機在機場把阿O接上車，就發現他不對勁，臉色通紅身子發抖，徑直把他拉到醫院，送進急症室，同時報告潘副總。她匆匆趕到時，阿O已輸完液清醒過來，堅持要出院回公司。醫生說他是勞累過度，也不堅持讓他留院治療，關照要他好好休養。見他犟，好心給他打了針加量的安定，預計能讓他睡8小時以上。阿O在途中就昏睡過去，到公司被司機背上小閣樓去睡覺。

潘吩咐任何人不得打擾，急事交她處理。

天黑了，她辦完手頭公務，端上廚娘準備的燉品去探望阿O。

進入總經理辦公室，通過玻璃屏壁後的密道，她輕手輕腳爬上小閣樓。見阿O還在昏睡，四仰八叉，被子也掀翻落地，渾身汗津津的，她到衛生間用熱水絞毛巾來，為他周身擦拭，順手扒去了他的汗津津內衣，撿起被子為他蓋上，小心掖好被窩，呆坐床邊流淚。

徹夜守護，實在睏了，她趴在床沿打瞌睡。

早晨醒來，她用微波爐重熱昨晚的燉品，叫醒阿O，扶起他餵著吃了。阿O渾身乏力，又昏睡過去。她下樓來，順帶將阿O換下的內衣拿去洗，還沒到上班時間，就有好幾個員工圍上來問候。其實，邵斌等幾個在樓下守了整夜，包括司機、廚娘。

譚老安排老中醫來診療，診后告訴大家，阿O只是心力交瘁，有點像走火入魔，要好好將息調理才不傷根本。

夜夜，潘都上閣樓守護，一連好幾天。雖覺員工們的目光有點怪怪，但誰也沒說什麼，她也無所謂，反正除了阿O不想嫁。

十八、孤詣

不少友人前來探望，除了老棋友沒人敢擋駕，其他都被勸回，包括徐副市長。公司業務接洽，有潘副總和邵總經濟師（待批）維持，短時間內也過得去。

寒風呼嘯的一個黑夜，有位裹著黑絲絨斗篷的老嫗來訪，輪值秘書讓入室內，見她容顏憔悴，懷抱幼女，詢問來意。她說是阿O老家來的人，路過吳城，受故人之托順道來探望一下。秘書請示潘副總后，把她倆領到樓上總經理辦公室，奉上熱茶。聽到玻璃屏壁后的動靜，知道潘副總從閣樓下來，秘書便告退去值班，順手帶上了門。

小媽穿著睡袍，睡意惺忪出現在來客面前，還示意說話低聲，別吵醒閣樓上的阿O睡覺。

老嫗目光閃過一線敵意，面無表情地問："阿O怎麼啦？"

"他又發燒了，時好時壞。"她憂心忡忡。

"什麼病？"

"西醫說他勞累過度。中醫說他執念過深，有點走火入魔。"

潘老請來著名心理專家醫生，為他催眠疏導，可他的意識封閉難以突破，醫生冒險以禁法（通靈術）窺視他的內心世界，結果嚇了一跳，說他潛意識里燈紅酒綠、刀光劍影，再深入還看到屍山血海……小媽說起醫生描述的情景，心有餘悸，太可怕啦！

"讓我看看他！"老嫗急了。

"他剛睡著，掛了吊針，按醫囑摻了安定劑——哎，小孩呢？"

剛才還乖乖趴在老嫗膝頭的幼女，轉眼不見了。老嫗也發急，環視四周尋覓。原來，兩人對話時，幼女悄悄溜了，轉到玻璃屏壁后，順著狹梯爬上了閣樓。當她們找上閣樓時，看到她已爬上床，趴在昏睡的阿O身上，抱著他腦袋又啃又親，嘟噥：BaBaB@$……

阿O哼哼唧唧，卻醒不過來。

老嫗急忙把她抱下來，又探手摸一下阿O額頭，再按自己額頭比較，判定他發燒不輕，問小媽："幾天了？"

"三天，不，第四天了。每晚發作，出一身汗。"

床頭準備了鹽水吊瓶，小媽已學會操作，每天按醫囑給他掛針，像個熟練的護士。阿O床邊打著地鋪，她夜夜監護，眼圈都發黑了，毫無怨言。拿來毛巾，她細心擦去阿O臉上汗漬和幼女的口水，又絞了把冷水，把毛巾敷在阿O額頭，阿O"唔"了聲，轉身側臥，冷敷毛巾又落在枕邊。她撿起又敷，無奈流淚。

老嫗看在眼裡，不由想起自己照顧丈夫的往日情景，低聲安慰："別擔心！他底子好，會挺過去的，妳自己別先累垮啦！"

小嫣點點頭，抱起幼女勉強擠出笑容。也許笑得難看，幼女瞪眼，伸出小手推開她的臉，"哇"的哭出聲來，轉而撲向老嫗。老嫗慌忙接過來抱在懷裡，一手捂住幼女嘴巴，一手抱著她，匆匆下樓。小嫣跟著下來，想哄孩子，卻拿不出糖果或什麼玩意，隨手抓起書案上的水晶球，去逗她。幼女被晶瑩透剔的玩意吸引，圓睜烏溜溜的眼睛，伸雙手搶了過來，破涕為笑。老嫗以為是玻璃球，見她玩得不亦樂乎，也就含笑放任。

殊不知，水晶球會喚醒孩子潛意識里的存在。

坐下來喝了口茶，老嫗從隨身挎包里取出一本線裝書稿，鄭重交給小嫣："這是我近來的研究心得。待阿O身體好轉讓他看看，希望他能提出意見。"

小嫣接過一看：八卦有序數列算法初探。哇！看不出這鄉下老嫗還是個高人，肅然起敬。謹重收納，置入阿O的書案抽屜里。又問：

"阿O看了后，怎麼回復您？"

老嫗猶豫一會兒，掏出水筆，在自己的手掌心寫下一行地址及姓名，坦掌給小嫣看。

"記住啦？"

小嫣閉目又默念一遍，鄭重點頭。老嫗搓手毀去字跡，肅然吩咐："無論對誰都不要說，也不許阿O來找我。阿O閱後的意見，匿名郵寄給我就是。切切！"

又補充一句："告訴他，家裡一切我已安置妥當。"

老嫗起身告辭。小媽要叫司機送客，並要安排賓館留宿，均被嚴詞拒絕，還說"就當我沒來過"。招來幼女，想奪下水晶球，見她愛不釋手，心軟了，暗想：不知何時再見，就留個念想吧！

披上斗篷，抱起幼女，裹得嚴嚴實實，老嫗悄然離去。目送蕭索的背影在寒夜迷霧里消失，潘猜想小孩的身份，心頭湧起酸楚，忍不住倚門抽泣。值班秘書怕她著涼，勸回她，關了門。她抹乾淚，嚴肅告誡：不許提起這事，沒人來過，我也沒見過。

上樓回辦公室收拾一下，順手取出書稿，想睡前看看。到閣樓見阿O還在沉睡，被子又蹬掉了，急忙為他再蓋好被子。

過一會，阿O開始覺得冷，踡縮在被窩里發抖，小媽將自己地鋪的被子給他加蓋。屋裡一直開著空調，似乎製暖效果不好。見他還在哆嗦，小媽心酸，索性脫去睡衣，鑽進被窩，將他緊緊擁抱。女人胴體的溫暖使他漸漸舒坦，欣慰的小媽也漸漸合眼入夢。

寒夜裡，暗中不止一雙眼睛盯著老嫗的蹣跚步履。她是小婭的後媽，近日在村鄰幫助下，為鬱憤而死的老人料理好後事，攜幼女離開傷心地，遠走四川回娘家去。才50出頭，她已滿頭白髮，臉上刻滿風霜。順道到吳城，猶豫再三才冒險夜探阿O，為的是讓小雯子見見親爹，也為已故丈夫的未了心願。

丈夫和她深入探討過計然經濟理論及其預測模型，起初她并不相信阿O的神神叨叨，認為八卦是江湖術士的占卜工具，驗證計然的豐歉預測模型後，認為阿O的八卦論不是異端邪說，而是天才的猜想。相傳，18世紀德國數理哲學大師萊布尼茨，從傳教士鮑維特寄給他的《易經》拉丁文譯本中，看到八卦的組成結構，陰爻和陽爻類似基本素數"0"和"1"，驚異其構成的有序數列。

太極生二儀：陰（0）、陽（1）

二儀生四象：太陰$(00)_2$、少陽$(01)_2$、少陰$(10)_2$、太陽$(11)_2$

四象生八卦：☷坤$(000)_2$／$(0)_{10}$、☶艮$(001)_2$／$(1)_{10}$、☵坎$(010)_2$／$(2)_{10}$、☴巽$(011)_2$／$(3)_{10}$、☳震$(100)_2$／$(4)_{10}$、☲離$(101)_2$／$(5)_{10}$、☱兌$(110)_2$／$(6)_{10}$、☰乾$(111)_2$／$(7)_{10}$　（二進制/十進制）

其原理，與二進制運算模式契合。萊布尼茨曾致信清廷想與華夏學者合作研究八卦，可惜得不到回應。

小婭爹覺得值得深入研究。於是，丈夫抽業餘時間查閱古籍，她則發揮數學和計算機編程特長，進行推演，已摸到一些門徑。

八卦起於河圖洛書。阿O看河圖與眾不同，他畫了一張立體圖，分開陰陽上下：陽點在天，陰點在地，天地間陰陽交匯的"生"——"成"關係一目了然，顯現其間神秘的"5"。而洛書的點位像是現代數學的三階魔方，阿O看作天地間四維六合的數理關係，其中心點數也是"5"注1。古人解說：天一生水，地六成之；地二生火，天七成之；天三生木，地八成之；地四生金，天九成之；天五生土，地十成之。八卦取其虛實陰陽，結合五緯方位演化而成。卦象以陰陽二爻組合數列，以二進制演算，可用計算機解開晦澀奧秘。

阿O不同意"八卦起於原始結繩計數"的說法，認為八卦是在河洛十進制算法基礎上生發的，更接近宇宙數理本質的數列，具有象徵意義。運算是直覺的感悟推演，不用擺算式加減乘除。

丈夫去世后，她苦心孤詣繼續研究，終於悟出了別開蹊徑的解法，若用於計算機編程更為便捷。她為自己的發現所震驚，草就一篇心得，想與阿O討論。近來，她已心力交瘁，希望阿O能繼續研究，把他腦子裡的胡思亂想納入正規，得出科學成就。

在城站候車室踡縮到凌晨，老嫗攜幼女踏上了西去列車。

冬日太陽懶洋洋升起，透過晨霧，漠視碌碌眾生，無精打采。湖畔別墅來了貴客，是一身白西裝的賈生，也不怕冷，身板筆挺，挺瀟灑。輪值的小柯像見了親人，抱著他胳膊撒歡似的，直接擁上樓到阿O辦公室，奉上藍山咖啡，喋喋不休地問候鄧老闆和夫人，匯報公司近況，東拉西扯說了一通。潘副總從閣樓下來，聽到響動她做了個鬼臉，悻悻離去。

小媽對阿O的情愫，賈生早已看在眼裡，見怪不怪，含笑問了阿O病情，也想上樓看看他，被攔下也不生氣。

他告知小媽，星洲基建供股進展順利，代理發行的券商先墊付2億港元應急，昨日下午匯出，他也昨晚趕來，住在對面望湖賓館。小媽招來小涂，交代她去銀行辦理結匯。

問起最近哪些人來探望過阿O，小媽含糊其詞說什麼人都有，認識不認識的，送了一堆營養品。正說著，吳處長來訪，送來外經貿廳給"華星集團"的設立批文，還要看望阿O，也被攔下。

吳和賈生攀談起來。小媽奉上咖啡，拿著批文下樓，安排人去辦理工商登記。不一會，她陪一位穿著洗得發白舊軍衣的老人上來，彼此都曾見過，自有一番寒暄。怕驚擾臥病的阿O，小媽把他們請到會議室去，給阿O的老棋友特意泡了極品龍井茶。

"那小子醒了沒有？"

"昨晚又發燒，現在醒是醒了，蔫蔫的沒精打彩。"

"我再去給他疏通一下經絡。"說罷，按按手讓其他人坐著，自己獨自去上閣樓。小媽不敢阻攔，情知阿O又該遭受一番折騰，苦著臉無可奈何。賈生問："老將軍還懂醫道？"

"沒聽說。"吳搖頭，又補充道："傳言他是南拳高手，能徒手開石，想必會氣功。"

"哦！"賈恍然，說："阿O會不會是在練什麼功，走火入魔？香港分手時，他沒染病，累是累壞了，神精兮兮的。"

"西醫說是身體透支，中醫說……"

"陰陽失調？"賈的目光有點作狹，"妳該幫他調理一下。"

小嫣沖賈翻了個白眼。

吳卻正經地說："是該有個老婆照顧他生活！"

這話小嫣還順耳。閒聊中，賈說起鄧老闆拿阿O當驢使，說是要他升任董事總經理，給他百萬美元年薪，臨時又變卦，聽說阿O病倒，還想派個副總過來協助。

"沒安好心吧？"吳冷笑，機關裡早看透了權術的把戲。

小嫣咬嘴唇，沒把狠話說出口。忽見老將軍回來，帶著一副疲憊神態進入會議室，她忙迎上去攙扶。他擋開，到桌前拿起茶杯，"咕嚕咕嚕"一口氣喝乾，坐下來說："我讓他睡過去了，別去驚擾，兩個時辰后自然會醒。"

小嫣給他續水，他擺手說不用了，又告誡：

"別再給那小子打針吃藥，他沒染病！只需靜養，發燒也讓他發，發出來，他腦子燒不壞。我上次帶來的廣東蓡，要天天燉湯給他喝，不許再打安定劑！"說著，從上衣口袋掏出一個白銀小盒，打開香氣四溢，又閉上交給小嫣。"熏香可平息他焦躁，臨睡在他床頭打開，拿火柴稍稍煨一下就行。好了，我後天再來！"

說罷，他起身告辭，憐惜地看看小嫣憔悴的臉，想說什麼又沒說，轉身離去。賈和吳也不好意思再打擾，跟著告辭走了。

小嫣上閣樓去探望，見阿O已陷入沉眠，屋裡吊針、藥品都被收拾一空，扔進垃圾桶。哎，怎麼連自己的地鋪也被捲塞床下，這是什麼意思？想起賈生的陰陽風語，她臉紅了。

躡手躡腳下了閣樓，她坐在阿O的太師椅上發呆，又想起那老嫗留下的書稿，拉開抽屜想取出來拜讀，卻不見了。她亡魂直冒，怎麼會不翼而飛？

回想上午進入辦公室的人，一個個都是正人君子，該不會不告而取。怎麼辦？報警，是絕對不行的。將到過辦公室的人一、一找來詢問，傷和氣不說，老嫗來過都不能說，自己先說不清。

會不會本就是一場夢？看看書案上已不見那個水晶球，想必不是夢。清晰記得是自己拿去哄孩子，讓那孩子帶走的。

看書名就知不是凡品，阿O醒來怎麼交代？再貴的東西可以買來補償，這書稿可是有錢也買不到的。但願老嫗手裡還有備份，但自己怎麼說得出口？

我是不堪信托之人，真沒用！想哭，哭有用麼？

注1：天一起坎，地二生離，天三處震，地四據兌，天五由中，此五行之數也。且孤陰不生，獨陽不發，故子配地六，午配天七，卯配地八，酉配天九，中配地十。既極五行之成數，遂定八卦之象，因而重之，以成六十四卦，三百八十四爻，此聖人設卦觀象之奧旨也。(孔安國)

十九、閉狠

黃昏，夕陽餘暉慘淡，天空凍雲密佈。

要下雪了，工地上不知防寒措施做得如何？阿O起床打開閣樓天窗透透氣，眺望西天發愁。整天昏昏沉沉，情知自己還有待恢復，他只得委託潘副總去巡視工地，先去越城，順便了解一下政策處理問題。聽田漢通報說，有個村還沒解決通道問題。

去了一整天還沒回，她怎麼啦？

他撥打小嫣手機，沒人接聽。卻有一個電話躥進來，是田漢的，電話裡傳來氣急敗壞的聲音：潘副總被村民扣留，要我們帶三百萬去贖。阿O驚愕，一下子噴出口鬱血。定定神，他當即下令：

"報警！"又說："我馬上趕來。"

下班時間，今天公司留守的只有小涂和小柯。邵斌出差去採購物資，司機跟潘嫣開著他的座駕走了，自己這狀況也不好開車，好在小柯會開，潘的寶馬車鑰匙也留在她手裡。阿O叫小涂通知其他員工，自己和小柯趕緊上路。在高速公路上還好，下了高速路天下起雪來，偏偏雨刮器壞了。車停下來，阿O命令小柯到後座去，自己坐到駕駛位，狠命踹爛擋風玻璃，重新上路。

狂風裹挾雪花灌入車窗，路上險象環生。小柯渾身顫抖，嗚嗚哭出聲來，阿O只好在路邊一個加油站把她放下，獨自向田漢發來的地址駛去。心一狠，加快速度，只見遠光燈照耀下，漫天飛雪似星漢撲面而來，他開著寶馬像駕駛宇宙飛船，感覺有點科幻片的味道。

現在阿O很清醒，卻沒感覺冷。

下公路經過一段崎嶇泥濘的施工區，來到一個小山村。村委會院子入口處，築路民工和村民持械對峙，群情洶洶，警察夾在中間勸說，項目公司那輛警車也被掀翻在地。副總經理見阿O到來，大聲嚷嚷叫大家讓出通道，讓阿O擠入到最前面。

對方見來了正主，村主任出來招呼，將阿O單獨讓進辦公室，給他脫下風衣抖抖，還給他倒了杯開水，說：

"我們是被逼上梁山啦，今天你香港老闆過來，得給大家一個公道。要不，該坐牢、槍斃，我糟老頭豁出去了！"

阿O笑笑，對老人起了敬意。高速公路上，手機通話也聽田漢說了大致情況：村民對通道方案不滿，要求額外補償，指揮部不能違規給錢。於是，村民阻工，和施工隊農民工打起架來，雙方打出了火性，被公安組織警力壓下。

為工程順利進展，潘副總試圖調解，談不攏，被扣作人質。

"老村長，這好說，我可以做主，該付的再多也付，我們商量個合理的解決辦法。您得先放了我的副手，別把女同志嚇壞了，我頂替她留在這裡，直到解決問題。行嗎？"

村主任看看左右，幾個漢子搖頭，其中一個說：

"先把錢拿來，我們立刻放人！"

阿O退讓一步，說："那就先讓我見見人，總可以吧？"

眾人不吭氣。阿O火了，拍桌子吼道："土匪綁架也得講個規矩，你當老子好欺負？逼上梁山，老子也不怕血濺五步！"

這香港來的老闆，怕是黑道老大！村主任猶豫了，也怕真鬧得不可收拾，說："是這個理，帶出來讓他見見！"

一個小夥子出去，到隔壁間去帶人。阿O跟過去，在"囚室"門口被人攔下，只好在院子里等。雙方對峙的眾人也屏息以待。

"囚室"房門打開，潘媽被那小夥子押出來，五花大綁還堵上了嘴，見到阿O她雙目噙淚，掙扎著要撲過來，被一把柴刀架到她脖子上逼住。阿O迎上去，那小夥子又將柴刀指向他："別過來！"

阿O回頭看看村主任，突然出手，一把抓住那握柴刀的手腕，用力一拽，小夥子猝不及防，被拽得向前撲了個嘴啃泥。柴刀落入阿O手中，他護住小嬡，睜著充血的眼睛，持刀逼開村民。

　　這時，忽見一個光頭漢子落在院中，是越牆過來的，身手矯捷。他拍手道："好，有種！你留下，讓她走。"

　　村民讓開一個口子，小嬡被阿O推了出去。警察想乘機把他也接出去，阿O搖頭，轉身回到院內。他是存心要解決問題的，先把柴刀扔在地上，朝光頭漢子拱手一禮。

　　挺上道的！光頭打量著阿O，先得稱量他一下才是。人家有禮，咱也不好意思馬上開打吧？於是，他從牆邊整齊碼放的磚堆取出一塊，掂了掂，拉個架勢，"嗨"的開聲吐氣，將紅磚朝自己腦門拍去。

　　"呼"的一聲，紅磚在光頭上斷為兩截。

　　眾人喝彩，鼓起掌來。光頭晃晃腦袋，伸手抹一下禿頂，沖阿O笑笑。眾人也將目光看向他，不少人為這斯文的港商捏把汗。阿O也施施然走到牆邊，拿了兩塊磚。是的，人家一塊他兩塊。

　　他狠狠心，拿兩塊磚朝腦袋先比劃一下，在頭頂擱下一塊，"嗨"的一聲大吼，揮臂將另一塊猛拍頭頂，兩塊磚呼然碎成四段。阿O頭腦一陣眩暈，咬牙站定了。四周人出神地看著他，見他抬手抹掉頭髮上的碎屑，咧嘴笑了，才爆發一陣更熱烈的掌聲。

　　由於動作快、氣勢大，眾人只見他頭碎兩磚，沒留意細節。那光頭憨厚笑笑，沖他也是抱拳一禮，轉身越過牆頭走了。

　　小嬡在院外看得幾乎嚇哭，幾次想衝進來，被警察拽住。

　　阿O朝院外喊來田漢，吩咐他去取來這段公路設計圖紙，要連夜商議出個解決辦法。小嬡也想進來，被硬拉上警車送走，警察已接到上級指示，將她直送吳城。

風波平息，警察撤離，群眾也散去，只留下幾個村委會委員。工程指揮部領導和項目公司副總也都來了。他們共同商議。

看了圖紙，阿O認為村民不是沒道理，因為高速公路一建，像道長城，這小山坳三十來戶人家就被封在裡面，原設計的通道是天橋上跨高速公路，只能走人不能通車。村民說現在啥年代了，好幾家都有了拖拉機或皮卡（農夫車），要求搞下穿通道。路基高度不夠，抬高路面的話，要符合高速公路縱坡規範，得綿延幾公里，土石方增加就是天量。深挖下穿也不行，這兒挖個坑就積水，以後維護費用不說，要通車就得考慮坡度，小山坳沒迴旋餘地。起初，工程指揮部領導聽到要修改設計，頭都大了，做思想工作要村民委曲求全，服從大局。村民只好要求額外補償，而這是違規的，按下葫蘆浮起瓢，指揮部領導兩頭為難。

阿O對村主任說："老村長，給你們三百萬也解決不了問題啊，還會影響整個路段的政策處理。我看乾脆整個村搬遷，你們在公路那邊建新房，公司按拆遷賠償標準給各家賠錢，怎麼樣？"

"那當然好！"村主任喜出望外，轉又想不對："可土地呢？建民宅要用地指標的哦！"

阿O看看指揮部領導，見他不吭聲，就說："我把項目配套養護工段用地指標拿來換。養護工段遷到這山坳，差不多夠了。"

這辦法大家讚同。有用地指標，指揮部能協調過來。

這路段施工先留個口子，外面建好村舍再作涵洞處理，施工方也說沒問題。公路養護車輛自己上下高速，開個口子就行。

估算下來，遷村賠償要遠超300萬元，項目公司副總不樂意，說："那還不如你老總簽個字，我付300萬了事！"

村主任和幾個村委商議一下，咬咬牙拍胸脯包乾：“就300萬，我們自己拆遷老屋！搬出去以後耕作、生活總方便了不是？”

阿O想，讓農民自己再把棺材本搭進去不好，這點錢不夠，還不能保證質量，就說：“要不，幫你們統一設計，新村建兩層的聯排帶小院的標準農舍，按設計要求免費提供鋼筋、水泥，給你們村裡300萬元，自己組織拆建，可好？”

“太好了！”村委的人都激動起來，忙著喊婆娘們去殺雞、炒菜、下麵條、湯酒。辭謝不了，大家也就不客氣了。

“怎麼感謝您呢？”村主任端起酒杯，敬阿O。

“您是個好村長，相信您能帶領村民辦成事，該我敬您！”阿O回敬。他還跟指揮部領導商議，撤了村委會綁架人質的指控。

回程，阿O換乘司機開來的奧迪A8座駕，頭疼欲裂，行車晃悠中昏昏欲睡。經過把小柯放下的那個加油站，阿O忽然醒過來，叫司機拐進去看看。司機依言掉頭拐進去，發現小柯竟還貓在加油站的便利店裡直哆嗦。她打不到的士，又不敢找粗魯的卡車司機搭車，怕得要死。被接上轎車后，她撲到阿O懷裡，哀哀直哭。

阿O撫著她的頭髮好言安慰，沒說幾句又昏睡過去。

後來，這件事引起市委程書記高度重視，地方政府很快做出用地規劃調整，還把新村道路舖好。設計院做了局部設計修改，順手把新村設計也當好事做了。村委會拿到300萬元，組織勞動力，自己拆舊建新，磚瓦木材能用盡用，公司再提供鋼筋、水泥，又花了近百萬元。

哈！臭小子拼老命還多花錢？鄧老闆聞報勃然大怒。

然而，帳不是這麼算的。原設計的上跨橋樑不建了，再算上養護工段原址的水田軟基處理費節省，這項變更實際也就比原預算略有超支而已。如果不遷村，要合理解決通道問題，恐怕要花上千萬元。如果不變更，只賠300萬元，算總賬比原預算超支更多。

定下方案後，阿O向鄧匯報，算了總賬，還有大道理：

老子曰：有陰德者必有陽報，有隱行者必有昭名。樹黍者不獲稷，樹怨者無德報。（通玄真經）

白話解釋，又說是范蠡的意思，商聖的話鄧老闆中聽。

老棋友又來看阿O，見他已正常上班了，抓過他手腕來把脈，脈相健旺，疑問：

"怎麼回事？是不是受了什麼刺激？"

聽小媽說了阿O解救她的過程，他指著阿O的鼻子笑罵："你小子什麼時候也練了'少林鐵頭功'，敢跟真正的武林高手鬥狠？"

阿O苦著臉，老實說："我是讀書人，哪有什麼'鐵頭功'？取個巧而已！拿一塊磚拍腦門，當場開瓢死翹翹，墊一塊磚，拍上去腦袋才不會開花。"還狡辯，"不管怎麼說，我頭碎兩塊磚，比他頭碎一塊磚，要強一倍！"

"對對對！"小媽拍手。

"對個屁！"老棋友拍案瞪眼，又忍俊不住，笑道："騙騙看熱鬧的還行。人家憐你剛烈，放你一馬，你還賣乖？"

"對對對！"這回是阿O俯首認輸。

"對個屁！"老棋友又拍案瞪眼，"集團老總去呈匹夫之勇，還好人家讓著你。你小子就欠修理！"

他把阿O拉上閣樓，扒光衣服，再疏通一下經絡。一番修理下來，阿O熬過疼痛後渾身舒坦，他卻累得不行，在地板上打坐良久。

阿O乖乖為他泡了頂級龍井茶，拿來棋盤，也盤膝與他對坐。

"老丈，有小婭的消息么？"阿O祭出當頭炮。

"沒有。你有沒有通過別的渠道聯繫？"他隨意支馬護兵。今天別有用心，心不在焉。

"不敢聯繫，您關照過的。"阿O也馬二進三。

"是嗎？"看阿O的神態不像是欺瞞，老棋友心裡起疑，轉個角度試探："你不是擅長八卦推算麼？不妨起卦測算一下！"

"這就像算命一樣，算自己就茫然，親人也不行。"

"什麼狗屁規矩？！"他悄然出車。

"沒人給我定規矩！"阿O申辯，"也許是'關心則亂'。"

老棋友想想也是，也支起炮，發問：

"那你把八卦演算法則告訴我，我來算好麼？"

見阿O猶豫，他就說："算了，我不該問。"

"不，"阿O忙辯白，"其實我只知一些易理，主要是直覺。"

直覺是說不清的，這可以諒解。老棋友轉而請教：

"老子在《道德經》四十二章說：道生一，一生二，二生三，三生萬物。為什麼不接著說三生四……N生N+1？"

"世人皆說是古人把三看作多數，不敷多言。"阿O坦然說出自己見解："這不對。《淮南子·天文訓》解釋：道始於一，一而不生，故分陰陽，陰陽合和而生萬物。"

"一是太極；太極分陰陽，是二；陰陽合是三，所以說三生萬物。是這意思麼？"

"參考黑格爾的正、反、合邏輯來理解，純有，也即無……"阿O把"否定之否定"胡說八道一通，推論："那麼，道是看不見摸不著的，

太極陰陽就像無和純有，是同一的兩面，三是對立統一，是數理哲
學概念的基本結構，表達概念的三爻基本單元——卦。"

☶、☳、☵、☴、☷、☲、☱、☰

阿O手指沾茶，在地板上畫了一個個卦。老棋友說："這就是伏
羲所創八卦。概念內涵有地、山、水、風、雷、火、澤、天。"

"對。隨著先人對世界認識加深，八卦進而疊加為復卦，演為
八八六十四卦，表達更複雜的概念。這些個有序數列可運算，推算
農時演變週期規律就是可驗證的典型。"

阿O又在地板上，手指沾茶畫了一個個復卦，構成一圈。逐個
卦解說，總結："從冬至到立夏，陽爻逐步增加，陰爻逐步減少；
從夏至到立冬，陽爻逐步減少，陰爻逐步增加。每一增或一減，皆
生一卦，構成12月份24節氣，周而復始。"

坤	復	臨	泰	大壯	夬	乾	姤	遯	否	觀	剝

大雪⑪冬至 立春①雨水 清明③穀雨 芒種⑤夏至 立秋⑦處暑 寒露⑨霜降
立冬⑩小雪 小寒⑫大寒 驚蟄②春分 立夏④小滿 小暑⑥大暑 白露⑧秋分

"既能算天時，也就能算地理。有道是：地法天，道法自然。
數理就是人們從自然現象的觀察積累中，總結提煉出來的抽象概念
及邏輯關係。既知天時地理，還有什麼難得倒的？"

"醫學界還發現，六十四卦與人體64個DNA遺傳密碼契合。"

"世間萬象，究其根本，都蘊含在三爻構成的八卦。"

阿O深以為然。世間萬物皆由陰陽演化而來，八卦可以解釋并
進行演算，就像二進制的計算機能將複雜的現象數位化表達，卦名
的象形文字本就是諸類現象的象徵，八卦的推演法則反映了事物演

化規律，蘊含著宇宙間的數理奧秘。

老棋友從懷裡掏出一本書稿："這是哪裡來的？"

阿O接過去翻看，驚異："您哪兒得來的？"

"就在你的床頭。"老棋友說起那天為他疏通經絡，無意中發現這書稿，翻看一下大為震驚。

沒署名，不知誰是作者。上次老棋友在阿O枕下發現，偷偷拿走去研究。接著，他沉聲問：

"誰寫的？"隨手當頭一炮，將軍！

"我沒見過，怎麼知道？"阿O發懵，支起左仕。

"潘媽有沒有說起誰來過？"

阿O搖頭。這就怪了！老棋友心念電轉，沉吟片刻，說：

"這本書稿的內容是驚人的科技發現，暫時應該保密，不可示人。你要小心收藏好，也要留心你身邊這丫頭。"

阿O皺眉，覺得他對小嫣有成見，但還是點了頭。

書稿是怎麼來的呢？這是兩人共同的疑問，將各展手段去追究。不知不覺中，老將軍的黑馬已深入阿O的營壘。

二十、斷臂

新年到。周邊的吳山、寶石山和遠處北高峰，銀裝素裹，城裡萬家屋頂也是白雪皚皚，其間一泓湖水依舊碧綠，如翡翠嵌鑲入銀屏，環湖的垂柳掛滿冰凌雪花，如圈邊的鏤華。若隱若現的亭臺樓閣，依然不時傳出笙歌簫吟。

湖上白堤似一條玉帶，覆蓋的白雪在滿月形橋拱頂斷開，故名斷橋，卻有不少情侶流連忘返，慕念許仙和白娘子的神話。附近的風波亭，許多遊人聚在茶館，聽說書人頌揚岳飛的故事。

江南的寒冬景色，比之北國風光別有一番情趣。

湖畔別墅里，熱情洋溢。會議室坐滿了人，是華星集團本部和各子公司的高管。阿O作了總結報告，也將各位述職作了點評，最後給各位發了年終獎，也就是年薪的績效考核浮動部分。

薪酬確是遠高於人才市場行情，但兩個人要幹三人的活，要比人家辛苦，要更用心。讓人感動的是他說：

"各位拿到的薪酬，是公司因你們分工協作努力賺來的，是你們該得的，不需要感恩戴德。有人喜出望外，說要酬謝我的厚待，我想那一定是我做錯了，該我對公司賠償！"

眾人報以笑聲和掌聲。

阿O與馬基雅弗利的觀點相反。人不僅有趨利避害的動物本能，溫飽之上有榮辱，人是社會動物。社會中人是有自尊的，阿O拿經濟學家薩繆爾森的話說：只有狗才搖尾乞憐，求得主人給予非自己勞動所得的賞賜。表面的順從和阿諛之風盛行，一定是企業分配上出了問題，是當家的假公濟私。

所以，他選拔的下屬自尊心極強，大都是些驕兵悍將，以前的徐渭，現在的邵斌，那樣敢與他爭辯的不在少數。

要說他是大好人也不然，他從未說過自己是好人，直說"慈不掌兵"。為確保令行禁止，提高效率，違規必罰自不必說，阿O授予整個集團上下，每個上司有權按律開除部下。但有一條，每個被開除的人都有一次找阿O申辯的機會，無理取鬧自取其辱，你若有理辯得過阿O，欺負你的人肯定倒霉。只一線希望，就讓求助無門的可憐人可見到青天，阿O自然得到眾人擁護。事實上，誰都知道環境險惡，阿O維持公正不容易，沒什麼來頭的員工都不願他倒下，盡力撐他。

阿O病中，許多下屬送來各種稀罕的補藥和民間偏方。

小軍軍跟著爹專程來探望，見不到就去靜寺燒香，求濟公活佛保佑，還求來符紙說要貼在阿O額頭。潘媽感動，留這父子倆吃飯，還安排人帶去環湖一遊。

臨近年關，越城送來了一批陳釀好酒，甬城送來一批冰鮮水產，阿O讓潘副總作出安排，派司機和小柯分送各家關係戶，以及政府有關部門，不能免俗。若有回禮，也由行政部登錄庫存，或轉贈或留廚房。這分寸潘副總拿捏得很好，根本無需阿O操心。

需要阿O操心的是到期債務，他親自應對。八個瓶子七個蓋，像個街頭玩雜技的。支撐這個局面，阿O的苦只有少數人知道。

絕大多數人只看到華星集團的欣欣向榮。那麼好的環境，豪車美女，享受天堂之樂。如果爬上閣樓，看到的是苦行僧的窩。生活上他很節儉，實際上他每月僅支取必要開銷，鄧老闆定的年薪都在公司賬上掛著，錢總是不夠用。

年關難過，今年尤其難過，以後的日子更不好過。

卓總察覺到星洲基建在期貨上潛虧，沒有聲張，抓緊時機拋售持有的股票，導致股價持續下跌，眼看新股認購受阻。鄧老闆賣了半山腰的豪宅，買股票托市，才使供股計劃達成。偏偏這時候華銀集團出事了，總裁被中央紀委來人帶走，牽連屬下陶經理等幾個人受審查。鄧老闆的貸款展期又已逾期，被翻出來起訴。

甬城，剛保釋的總經理又被檢察院提審，進去再沒出來，還把財務總監也搭了進去，案情連戴明憲也被蒙在鼓裡。

鄧緊急召見阿O，商議對策。

阿O冒著風雪趕到機場，飛赴香港。香港溫暖如春，紫荊花處處盛開，姑娘們還有不少穿裙子的。繁華街頭陽光明媚，摩天大廈陰影底下，卻讓人寒慄。

在機場賈生接上他，一起去君悅酒店見鄧老闆。大使級套房在迴廊盡頭，門口站著四個保鏢，西裝革履還帶墨鏡，不是公司的人。見他們匆匆而來，保鏢也不阻攔，其中靠裡的一位還為他們打開門，他們一進入隨後就關上了門。室內氣氛凝重，鄧老闆和客人相對而坐，兩人都抽著雪茄，青煙裊裊，都不說話。客人是九龍黑道上的，賈生認識，阿O也認識，就是曾讓他付出10萬美元贖回夏敏自由的那位大佬。他抬眼看了一下，起身對鄧說："那就明天，給我個准信！"

走過阿O身邊時，他拍拍阿O肩膀，什麼也沒說就出門，帶著四個保鏢揚長而去。

秘書從內室閃出，去關上大門。

賈生和阿O面對鄧坐下，秘書奉上茶，又給鄧續了水，回內室去。內室傳來女人的竊竊私語聲，應該是鄧的如夫人在詢問。鄧臉色陰沉，還在苦苦思索。阿O點起香煙，審視著他的苦相，也不說話。各人心裡都在盤算。

"阿O，現在處境你應該明瞭，說說該咋辦。"

"斷臂求生！"阿O掐滅煙頭。

賈和鄧面面相覷。

"盛總在期貨上的虧損很快會爆雷，本次供股的公告隱瞞了這重大事件，屆時證監會將追究誤導公眾責任。"

"那你還力主配發新股募集資金？！"鄧咆哮。

阿O一笑，並無歉意。慢條斯理地說：

"如果不及時補充資金，維持項目建設，甬城那邊就會先一步爆雷，抽逃出資5億元，您得進內地牢房！然後才是追究您挪用上市公司資金，您還得進香港的牢房！"

鄧懵了，賈卻責問：

"那你阿O故意在項目公司堆積巨資干嘛？"

"當然是為套取建行的5億資本金貸款，20億低息貸款。我想掉過頭來補充越城項目的後續資本金，再去謀取吳城第一高樓。"

"你調用項目資金就不犯法？"

"當然不。"阿O胸有成竹，侃侃而論："首先，我集團公司集中財力以提高資金運用效益，適度調用資金都用在上市公司掌控的投資範圍內，在香港不違法；其次，我適度調用閒置資金，經項目公司董事會批准，簽訂借款協議，明確債權債務關係，根據最高人民法院的司法解釋，這樣做在內地也不違法。"

"嘿，"鄧睜大眼睛，"那你怎麼不早說？"

"您抽資跟我打招呼了嗎？"阿O坦然面對。

鄧撓撓頭皮，問："現在就補辦，行嗎？"

"晚啦！"阿O氣不打一處出，"還記得我把您派到甬城的那個混蛋保釋出來嗎？老子恨不得斃了他，就怕他什麼都招了，提前爆雷！現在檢察院已備好材料要起訴，您現在想要他補辦手續，豈不是送他立功減刑的機會？"

"逮進去了，一個都靠不住。別犯傻啦！"賈有經驗。

難堪的沉默。阿O又點起煙，走到落地玻璃屏前，面向維多利亞海灣，望著碧海藍天之間的浪濤翻滾，心潮起伏。自己站在行將沉沒的船上，也將落水，何以自救？自身難保也罷，光棍一條，但在建項目則要千方百計完成，決不能成為爛攤子！

"阿O，"鄧的如夫人也出來了，"老闆其實最器重你了，你要想想辦法，幫老闆渡過難關呀！"

"女人家插什麼嘴，起開！"鄧焦躁地喝道。

"您沖她吼什麼？"阿O回過頭來，說："同船如同命，出了事誰也不好過。是不？"

"就是麼！"她轉身抹抹淚，嘟噥著回房去。

賈歎口氣，說："阿O，怎麼個斷臂求生，你說說。"

阿O看看鄧，鄧點頭："你說！"

"好吧，"阿O咬咬牙，"乘石油期貨上巨虧尚未爆雷，轉讓星洲基建的控股權，買下華夏星洲！"

儘管已有思想準備，鄧還是大吃一驚。

想想這樣才能逃過一劫，免於香港的法律追究，迅速彌補內地項目資金缺口，賈生認可："這樣還有東山再起的可能。"

鄧老闆心裡盤算：按昨日收盤價，持有的8.5億股票市值約18億元，就算控股權不溢價，還掉股票質押貸款6億元，拿下華夏星洲差不多。如何彌補在建項目的資金缺口，怎麼辦？先逃過香港的法律追究再說，到時候再叫阿O想辦法！主意打定，開口道：

"阿O，就按你的辦法，斷臂求生！"

見鄧拿出手機要打電話，阿O急忙攔住："等等，您是否現在就要通知誰？"

"是啊，剛才那位放高利貸的，我先給個答復。不借錢，賣！"

"別！您先通知王總監，把供股募集的餘款全部打給我。"

"嘿，"鄧不理解，"現在撥下去，我收購華夏星洲的價格就升高，還不一樣？"

"不一樣，現金為王。"

"好吧好吧，就依你！"鄧向王總監下達電話指令，立即將其餘6億港元撥給華夏星洲。阿O也當即打電話對小嫣下達指令，收到匯款立即向甬城繞城高速項目公司轉賬5億元。鄧明白過來，這是在給自己擦屁股，以免抽逃出資爆雷，對阿O頓生好感。

"這場交易你來主持吧！"

"還是盛總主持更好，他經驗豐富……"

"阿O，"賈有意見了，"你別再推三阻四的，盛總還在新加坡，這個併購計劃也不能讓他知道底牌！"

圍繞著伊拉克戰爭，許多國際資本大鱷在火中取栗，像一場盛宴。盛總跟著華航油的陳總投入的資金，已是人家餐盤中的烤鴨。阿O只有感慨，卻無能為力，自己在商海是渺小的存在。

在港島，星洲基建也成了各個資本小鱷的圍獵對象，消息未公開放出，紛紛聞到血腥味找上門來。泄漏消息，是阿O宴請那位九龍黑道大佬，代鄧老闆婉言謝絕借款，說明時有意流露鄧老闆要賣掉上市公司控股權。不管那大佬如何套近乎灌酒，阿O始終不透露交易內情，只是再三感謝當年援手之情。

阿O穩坐釣魚臺，與聞風而來的各色人等接洽，只談意向，鼓吹賣點，卻不開價。

亞斯博士陪著葛培爾先生也來了，小季順便給阿O送來那個調錯包的手提電腦。阿O赧顏道歉："還要你們送來，真不好意思！"

小季埋怨道："我們廟小，你這尊大神不肯光顧。"

"哪裡哪裡，幾次想登門拜訪，總被公司事務纏住。一天到晚瞎忙，也顧不上這玩意。"接過電腦，隨手放在一邊。

阿O在君悅西餐廳款待他們。賈生酒量好，被阿O請來作陪。酒過三巡，亞斯提起星洲基建，阿O明言："這不是你們的菜，以後會有更好的機會。"

他們相信阿O，按下這話題，探討起在香港發展的策略。賈借機和葛培爾打得火熱，以後有了另一方面的交易，

李何淑儀女士也來找阿O聊聊，阿O宴請她，笑容可掬，卻"王顧左右而言他"，不切入正題。她意識到阿O有難言之隱，也就打哈哈，裝著一副不在乎的樣子。

三天后，阿O等來了合適的買主，是一個內地北方豪客，侯家大少侯劍鳴，是條過江龍。

侯本是國企老總，通過MBO將公司轉為私有，急需在香港股市買個乾淨的殼，把財產轉移到海外。還想把上市公司當"抽水泵"，籌資回頭去內地大展宏圖，蠶食鯨吞。他確實精明過人，很自信，也很有魄力。找上阿O就開門見山，要求私下交易，買下鄧氏集團，設法避免觸發全面要約，不顯山露水就掌控上市公司。

還要求，鄧氏集團的資產全部剝離，上市公司的資產也要盡可能剝離。阿O基本認可。

盡職調查，侯已委託律師、會計師悄悄做了，甚至私下買通了星洲基建內的高管。在談判桌上，侯直接把內線出賣給了阿O，當然是作為殺價的牌打出來的。阿O只好"投降"，經請示幕後鄧老闆，從溢價20%直降至12%。

侯把阿O的要價幾乎攔腰打折，很是得意。不過，資產剝離上遇到問題。鄧氏集團名下的好辦，上市公司那邊除了華夏星洲，其餘各項牽涉種種關係，一時解決不了。阿O坦承苦衷，問："您是可以等呢，還是自己入主后慢慢消化？"

如果說等，恐怕阿O不會老實等，轉頭與別人去談，壓下的價便宜了人家。競爭者環伺之下，侯當機立斷，拍板：就這樣啦!

資產剝離價格按賬面原投入計算，盈虧不論，費時費力的審計評估省了吧。但侯又提出，鄧老闆要保證星洲基建沒有隱秘的或有負債或擔保，若是賬外發生糾紛，鄧方承擔全部責任。阿O經請示幕后鄧老闆，也同意書面承諾。

同時，阿O也提出，交割后上市公司一切盈虧由侯方負責，

雙方秘密簽訂協議。鄧老闆以身體原因宣告退隱，推薦侯劍鳴先生出任鄧氏集團總裁、星洲基建董事長。

侯劍鳴劃給華星集團16億元（人民幣），還替鄧還了華銀集團6億港元，這是侯以股權質押借的，阿O貼心為他介紹了九龍那個黑道大佬。那大佬給他茶水錢，他拒收，說是算還了當年欠的人情。

巨額資金匯兌是大問題，在內地政府嚴格把控下，走地下錢莊風險極大，阿O竟合法解決了。

侯有心結交這個朋友，將自己在吳城的一幢度假別墅轉到阿O名下，表示感謝。阿O再三推辭，侯說不值錢的，買下來時才280萬元，都不夠付地下錢莊的。賈生也勸阿O收下。小媽得知，查看公司賬上阿O未支取的薪酬還有200餘萬，其餘自己幫他出，湊足280萬元匯過去，替阿O佔了個便宜。

阿O還貼心為侯介紹了那個舊相好券商，幫侯與證監會及聯交

所方面交涉，順利通過董事會和股東大會的審議，改組了董事會，使這場重大交易波瀾不驚。其中玄機，阿O不過問。

唯有出售華夏星洲，阿O出頭擔責。他承認自己經營不善，辭去副總經理職務謝罪，并主動找來幾個賣家，幾輪談判下來，最後阿O說服華星集團接盤，使公司這筆投資沒有受損，完璧歸趙。

至於阿O辭職後的去向，星洲基建沒人關心。

黯然辦完移交手續，他離開公司到機場"打飛的"回吳城，剛要通過安檢閘，背後忽有人一把將他揪住：

"咄！真當星洲基建無人？"

二十一、求生

阿O驚回頭，見是財務總監大衛·王，返身與他擁抱。兩人相視，互捶一拳，哈哈大笑。想來王演的是三國演義的一齣：龐統獻了連環計，離開曹營方欲登船，江邊被徐庶一把揪住……阿O湊趣說：

"是否也要我教你脫身之計？"

"那倒不用，"王揚揚手中登機牌，想說又覺得這不是說話的地方，"還有時間麼，喝一杯？"

阿O看看腕錶，摟著王的肩膀走進近邊酒吧，兩人各要一杯扎啤。阿O舉杯向王致意：

"華夏星洲的價值確實被低估了，你沒壞我的計劃，承情！"

"沒什麼。"王淡然一笑，"一朝天子一朝臣，我也跳槽了。嘿，何必與你過不去？"

阿O愕然。王樂了，"想必準備了幾套化解之策，落空了。是否沒遇對手很失望？哈，這些詭計爛在你肚子裡吧！"

阿O沒笑，心有戚戚："也好，我看侯董不是個好相處的人。"

王點頭，對阿O說："你的鄧老闆也是。"

阿O也黯然點頭。

兩人同病相憐，乾杯痛飲。阿O瞥見擱在王手邊的登機牌標著"香港—倫敦"，問："去英國，是老東家司密斯的邀請？"

"是。"王歎口氣，"打工的，到哪裡都一樣。你也悠著點！"

凝視這個業界精英，心有觸動，阿O覺得他變了。世道如此，還能說什麼？

兩人惺惺相惜，乾了杯中酒，分道揚鑣。

回到吳城，阿O註銷華夏星洲，全部資產併入華星集團。同時，華星集團融資湊足18億港元，如期匯給星洲基建。

星洲基建易手後，鄧老闆全資擁有華星集團、申通集團，依舊威風八面，胡潤福布斯排行榜上又升一檔，個人名下資產不減反增。他陪如夫人來西湖散心，忽起念想把湖畔別墅佔了，安置已失去香港半山豪宅的如夫人也挺好，讓阿O另覓辦公地點。

阿O服從，讓潘副總去覓地租房，潘轉身就安排小柯去辦。陪同來玩的賈生見員工皆有不甘，勸鄧：人家費好大心血壘砌這個巢，已有歸屬感，你把人家趕出去，會離心離德。鄧瞪起眼來：

"咄！是我花錢雇他們辦事，辦好了是我的，對麼？"

"也對，對。"賈覺得他不可理喻，轉身離去。想想又不忍，他動用特殊關係，出手不凡，幫鄧在申城廉價搞到一所別墅，與前國家領導人為鄰，這是內控的，一般人有錢也買不到。如夫人本就想在滬上生活，很滿意。這下倒好，鄧在申城左右逢源，坐享齊人之福，也虧他有本事擺平兩個夫人。

鄧事後想想，阿O幫自己渡過了又一難關，該獎勵。於是很大方給阿O開了張支票，召阿O到家裡，當面賜予，還說這是按股權交易獲益計算的提成。阿O冷然拒收：

"竭誠為公司謀取最大利益，是職下本分。如果這麼算，你我是生意合作夥伴，我不該拿工資，也不該享有集團總裁待遇。如果都這麼算賬，我怎麼治下，怎麼管理團隊？"

"嘿，有意思！那對有突出貢獻的屬下總該獎勵吧？"

"那是。"阿O笑了，乘機說："獎勵我去清華大學職業經理人培訓中心進修好麼？"

鄧接過阿O遞上的招生簡章，看了看。還好，不是獅子大開口。但對詭計多端的阿O，他已有幾分警惕，說："我會考慮的。"

賈生在旁覺得阿O太傻，插嘴說："唉，得給點實惠。加薪！"

"行，年薪提到與申城集團總裁齊平。"鄧爽快答應，心說：這錢還不靠你自己去掙來，嘿嘿。

打發了阿O，鄧回頭看看面露不屑的賈生，瞪起眼："是我小氣麼？你懂個屁！"然後拍桌子教訓他，傳授御人之道：

做大事要招攬天下人才，但人才是好駕馭的麼？是人才都聰明，不比你笨，但性情各有不同。有的是狗，有的是鷹，餓則不忠，飽則遠揚。"你這個貴冑呵，說了你也不懂。"

看賈生聽了一愣一愣的，鄧很得意："我還是窮小子的時候，在陽澄湖跟人養鸕鶿捕魚，總在鸕鶿脖子上系一條繩子，系緊了不行，松了也不行。這分寸得自己慢慢去琢磨……還要摸透各個性情，因人——哦，鸕鶿——而異！"

其實，阿O不是鸕鶿，若單幹做生意，還不如自己的司機。他也不是養鸕鷀的，跟鄧老闆不是一個路子，是撒大網捕大魚的。

擺在阿O面前的幾個項目總投資將近百億，問題是隨著項目建設的進展，還有將近7億元資本金要投入，3億元票據要到期兌付。鄧老闆已無能為力。

阿O苦思冥想，搞了一個集團公司財務中心的方案。

集團在銀行開設總賬戶，下設各子公司分賬戶，各子公司資金在各自分賬上，餘額匯總反映在總賬，各子公司在集團核定的額度內開支票或辦匯票，同一個總賬戶對外結算，內部調用資金由集團計息分配。各子公司與集團公司簽訂協議，接受集團總部的預算管理節制。這樣避免了一頭貸款付高息，另一頭卻存款吃低息，集團公司集中財力可發揮更大的優勢。這是不想給銀行賺錢啊！

大通銀行支持，可工行、建行、華行均不答應。阿O以三寸不爛之舌去遊說，結果是工行通吃，誰不答應就把貸款一次結清，賬戶撤銷，所需資金工行兜著。其他行只好認賬，生意還是要做的，少賺點而已。總賬開在工行，各子公司的基本戶也開在工行，賬戶之間由工行電子結算系統溝通。邵斌和工行的專家一起搞了個軟件，集團總部及各子公司電腦終端接入工行電子結算系統。

阿O不會在一顆樹上吊死。為安撫其他銀行，他指令小涂去開了幾個專項存款賬戶，以專項資金名義存入一些錢。人家對阿O的好意心領，也給了較高的協議存款利息。杜行長（已升為一把手）也開眼閉眼，讓下屬別干預，別把同行都得罪了。

集團內各子公司都叫好，合資項目公司其他股東也讚成。省金管辦和銀監局作為改革的試點給予鼓勵和支持。也有人想效仿搞個結算中心，可規模不夠，管理水平也跟不上，銀行不看好。

佘老大和尤香蓮動員各自旗下的企業加入進來，亞斯博士的項目公司也擠進來，獲益匪淺。存量資金有較高的利息，最大的好處還是有時急需資金，也不必找銀行等審批，征得阿O同意就可以大筆透支。自己公司分支賬上錢不夠沒關係，只要集團總賬餘額足夠就行。此外，開出的商票信譽極高，各銀行都願意貼現。

　　華星集團的財務中心規模劇增，柳局長（她剛扶正）正告阿O不得再吸收集團外成員，阿O乖乖收手。越城項目和錢江集團的後續資本金，他已不動聲色解決了問題。

　　出資繳了還在自己賬上，哈哈！

　　俞行長和阿O還有私下交易，那就是阿O拿積澱資金做銀行間資金市場的拆借業務。華星集團吃掉華夏星洲的改組過程，建行又貸給4億元。阿O攜美酒登門致謝，俞留他小酌，感慨道：

　　"阿O，你不做銀行太可惜了！別給鄧老闆打工了，到我這裡來當個副行長吧！"

　　"好啊！給我留口飯吃，等我手頭幾個項目建成就來找您。"

　　"我看，鄧老闆遲早容不下你，你擁兵自重！"

　　"不對，是擁敵自重。"阿O認真糾正。

　　"敵？"俞細細玩味，醒悟："哦！你小子在利用銀行監管，對抗自己老闆抽調資金的指令。好陰險！"

　　"審時度勢，借勢玩平衡而已。"

　　道高一尺，魔高一丈。鄧老闆看著阿O坐擁巨資，卻調不動，因為銀行嚴格監控，沒有阿O簽字，現在誰也無法在預算管理之外將資金調出系統，自己派來的各項目財務總監再也起不了作用。於是，藉口要照顧阿O別太辛苦，他從滬上高薪聘請一個銀行退休的專業人士，派到華星集團來當副總經理，指定分管財務。

來人姓金，很謙和的老頭，原申城一家銀行的高管。阿O給他安排獨自辦公室，配了奧迪A6轎車和司機，把財務部劃給他分管，還讓小柯照顧他的生活起居。兩個申城小姐都圍著他轉。

金副總很快釐清，阿O確實沒有兩本賬，但銀行日記賬數字後面銀行自己的賬，金是沒法看的。預算管理內動用資金由他審批，可簽發支票、匯票，預算外要將資金調出系統他簽了沒用。工行方面告訴金副總，曾經因為甬城項目公司擅自劃出5億元，屬"抽逃出資"和"金融欺詐"行為，銀行內部有人因監管不力受處分，看在省領導為阿O說情的份上，現在暫不追究華星集團。

聽了這話，金還敢再說什麼？

鄧老闆又親自來了，這次帶著正房夫人，還有賈生及香港太平紳士漱石先生，幾輛豪車成隊開進吳城，入住香格里拉酒店行政樓層，鄧和夫人居總統套房。阿O給小柯放假，去陪陪鄧夫人，把自己的座駕也交給她，還交給她遊艇會的至尊金卡。

陽春三月，草長鶯飛，西湖景色宜人。畫舫在湖中蕩漾，仿佛人在畫中游。鄧夫人離開喧鬧的申城，來到這清淨之所，心情大好。她問小柯："喜歡吳城麼？"

"姨媽，吳城是好，可在公司里太憋屈！"

"怎麼啦，阿O對你不好？"

小柯想起那風雪夜，阿O沒忘來接她，撲在阿O懷里感受到的那份溫存很難忘，憑良心說：阿O真的不錯。

"聽說他還是單身，喜歡就要主動點啊！"

"那個潘媽是狐狸精，阿O病倒的幾天她夜夜陪房，也不羞恥。

還處處壓著我，不讓我跟他多說一句話。"

鄧夫人聽這抱怨發笑，說："有作為的男人誰都爭，這有什麼好怪的？別看阿O長相一般般，但很有男人味，風流韻事少不了。你不爭別怪姨媽不幫你。"

"姨媽，能不能幫我除掉她？"小柯的眼裡閃著怨毒。

鄧夫人審視著小柯，沒說話。

而這時，總統套房里鄧老闆正大發雷霆，抄起煙灰缸要砸爛阿O腦袋。賈生使勁把他按在沙發里，分辯道：

"那時候，阿O是甬城市政府跟你談判的首席代表，謀取甬城利益最大化是理所當然。向著你才怪哩！"

"媽的，坑我多付幾個億，你算算！"鄧還是將煙灰缸甩了出來，由於被賈困住大臂，沒扔遠，落在面前的玻璃茶几上，"嗬"的一聲鋼化玻璃碎了一地。阿O冷冷瞥了一眼，起身要離開，被曹廳長扯住。曹滿臉歉意地勸慰：

"阿O，是我失言，別生氣！來，聽我說，坐！"

原來，曹廳長陪越城的柴局長來找鄧老闆商議，打算讓鄧吃下甬婺線項目30%股份，之前因越城交通投資公司後續出資沒到位，國開行的沙副行長威脅要停止撥款，他們找阿O商量過，阿O知道他們不是拿不出錢，是想把資金用到第二跨海灣大橋建設上去，沒同意。越城方登報拍賣，阿O不接，人家也不敢接，結果流拍。鄧有興趣，談起價來，不知怎的（柴可能是故意的），話說到北崙高速的轉讓價上，聽說成交價20億元，曹大吃一驚，沖口而出：

"當時甬城市交通局開價12億，省交通投資公司都沒要！"

這讓鄧差點吐血，當即把阿O召來，責問有沒有這回事？阿O

老實說，在自己沒接手大通公司之前，是有過這回事。還說接手后又談過，對方代表看車流量有所提升，同意再加2個億，被自己罵了出去，交通廳代表的面子也沒給。鄧聽不下去，勃然大怒，發起狂來。曹廳長轉而幫阿O說話，說："此一時彼一時也，何況交通系統內併購，有個上級補助款要不要收回的問題。"

在旁的太平紳士漱石先生看不下去，插進來說：

"當年國共內戰，陳炯明在四平之戰讓共軍傷亡慘重，后隨程潛長沙起義，擔心共軍算舊賬，毛主席說：那時各劃各的船，都想贏，怎能怪他？"

言下之意，成大事者要有氣量。鄧就吃這一套，轉顏嬉笑道："我也就嚇唬嚇唬他，真要砸爛這顆狗頭，他哪還躲得過"。

話雖這麼說，鄧還是記下了。他又命令阿O把越城項目的30%股權收過來，也不知怎麼勾兌的，還給加價10%。按說，流拍以後再拍，起拍價當下降10%，怎麼反而升了？阿O當即表示不滿：

"您是老闆，您說了算。您撥款我照辦！"

"甬城項目公司賬上不是有錢麼？"

這些錢只在公司賬上，實際上這些資金早已混入集團總賬，被反復運用過N遍，阿O卻說：

"那是社保資金定向委貸，專款專用。我手頭在建項目資本金還有很大缺口，還要找您要呢！"

"我不管，你自己去想辦法！"鄧下不了臺，大吼。

阿O還要嘴謷，賈立即將他拉了出去。下到行政樓層貴賓吧，賈要了兩杯軒尼詩XO，邀阿O喝美酒觀賞美景，勸他冷靜。阿O心亂如麻，說："現在夠對得起他了，我可以走啦！"

"嘿，打開大好局面，拱手讓與他人？"

"誰愛乾誰幹！"求生本能，促使阿O想逃離虎穴。

"別說氣話啦！"曹也來了，要了杯咖啡湊到一桌。"華星集團這本賬，別人看不懂，我多少看得出來，你一走準崩盤。你忍心看著幾個在建項目變成爛攤子？"

阿O看看曹，無語。

曹攬著阿O的肩膀，感慨道："小兄弟，你我有一點相同，都是拼了命想做事的人！"

這話說了沒多久，曹廳長被"雙規"了。譚老親自帶著紀委幹部找阿O談話，要他檢舉揭發。阿O坦承，自己和曹時常有機會一起喝酒，在公路建設上曹給予很大的支持，但沒什麼私交，更沒送過一分錢，他也沒要過一分錢，暗示都沒有。那麼，他為什麼肯如此幫你？面對這個問題，阿O自己也想過，只有一個答案，就是他說的，"都是拼了命想做事的人！"

說起來，曹從建錢江二橋起，在極其困難的條件下，創造條件上，還搞成機場擴建、機場高速通道、交通大樓等等項目，功績赫赫，也真是想做事能做事的人。譚老很不高興，說：

"你還為他擺好評功，他有多少個情人你知道嗎？"

"我對領導不夠關心，"阿O抱歉笑笑，"論私交我還不敢高攀。他也不會對什麼人都是一副面孔吧？在我面前，他是領導！"

阿O自己私生活也很亂，只是沒人管而已。想想自己有《通玄真經》，別人有沒有修煉"九守"呢？

譚老光火，眼露凶光，沉聲道："我早就注意到你小子不是個好鳥！我們不掌握情況會來找你麼？念你是替鄧老闆鋪路造橋辦好事，壓力之下送點禮也情有可原，態度好也可以不追究。"

他點了一支菸，也給阿O點了一支。吞雲吐霧，相對默視。煙抽完了，阿O仍無動於衷。

"你很聰明，應該知道：有些事我們黨內自會掌握分寸，現在你老實交代還來得及。話盡於此！"說罷，捻滅菸頭，轉身離去。在門口吩咐屬下："再不交代就帶走，交給檢察院審訊。"

威脅利誘之下，阿O沒吐出一點有用的。他們只好讓警車來將阿O帶走，送到檢察院。審訊過程，阿O沒跟任何人說起過，放出來時已是子夜。小嫣在大門口等候，將他接上車，送回公司。

潘老內心是欣賞他的，事後回家對小嫣說："算妳有眼光，這小子還真是個人物！"這讓小嫣好一陣得意。哼，當初您還看不起人家！這是後話。

鄧老闆還沒走，星洲基建的新任董事長侯劍鳴找來了。接到電話，鄧知來者不善，自己先開溜，讓阿O去應對。"斷臂求生"不是你小子的主意嗎？這筆交易的談判不也是你主持的嗎？

走得了和尚走不了廟，人家已在湖畔別墅等候，阿O只好硬著頭皮去應對怒火。

新加坡華航油公司爆出580萬美元巨虧，盛總已沒法掩蓋，導致星洲基建的股價急劇下挫，侯劍鳴要討個說法。併購協議上是白紙黑字寫著"不論盈虧"，可腳踏黑白兩道的人，還要論江湖道義。

二十二、對賭

賈生和漱石先生還算仗義，陪阿O同去。

回到公司總部時，他們見侯董事長在斯斯文文喝咖啡，這魔頭身後兩個保鏢背手佇立。潘副總在應對，一邊溫言好語勸慰，一邊給以顏色。她說阿O去探望"老丈"還沒回，您想找上門去怕不妥，因為他"老丈"是個武夫，惹惱了揍人沒商量。警察敢拿老將軍怎麼樣？省軍區幹休所大門都進不去。有本事你去中央軍委告，軍紀還是有的。侯有眼色，眼前這位白領麗人恐怕也不好惹，舉止談吐像是名門千金，窩著火，婉言哄她打電話給阿O，說有緊要事相商。

阿O一到，侯就開門見山說了來意，說阿O騙了他，有重大事實隱瞞。賈生為阿O辯護，說自己身為董事也不知期貨生意盈虧，沒到期限之前，行情起伏不定，天知道結果。盛總是專業人士，他沒最後報虧，誰敢說虧？還說：

"你不是做了盡職調查麼？那個副總向你報告了內情，他拿了你的錢怎麼不說實情？阿O也是副總，知道的跟他一樣多，為什麼偏偏責難他？"

侯冷笑，從公文包拿出一份董事會紀要（是那個紅唇螓首的秘書向他揭露的），扔在桌上："你自己看看，阿O明知要虧的！"

賈啞了。阿O笑著拿過來翻了翻，說：

"討論麼，各抒己見，說贏道虧，誰也沒個準。董事會表決不也是一半對一半，沒定論？我怎能就認定自己對？以一己判斷推翻董事會決議，擺到嚴謹的談判桌上去？"

"侯董這樣說有點欺負我的小老弟！"漱石先生開口了，袒護道："如果他猜錯了呢？告訴你豈不是又誤導了你？這不合規矩！"

侯不清楚這老先生的來頭，不敢當面開罪，怏怏道：

"難道就讓我吃這麼個啞巴虧？"

難堪的沉默。黑道上的人哪是肯吃啞巴虧的，他能忍一時你得防一世。什麼時候會冷不防捅你一刀，天知道！

阿O光棍一條，自是不怕，老子斬的就是你！

鄧老闆可是有家有室，惜命得很，交代過阿O：千萬別鬧翻。何況，香港鄧氏集團易主還不能公開，雙方鬧翻了還可能雞飛蛋打，招致香港證監會追究處罰。

漱石又開口安慰道："據我所知，華航油在與新加坡淡馬錫公司商議融資，華航油總公司還準備通過德意志銀行配售15%新股，用以支撐危局，以央企的實力說不定還能翻盤。也說不定他們見勢不妙，會果斷斬倉，損失小小。"

阿O看看錶，說："到飯點了，先去吃飯，大家慢慢商量！"

貴客麼，還是請到香格里拉酒店的香宮吧。這樣安排，漱石先生想，阿O這是要禍移江東，讓鄧老闆自己面對，也對！剛到香格里拉，他就說"我去請鄧老闆一道用餐"，要上樓，被阿O拉住："不用，鄧老闆早走了。"

賈試著打通鄧的手機，果然他已在去申城的高速公路上。電話裡鄧還關照：讓阿O想辦法給點補償，別結下仇！

小媽點菜，阿O關照要高規格，上茅臺酒。他招呼大家入座，見兩位保鏢還站在侯的身後，阿O的司機帶他們去旁桌用餐也不去，不離侯的左右。阿O便說："那就一起吃。都是出來討生活的，酒桌上皆為兄弟，坐！"

兩位保鏢還是不肯入座，為難道："別，我們下人……"

阿O拍案而起，說："那我也是打工的下人，不跟老爺同桌啦，諸位請便！"說了就欲離席而去，侯趕緊起身把他拉住，同時招呼保鏢入席。阿O這才重新坐下，拱手向侯致謝：

"謝侯董給我面子！在此，我向您的兩位忠心的弟兄保證，如有人對你們大哥不利，在下雖沒本事，但一定跟你們並肩子上！侯董若有閃失，在下拿命賠給你們就是。"

兩位江湖中人聽了熱血上湧，也不顧什麼規矩了，端起剛上桌的茅臺，要敬阿O一杯。阿O請大家同飲，豪爽地乾了滿杯酒。氣氛調動起來，觥籌交錯，你來我往，互相稱兄道弟，好不熱乎。侯看阿O是個江湖中人，也不知哪條道上的，說話轉了口風。

"阿O兄弟，玩股票我是初出道，能否幫我想個辦法，扭轉頹勢，撈回點損失？"

阿O想了想，說："倒是有個辦法，得我們鄧老闆同意。"

"你說！"/"說呀！"/"說呀！！！"連漱石都急了：

"鄧老闆那裡我去說，行了不？"

魚翅、鮑魚上桌，阿O招呼大家趁熱品嘗，渾不吝。老紳士生氣，一甩餐巾站起來："不說我走了。"

"好好好，"阿O把老紳士拉到一邊，小聲耳語一番。他聽著先是皺眉，繼而展顏，最后哈哈笑出聲來。阿O拍了拍他的背，讓他去給鄧老闆打電話。回到桌前，舉杯說："兄弟抱歉，老闆不同意的話，算我沒說過。我一個職業經理人，未經老闆許可，沒法拿公司資產給您任何幫助，哪怕你要我的命。"

侯與阿O碰杯，乾了，感慨道："真羨慕鄧老闆有你幫他！"

賈生也陪了一杯，說："鄧老闆可是拿50億投資換來的。"

"哦，怎麼回事？"侯好奇。

賈故意不說，吊胃口。還是小媽憋不住，把她知道的往事說了出來。她當年也是聽了這事才下功夫琢磨，發現了"潛力股"。

不一會，漱石收了電話回來，滿面春風地說："成了，鄧老板說，就原價。"

"什麼原價？"侯搶先問。

"北崙高速公路，剛從星洲基建剝離的項目之一，現在讓星洲基建原價收回。算作補償吧！"阿O點起煙，吞雲吐霧。

"這算是補償麼？"侯大失所望，疑心又是個圈套。

"嘿，"阿O笑道，"鄧老闆也認為不值20億元，可我認為所值遠不止20億元。你信我就買下來，不信就算我白費心。"

侯向阿O要了一隻煙，也吞云吐霧。賈生只喝酒不吭聲，漱石先生有點急，但也不好明說。抽完煙，侯才開顏笑了，說：

"對賭如何？兩年為期，若漲了20%以上，分利一半給你。"

"給我公司！"阿O認真說。

"隨你！"侯不在乎，"如果漲不上20%呢？"

"您說，"阿O抬抬頜。

侯的眼珠一轉，目光停留在阿O身邊小媽可人的面容，說：

"別的你也做不了主，就讓她陪我一夜吧！"

語出四座皆驚。阿O肅然，猝然抄起酒杯，將酒水潑了他一臉。兩位保鏢霍的站起來，賈也站起來對峙，就要動手。侯忙擺手制止，拿餐巾抹乾自己的臉，笑笑說："我信你了，準備合同吧！"

說罷，侯告辭離席，說喝多了，想休息一下。阿O親自領他去行政樓層，替他們開了總統套房。阿O可打7折，本年消費還不到45萬元，樂得拿人家的錢充數。回到香宮包廂，見兩個男人還圍著花容失色的小媽不停安慰她，阿O說：

"她沒那麼嬌氣。敢跟我闖江湖，豈是膽小的？"

這話說得小嫣豪氣頓生，給各位倒滿酒，舉杯說："來，我敬大哥大叔一杯！"

"我還不老，叫大哥！"漱石急了。

小嫣翻個白眼，嗔道："為老不尊，色瞇瞇的！"

惹得賈生笑彎了腰，連說："對對對。哎吆媽呀，笑死啦！"

小嫣頭一歪，靠在阿O肩膀上，撒嬌："抱抱，安慰一下好麼？就一下下！"

阿O無奈，抱著拍拍她的背，然後把她按在座椅上，肅然道："潘副總，賺錢的機會來了！聽好了——"

小嫣趕緊端正坐好，賈生和漱石也洗耳恭聽。

"星洲基建股價會大跌，可能還會暴跌，現在起妳要盯盤每天向我報告行情，準備去香港股市抄底。等上一年半載，條件成熟，我會幫侯總將北侖高速高價賣出，重大利好消息，會導致00□2·HK股價暴漲。"又轉向賈生和漱石，"別說我有好事瞞著你們，信不信由你們，但必須保密。"

"老弟放心。"兩位鄭重點頭。賈又有點狐疑："你這麼有把握？給兄弟一點提示，說說。"

"我國加入WTO後，北侖港二期建設提前實施，國家很快將有重大規劃調整出臺。沒見香江基建的卓總急著跑去北侖港麼？"

還沒等大家高興起來，阿O將手指豎在口前，讓大家噤聲。然後說："這裡不是說話的地方，大家吃完了回公司商議。"

誰還有心思再吃？匆匆扒拉幾口，丟下一桌沒怎麼動的山珍海味，趕回公司去。到阿O的辦公室，4人聚首密謀。

侯董和阿O擬訂了對賭協議。約定：

侯以20億元原價買下北侖高速，同時委託華星集團在兩年內賣出。若出售價格高於24億元，漲價部分分一半給華星集團；若行情不利，華星集團以22億元價格回購北侖高速。

鄧老闆接到阿O傳來的協議草案，劃掉對賭條款，傳回給阿O。還關照，侯總若不接受，情願再從別的方面補償。在他看來，這項目本就被阿O宰了一刀，現在就能回本該謝天謝地啦，再要想高價出售分成是做夢！侯總的背景深不可測，在北方黑白兩道通吃，得罪不起。已經坑了他一次，屆時若再賴賬怕他會暴起殺人。

阿O接到回復苦笑，按鄧的意思制訂合約，問候總接不接受。

賈生和漱石先生認為鄧老闆一定會後悔。侯想想若阿O真能做到的話，豈不賺大發了，賭一把！但……看著阿O沉吟起來。

"信我就簽，不信拉倒。"阿O一副光棍相。

對，還是按江湖道行事！侯打定主意，笑道："我再信你一次。阿O，若賭輸了，給我打工三年，如何？"

阿O點頭。在雙方簽好的協議上不著一詞，這上不了檯面。他咬破手指，按下一個鮮血淋漓的手指印。在法律上毫無意義，但在江湖上是個承諾的血誓。

侯董與漱石先生同路返港。在候機樓貴賓室里，兩人交談：

"您老人家為何那麼相信那小子？"

"別小子小子的，放尊重點！"老紳士不高興，說："S大師還在香港時我聽他說過，阿O得計然門真傳，能掐會算，不是凡夫俗子。曾經他空手套白狼拿下星洲基建，還在股市大賺一筆，全都捐給了西藏。他被人告發，自首上法庭，老夫忝為太平紳士，也受人之托向法官求情哩！"

"還有這回事！敢問您受誰之托？"

"江湖前輩高人，不可說，不可說。"漱石連連搖頭。"昨天酒席上起衝突，我真捏了把汗。"

"擔心我欺負他？我只是想試試他是否真君子！女人我見多了，我只要處女，而她……"看老紳士臉色不對，"怎麼啦？"

"看你嘚瑟，我是為你捏把汗！你若動了阿O，我不信誰能護得了你周全。那位江湖前輩曾放話說，那是他最喜歡的小朋友，要道上朋友多照應！若欺負他，不說別人，賈生都會出手。他可不是普通人……"適時閉嘴了。

侯有眼色，岔開話題："久仰S大師，能否為我引見？"

"他已不在香港。以後看機緣吧！"

香港股市是公海，本就無風三尺浪，星洲基建石油期貨上的利空消息流出，股價果然大跌35%。阿O和邵斌在電腦前盯盤，分析行情：有人在惡意做空，該出手了！

邵自告奮勇去撈一把，阿O思慮再三，還是讓小嫣去。行前，她伸手向阿O要抄底資金，他沒給一文錢，卻掏出水筆在她手掌心寫了一行字：Put Option 1.37。

"去找李太，這就是錢。"

看著大批小股民被割韭菜，阿O無奈，也不再悲天憫人，自己還乘機撈一把，這就是"叢林法則"！很快，有個大券商出手了，做莊放盤00□2·HK認沽權。正好華航油又傳來壞消息，進一步報虧4,000萬美元，看形勢虧損遠沒見底，是個無底洞。恐慌之下，星洲基建股價應聲又跌，幾近仙股，買跌的投機者不少，認沽權很快就賣出百萬余張合約。幕后，李何淑儀大撈一票權利金，深信：

"善財童子"的葫蘆里，一定裝著利好消息。

小嫣拿到1,500萬元，抄阿O同學作業，反手做多。

阿O替星洲基建辦好14億元銀行轉貸，拿侯總劃來的6億元去還掉工行4億元股權抵押貸款，又按鄧老闆指令買下了越城項目30%股權（實際出資到位73%），付給越城方1.8億元，所剩無幾。隨著在建項目工程進展，資金日益緊繃，麻煩卻接踵而來。

工程物資供應商違約斷供了。邵斌追問，供應商回答：中央首長擬十月視察申城，申城政府官員希望在建項目提前竣工，向國慶節獻禮，拼命督促施工，物資得優先保證那邊。邵要求供應商退錢，并支付違約金。供應商撒賴，說："那邊也是鄧老闆的公司，要告就去告吧！"

查下來，違約的供應商都是鄧的親友關係戶，當時按阿O"同質同價基礎上優先照顧"的批示，邵才給他們預購合約和定金的。

阿O讓邵先發律師函過去，莫謂言之不預。

就像一滴水掉進潰油裡，炸鍋了，供應商紛紛跑到鄧夫人那裡去哭訴。鄧老闆煩了，發話："調撥物資是我的指令，你們讓阿O直接告我好啦！"

"告吧！窩囊氣受夠了，大不了被解僱！"

邵斌的話刺激了集團公司許多人神經。金副總忙著安撫人心，應付工地上催要甲供物資的電話，自己在阿O面前也多有抱怨。

二十三、渾水

阿O整天愁眉苦臉，就是不發話。

幾天後，邵斌向阿O遞交辭呈。晚上，阿O特別為他餞行，在庭院內草坪的小石桌上擺了幾碟家常小菜，一罍陳年加飯酒。明晃晃皓月當空，似是可憐兩個失意人，徘徊不去。

"走吧，我敬你是個正直的人！"阿O舉碗致意，仰脖子乾了，還癡癡望著明月。

"您不是懦弱的人，為何不告？"

"身在江湖，自當恪守江湖道義。"阿O歎息。

"阿O，您變了！"邵逼視，目光炯炯。

"也許，也許……"阿O想說，也許自己被開除出黨那一天起，就像浮萍在江湖漂泊，載沉載浮，身不由己。以往心底堅守的，像斷鏈的錨，漸行漸遠。

"何不出了這口惡氣，攪他個天翻地覆，一走了之？"

"我走了，這幾項在建工程就會成爛攤子。吳城第一高樓，可能也會在紛爭中成為爛尾樓！說到底，這是糟踏國民財富吶！"

邵認真想想，阿O還真是各方勢力支撐的平衡點，這結構有許多說不清道不明的應力，不可理喻，阿O走了可能分崩離析，要花多大代價才能收拾重整？別的不說，銀行競相起訴，華星集團會一夜之間破產，佘老大、侯劍鳴和鄧氏勢力必將血鬥！誰勝誰負不重要，爛攤子誰收拾呢？

"好吧，我也不走了。"

邵的目光清澈，面對阿O疑惑的審視，笑笑說："您把所有甲供物資還交給我，我來經營。怎麼，我沒做過生意，您信不過？"

"嘿，我不是一直都信你？"阿O舉起酒碗想敬他，又放下酒碗，問："但是，你此時不走，陷進去可能難以全身而退。以清白之身，跟我蹚渾水，值嗎？"

"都是男兒，您有的擔當我也該有！"

酒碗一碰，兩個漢子各自一飲而盡，互照碗底，哈哈大笑。笑罷，邵神色漸漸凝重起來，說：

"阿O，按江湖道義，有件事我不得不告訴您。"

"如果紀律不允許，你可以不說。"

"您在危險邊緣，我不能不說。"邵肅然，低聲說："錢江集團舊賬審計，我發現線索，組織上調查結果，徐副市長落網。"

"這我早有思想準備。"阿O不動聲色，顧自撿小菜吃。

邵接著說："他供出了譚老——潘副總的外公！"

阿O愣住了。竹蔭間簌簌作響，閃出個人影來，到月光下才看清是小媽。她淚流滿臉，在香港接到母親電話剛回來，家裡計議一番，也是來辭職的，已躊躇多時。

"這是我的辭呈，對不起！"她雙手遞上片紙，深深鞠躬。

"為什麼？"阿O討個說法。

"我繼續留在公司，不能幫到你，只會給你帶來麻煩。"

"妳以為，妳的存在價值，只是這點家族勢力？"阿O發笑，轉而又認真地說："我欣賞妳的才幹，任你發揮而已。妳可利用一切用得上的資源去做事，但要做好事不是僅憑關係。"

"我……"哽咽，她不敢抬頭，已是涕淚交下。

"跟我闖江湖吧，我需要妳的才幹！"

阿O是真誠的，小媽能感受到。其實阿O從不依賴她的家庭背景，只是信任她，由她按自己的方式去做事。做得魯莽，也不責備。家庭的劇變，阿O已經知道了，還這麼說，再次證明自己沒看錯人。她很想撲到他懷裡哭一場，因邵斌在場，忍住了。

"外公想見你，有些話要交代，你能現在去嗎？"

阿O想想，譚老應該意識到危機降臨，該聽聽他要說些什麼，於是應承道："好吧。"

"您不能去！"邵跳起來阻攔。見阿O態度堅決，猶豫了一下，他改口說："要去我陪您去，要不您會說不清的。"

"我的麻煩多得是，再加點無妨。你還是好好考慮一下工程物資供應問題吧！"阿O撇下邵，堅決地挽起小嫣走了。

邵無奈，想打電話向組織匯報，又忍下了。

客廳裡除了譚老，還有小嫣的母親，一個風韻猶存的中年婦女，阿O曾在甬城市委機關工作時見過，那時是組織部副部長。阿O向譚老行了禮，也向她行禮，不知她現在的官階，打招呼："阿姨好！"

她笑得很勉強，請阿O坐下，給他泡了茶，拉著小嫣去閨房，讓他獨自面對譚老。譚老顯已落色，有點老態龍鐘，看著阿O尋思該怎麼說。阿O也定定地看著他，帶著禮貌的微笑。

"唉——"一聲長歎，譚老開口道："事到如今，悔之晚矣！"

"何必當初呢？"阿O不惺惺作態，直說："悔有什麼用，您現在還可以去自首啊！"

"嘿，現在自首，徒惹人恥笑爾。我就等他們來帶我走！"

譚老放下架子，跟阿O推心置腹說："你還年輕，不知道官場險惡。現在我交代已毫無意義，哪怕把上司那點糗事供出來，也不會有人要聽。案子就到我為止啦，畢竟要穩定，穩定壓倒一切！"

譚已想好，就把自己的事交代清楚，牽涉上級只會死得更快，說不定女兒還會被陷害。女婿是個白眼狼，改革開放之初，他作為國企代表去澳洲搞礦，拿國家的錢買下鐵礦，登記在個人名下，當時也是通行的權宜之計，誰料他後來竟據為己有。譚通過關係幫他擺平，還搞了不少錢去接濟他，現在成了氣候，另結新歡，把小媽娘倆甩了。唉，不惜髒了手搞來的錢，為他人做了嫁衣裳！女兒嫁錯人，痛悔不已；小媽錯過一次，眼前這小子雖不稱心，心眼倒不錯，但願別再所托非人。

"阿O，我放不下的是小媽，想把她託付你照顧。"

"照顧她是我的職責。"阿O認真答道。

"不，"譚老不得不挑明，"我是說，託付終身！"

阿O猶豫。若對這老傢伙說，自己是有婦之夫，小婭処心積慮撇清關係，"老丈"千方百計掩護，豈非……

譚老想打動他，說："別擔心，雖然小媽難免受牽累，好在你不在體制內，你可帶著小媽去香港，再去國外定居。我還有一筆錢，足夠你們過上幸福生活。"

"您誤會了。"阿O冷冷道："我和潘副總都能自食其力，不需要您的錢。您的薪資還不如我們高，自己留著養老吧！如果來路不正，我勸您還是主動繳了，爭取寬大處理。"

譚老臉色變得蒼白，忿忿然說："還輪不到你小子來教訓我！我辛辛苦苦為黨國幹了一輩子。到老了，為後代幸福收受了一點人情，怎麼啦？況且我又沒做什麼太出格的事。"

"嘿，'三年清知府，十萬雪花銀'。"阿O譏笑。

"若是做生意辦企業，以我的能力，賺的錢遠遠不止這些！"譚老忿然，振振有詞。

"嘿，是啊！那您當初就該去做生意，別當共產黨！"

"共產黨員也是人！"

"這面血染的紅旗下，集結的就不該是普通人！要做普通人就別當共產黨。難道您入黨宣誓前沒想明白？"

譚老被氣得嘴唇哆嗦，好久才憋出一句話："臭小子，那你怎麼被開除出黨啦？"

阿O一愣，是啊！幡然醒悟："哈哈，真好笑，我一個被開除出黨的流氓，也不撒泡尿自己照照？哈哈哈哈！"眼淚都笑出來了。

譚老也繃不住發笑，笑出了老淚。

在閨房靜聽的娘倆，這才鬆口氣。譚老見徐副市長被"雙規"，料定自己難逃此劫，把交流到外省工作的大女兒召來，安排後事。決定叫小兒子藉口休假去英國，辭職不歸；讓小嫣和阿O結婚去香港，拿到存在海外的錢，交阿O主持經營，家族還可能東山再起。小嫣不想連累阿O，要辭職，阿O挽留的話讓她感動，內心其實不願離開阿O，於是依外公之計請來阿O。老少兩人一鬥嘴，她心都要撕成兩瓣，娘安慰她說："別難過，妳這回是押對了寶。"

"聽說他為救妳，竟敢和武林高手鬥狠，頭碎兩磚？"

"嗯。還為一句輕薄話，把酒潑了北佬侯劍鳴一臉。"

"酒潑侯家大少的臉？！"這也太雷人了。

小嫣將那天飯桌上的事說了一遍，她娘又驚又喜，感動得摟著女兒感歎："嫣兒啊，作為女人妳太幸福啦！若有人肯這樣對我，讓我死都可以！"

娘倆說著悄悄話，室外沒了動靜，進入客廳一看，阿O已經離去。譚老癱坐沙發上，還在喘氣，一臉無奈。小嫣為他續了茶水，乖巧地跪在他膝下，揉揉那雙老腿。他慈祥地撫摸她的腦袋，說：

"小嫣啊，這小子終究非妳良配！他是個為理想活著的人，將坎坷一生，跟著他妳只有吃苦頭！"

"為什麼呵？"小嫣眼淚汪汪。

"人不為己，天誅地滅！"接著是一聲飽含滄桑感的歎息。

娘為女兒出頭，說："爹，您就別管啦！各人有各自的命運，人生道路得自己選，怎麼安排都白費心機。我算看穿了，錦衣玉食，醉生夢死，也不見得幸福。"

聽她的聲音有點顫抖，譚老目光轉向大女兒，歉然道："妳還在責怪我吧，是我看走了眼。世上人心似水，冷濁混淆，誰又能分辨得清？周公畏懼流言日，王莽謙恭未篡時……"

譚老心臟病突發，被緊急送入醫院搶救。

老棋友又來找阿O手談，總算贏了一局，但不高興。他推枰說："你小子有點心不在焉。怎麼，譚老兒給你灌了什麼迷魂湯？"

阿O老實向"老丈"坦陳昨夜的對話。細細聽完，老將軍殺氣陡發："你可憐他？該想想這面旗幟是多少烈士鮮血染紅的！高官厚祿，享受特供，還不滿足？丟人現眼！"

阿O無語。氣頭一過，"老丈"又恢復嬉笑怒罵：

"你小子不會動心了吧？"

"不，我心裡只有小婭！您有她消息麼？"

"沒有。"這讓"老丈"垂頭喪氣，卻佯怒道："又沉不住氣！有人盯著你，那個賈生你也要提防著點。最近你又偷偷去了趟東湖，怎麼就不聽勸？"

"清明節，去給老先生和丈人燒柱香，人之常情吧？"阿O都要哭出來，強忍著，淚水往肚裡咽。

老將軍也難受，想安慰他，說出口卻是搞笑："你老丈我坐在你面前，不怕我揍你？"

阿O哭笑不得，點頭說："記住了，我會沉住氣的。"

"那本書稿看完了吧，有什麼意見給我看看好嗎？這在軍事上戰略謀劃及推演也很有用，啟發我有了收復臺灣新方略。"

阿O上閣樓取來書稿，鄭重交給"老丈"。書稿翻開來滿是紅字批註，還粘接了幾頁心得筆記，讓老將軍大飽眼福。他小心貼胸收好，說："我會設法寄給她，你放心。"

阿O驚掉眼鏡，"您知道她是誰？有她通訊地址？"

真不知道？老將軍鄙視這小子，不過也不計較，說："那個潘媽，每個月都偷偷匯錢給她，你還蒙在鼓裡吧？"

阿O點頭。老將軍伸手蘸著茶水在茶几上寫下一行地址及姓名，阿O看了，記在心裡，抹去水漬。

"我會設法送你去探望，你小子千萬別擅自行動！"

"老丈"走後，阿O帶上邵斌去大通銀行，找到胡行長，密商增加票據貼現額度，還要開信用證。胡璉很為難，華星集團失去香港上市公司靠山，資金盤子就顯山露水了，胡盤算了一下，按國家銀監會最新發佈的指引，對集團企業綜合授信的風控上限，阿O已突破，不敢再答應。但阿O剛剛幫自己過了年關考核，雖說過了年港幣匯率又反彈，反讓華星集團賺了一票，那是人家運氣，自己還是要領情的。現在就翻臉不認人？

"擔心我還不了？"阿O見"老狐狸"額頭冒汗，笑道。

"老實說，是！"胡坦承。"我知道是鄧老闆截留了你訂購的建材，我擔心你怎麼收場。萬一周轉不了，你是國際職業經理人，拍拍屁股走人，天下之大哪裡不能去？可憐我這麼多年兢兢業業，爬到行長的位置容易麼？"

"我確有把握周轉，要怎樣你才能相信？"

"你把你那幢別墅押給我！到時候崩盤了，我先拍賣了它，雖不能抵償百分之一，但那是你阿O的全部身家，讓你無家可歸，出我受騙上當的惡氣。敢不敢？"

"一言為定！"阿O與胡擊掌。

回到公司向小媽要房產證，他說明情況，問："買這幢別墅好多錢是你出的，我把它押出去，妳同意麼？"她毫不猶豫把小心保管的"三證"（房產證、土地證、契稅證）找出來，交給了阿O。回頭，她背著阿O打電話痛罵胡行長："老狐狸，你沒人性！這麼刻毒的主意都想得出來？！"

"嘿，我的姑奶奶！我就想看看阿O是否心裡真有底。"

胡的臉皮厚，挨罵不生氣。但後來還真沒去辦質押手續，把"三證"和阿O簽署的抵押合同，悄悄又還給這"姑奶奶"。

二十四、神算

邵斌有了大通銀行的授信，開信用證進口一大批鋼材，再用富餘的鋼材去交換同樣緊俏的水泥、木材。還通過老戰友關係搞來緊俏的其他工程物資，開商票支付對價。緩過氣來，再以按工程進度到位的下期項目貸款沖賬，寅吃卯糧循環。雖說比原預購的貴了不少，但還是保證了甲供。

風險在積累，阿O還沒拿出最後解決方案，華星集團的財務人員都把心提到了嗓子眼，嚴守機密。鄧老闆卻不管，接到項目公司的報告很得意，對夫人說："妳看妳看，就知道阿O這小子有辦法。哼，還向我哭窮，也不想想誰是老闆！"

"那是，公司是鄧家的產業，當管家的要拎得清。"簇擁在老闆左右的人皆罵阿O沒規矩。夫人為阿O說話，說："他也不容易，手下都那麼能幹就好啦！"她擔心的是另一回事："聽說，那邊官場鬧地震，潘副總家裡出事了。"

"賈生也對我說了，怕有影響。要不，把她換下來，換誰頂上去好呢？"鄧說著，犯起愁來。

夫人為他分憂："小柯倒是熟悉那邊情況，和阿O也合得來，要不先讓她試試？"

"也好，還是小柯聽使喚。業務反正有阿O頂著，對！"

阿O莫名其妙連打噴嚏。他在香港，正與香江基建的卓總侃價，卓總勸他注意身體，別太玩命。雙方意向明確，價格各執一端，約定改天再談。

這阿O，竟然開價32億元！

他打出一張底牌：北侖高速公路已接通繞城高速公路，通過繞城高速，又接上國家一級公路沿海大通道，甬婺線也將要接通繞城高速，全線貫通后車流量將激增。依據是國家新的戰略規劃，北侖港的巨大吞吐量和進港公路交通量預測，都是經過最新國家級會審論證的！沒錯，卓總也早就心中有數，這也是他投資北侖港二期工程的底氣。阿O據以預測未來25年收費量，以預期收入折現法評估項目價值，是有充分依據的。

項目價值是可以擺到桌面論證的，問題是雙方的議價能力，卓總估計眼下吞得下的競爭對手罕有，狠狠殺價！

談判膠著中，新加坡傳來華航油破產的噩耗。阿O這次失算了，他善用八卦審時度勢，但畢竟火候不夠。空方打壓下，00□2·HK股價跌破1元關口，害得莊家在1.37元價位吃進大量股票。

卓總很得意，似乎早就猜到阿O詭計，要把他逼上梁山。

雖然刨去權利金，虧損有限，李太也沒認輸，聞訊趕來的小媽還是看出她的面容不善。怕對阿O不利，她私下裡咬咬牙，動用了一項曾發誓不碰的秘藏，主動為莊家分擔一半資金壓力。

阿O成了熱鍋上的螞蟻，在多家投資商之間遊說。

亞斯博士派小季請來阿O喝酒，除了敘舊，也問起這件事。阿O向他攤牌，細細講述了自己的項目估值。老博士目光如炬，馬上點出阿O故意隱藏的陷阱：

"交通流量激增的預測，我信。但根據你測算的交通流量，現有的北侖高速公路承載不了，必須拓寬改造。要改造，只能是雙向各加一幅車道，因為公路不是農田裡水溝，可以一點點拓寬。"

阿O笑了，敬酒："佩服！到底是奧地利交通能源部長的高級助理，什麼也瞞不過您。不過，您可別聲張。三五年內還可以對付，擁擠一點而已，啊？！"

"你將交通量按慣例折為標車計算，面上勉強可以。但你不會不知道，這條路上跑的車輛，將主要是裝載40英呎集裝箱的大卡車！阿O，我的朋友，你變壞啦！"說著，兩撇白長眉高揚，藍眼睛變得墨綠。

阿O眼睛紅了，沒辯解。計然曰：

日月欲明，濁雲蓋之。河水欲清，沙土穢之。葰蘭欲修，秋風敗之。人性欲平，嗜欲害之。蒙塵而欲無眹，不可得絜。

亞斯目光炯炯，開口道："如果我想要呢？"

"為什麼？您是做工程咨詢的。"

"還記得上次喝酒時，你說過的話嗎？現在要打開宏大的亞洲基建市場，光有彼諾公司的技術優勢不行，必須以投資開道，基建工程獲利，以項目運營回收投資，才能擊敗日本人的競爭。"

亞斯給阿O添酒，繼續說："你還說，這需要金融配合，最好搞個上市公司，籌資成本低，抗風險能力強。只是我們現在規模不夠大，現金流不夠上市要求。你這話，葛培爾先生聽進去了，回去找路德先生商量，大家認為你的意見正確，決定合力這麼做！"

"葛培爾家族還將生意的中心，逐步遷到這東方之珠來，是看到這裡稅率低，商業機會多，法治良好。"小季補充。

"資本沒有國界。"老博士扮了個詭笑，挺滑稽。

阿O似有所動，點起煙思索。

"拿下這條東方大港的咽喉通道，改造好，也將是最好的工程技術和實力的證明，有很大的宣傳意義。"小季是積極推動者。

"現在你們能拿出多少錢？"阿O問。

"葛培爾先生現在就可以拿出1億歐元，我們還可以讓路德先生歐洲融資。你必須要賣到多少錢才能交差？"

阿O反問："按您的意見拓寬改造，需要多少錢？"

亞斯認真想了許久，還拿手機內置計算器算算，說："公路預留地應該和甬婺線同一標準，不用再大規模征地，建築費用1億歐元差不多了。還有封路改造期間的損失……"

"若採用'半幅改造，半幅通車'的辦法，提前改造，可以避免收入損失。因為繞城高速公路還在建，車流量激增高潮還未到。"

接下來，是枯燥的經濟技術方面討論。

最後，阿O決定將價格降到26億元，自籌資金不足部分由阿O幫助融資解決。亞斯欣然同意。接著，又提出老問題，問阿O能否加盟。阿O苦笑，就這樣自己就有"通敵"之嫌，是相信老朋友會給東方大港一條暢行通道，才出此下策。

但阿O答應，下一步幫助亞斯，策劃公司上市。

阿O去找李何淑儀商量融資。李太正著急等著利好消息，當然願意大力支持，還給了優惠利率。誰料到，亞斯又不要了，自己拉來瑪卡羅斯財團的投資。

"這俄羅斯寡頭輸出能源，卻截留大量外匯收入在國外，聽說還涉足軍火生意。它的資金投入，會不會有洗錢之嫌？"

面對阿O的疑問，亞斯聳聳肩不屑地說：

"錢是沒有臭味的。"（歐洲開征廁稅的君主名言）

阿O審視這位歐洲來客，想不到香港糜爛的商場，這麼快把保守的紳士污染了。"亞斯博士，您也變壞了。"

老頭聳眉苦笑。於是，阿O將公路拓寬改造條款寫入協議，說是此項經營權轉讓的政府最新審批要求，而且可以籍此申請稅收優惠，亞斯沒有異議。而小季嗅到異味，悄悄問阿O：

"你小子還在為政府工作？"

阿O搖頭，苦澀地吐露："家國情懷——你懂的！"

阿O將項目賣了26億元，將近一年時間老母雞變鴨，資本金利潤率100%，侯劍鳴大跌眼鏡，恨不得抱住阿O親兩口。想起自己以前說過的話，慶幸當時沒有達成對賭，當然場面上還是要有個交代的，惺惺作態說道：

"阿O兄弟，我該怎麼報答你呢？"

阿O冷哼一聲，轉身便走。侯愕然，心知從此再無交集，但在江湖上還得顧及面子，悻悻然吩咐親信："你們不是查了阿O的住址麼，去把他住的灣仔公寓買下來，業主登記他的名字。"

卓總獲悉，責備阿O怎麼大幅度降價賣給別人，太不夠朋友！聽阿O說了其中公路須拓寬改造的問題，面上釋然，心存芥蒂。

鄧老闆接到消息，深悔當初親手劃去了對賭分成條款，痛心疾首。一下子丟了3個億啊！旁邊還有人提醒他，是6個億！本就是自己到嘴的肥肉，非得割讓嗎？當初拿煙灰缸砸阿O的事，他們全選擇性遺忘了。鄧食不甘味，夜不能寐，半夜打電話給阿O，要取消協議。

"你阿O拉不下臉，我派金副總來從新談判。"

阿O從命，說："好！"

可金副總沒等來，其他人也沒等來。怎麼談？他們這時才提醒鄧老闆："項目早已不是我們的啦，阿O只是受侯總委託而已！"

協議簽訂之日，星洲基建的股價一掃頹勢，重大利好消息刺激下，迅速回漲到2元以上。股評曾把剛入主星洲基建的侯總貶得一無是處，現在又把他的投資策略吹捧到天上。侯適時推出進一步的併購計劃，自己投資的北方基建項目，也將分步裝入上市公司。股市有更多利好的預期，使星洲基建的股票維持上升勢頭。

李太賺到的錢不算多，反敗為勝還是很高興的，在華夏會所宴請"善財童子"，席間塞給他一張銀行卡。阿O詫異："妳不是早已給過一筆錢啦？！"

"兩回事，這算是潘丫頭委託我抄底賺的。"她俯到阿O耳邊，低聲說了小媽的仗義。末了，還用手指戳一下阿O腦門：

"你小子可別辜負人家！"

阿O一怔，斷然拒收："她個人投資我管不著！"

晚上，阿O又帶著那把古劍去嘉道理徑碰運氣，見別墅裡面燈亮著，喜出望外，上前敲門。院門開了，應門是見過的那個女傭，可她說老先生又出去雲遊，不知什麼時候回來。阿O只得將劍留下拜託轉交，還留下名片。想想自己在華星集團待不長了，又鬼使神差地寫下一行地址，這是自己以後的確定去處。

甬城的家，早已送給肖道元結婚用；香港的家幾乎不回，只為對夏敏不死心而續租；吳城的別墅從來沒想住過，也沒當成家。

果然，阿O回到吳城時，華星集團有了新主人，柴局長笑吟吟坐在董事長的位置上，這本是為鄧老闆留的象徵性位置。

現在鄧將集團公司重大決策及資金調撥的大權賦予柴，阿O只負責日常經營管理。金副總接管了財務中心，直接向柴董事長請示匯報，小柯被提為主管行政的副總，阿O想蓋個公章也要等她請示柴董同意。阿O被架空，鄧老闆來電話安慰，說是怕他再累倒臥病不起，給他"減負"。這新詞兒，鄧是剛從教育部給中小學的通知裡學到的。嗯，阿O不是孩子，還得給點點實際的。鄧還說：公司出錢，讓阿O去清華大學職業經理人培訓中心進修！吳城有個教學點，不用完全脫產。阿O還得"謝主隆恩"。

院子里，多了一輛黑色奧迪A8德國原裝進口車，潘副總的寶馬X5被擠到對面賓館的停車場，不過她現在很少回公司，似乎一心撲在瓊花廣場建設工地。

柴董事長為阿O接風，請他喝酒，卻要阿O簽單。

鄧幾乎給了華星集團的全部權力，唯獨不給他經營費用簽單權。因為，鄧夫人說阿O節約，會過日子，而在越城受過柴局長公款招待，對他的大方印象深刻。柴知道鄧的小心思，既已下海，也身不由己。

酒後交心，柴有苦衷。他叫柴家瑜，越城世家弟子，少年時代是"狗崽子"，改革開放年代考上大學，畢業后試圖再度光耀門楣，回鄉進入仕途。得程書記賞識，好不容易爬上局長高位，誰知程書記被調到省委任秘書長后，市長升為書記，他那一線被全面打壓，副市長也提前辭官下海，其他人各有遭際。他的地位岌岌可危，鄧勸他"棄暗投明"，許以"百萬年薪百萬車"，也就順了。搞交通建設是老本行，出任華星集團董事長，他自信滿滿，只希望阿O不要作對。阿O體諒他，與人為善，表示正好專心去進修，充充電。

這一席酒，也算是"杯酒釋兵權"。柴的官場經驗老到。

他有個心病，就是在局長任上溢價賣出30%甬婺線項目股權，資金投向轉到跨海灣第二大橋建設，在未獲得國家批准開工前，這筆閒置資金借給鄧的申通集團吃利息，他離任前還沒有討回。本來自認為這筆交易對得起黨國，是越城經濟戰略的需要，資金出借也經過那個副市長（已下海）的同意，下海后才心虛。他看清鄧老闆是玩空手道的暴發戶，實際上沒什麼底碼，還從建設項目抽資去炒樓盤被套牢，隨著項目建設進展，資金已捉襟見肘，也就華星集團好一點。入主華星集團，私下打算抽資去給自己擦屁股，神機妙算，暗自得意。

坐上董事長位置，柴憑多年管理經驗，人事分工稍加調撥，集團總部便完全掌控。邵斌陽奉陰違，也不礙事。

可是，近在眼皮底下的錢江集團他指揮不動，要潘媽做點什麼，她都拿出公司章程說要董事會通過。於是，柴指令潘召開董事會，他親自去會見幾個董事，可人家個個沒把他放在眼裡，那姓徐的小子竟敢把他請出門外，說非董事不得參加會議。他氣得七竅生煙，當場發作，說要撤換副董事長、總經理，自己親自擔任。

那位掛名的董事長被捧出來說話："可以呀，但按公司章程得召開股東大會，再選舉。"

鄧老闆聞報，電話里把阿O臭罵一頓，把他也罵進去：傻樣的，這股權結構你動得了她嗎？動動腦子，想個靠譜的辦法！

省委程秘書長也來電話，老領導告誡：不得欺負小媽！

甬城那邊更是鞭長莫及，項目公司總經理又被收監了，連財務總監也逮了進去，說是發現了新的證據。他想派人去填補，誰也不敢去，因為董事長戴憲民是個地頭蛇。柴親自下去視察，戴在體制內級別就比他高半級，除了禮貌，根本沒有見到上級應有的敬畏。想從他手上調資金就別想了，檢察官還在公司查賬。工程業務上更甭想插手，市政府的項目工程指揮部跟項目公司合署辦公，指揮部是戴的擋箭牌。他窩火想撤了戴，那就是與市政府開戰，鄧老闆也怕玩不轉。

唯一指揮得動的是越城項目公司，副總經理負責工程建設，只管按預算花錢，總經理阿O很少插手。可這是個缺錢的主，因供應商毀約，現在大量資金超預算採購高價物資，國開行藉口阿O已有預訂，不肯增加貸款。

資本金負擔又由70%增加到100%，壓力陡增，鄧老闆卻要華星集團自己想辦法。當初，何苦逼阿O受讓越城方股權？

搬起石頭砸在自己腳面，始未料及。

國開行和建行看得很緊。資本金和銀行貸款須按工程進度同步到位，資本金不到位，貸款也卡住，項目建設面臨停工危脅。

二十五、老實

吳城的瓊花廣場工地，細雨霏霏，許多人簇擁著吳城新市長，視察項目建設情況。一時雨傘雲集，明裡暗裡，不少眼睛注視著這城市新當家人的態度。他身邊介紹工程進展情況的人，是大貪官的外孫女。潘嫣如數家珍般的邊走邊解說，還不時揚手與工地上的人打招呼，在竹排鋪就的腳手架上導引眾人。一不留神，她的高跟鞋跟錐陷入竹排縫隙，差點跌倒，被身旁的新市長一把扶住。令人不堪思議的鏡頭被記者拍到：新市長竟彎腰撿起高跟鞋，還幫她穿上，問她傷到沒有。接著，沒事似的繼續由她引領巡視工地。

這"緋聞"很快傳遍吳城街頭巷尾，大都說新來的市長平易近人，尊重女性，也不乏惡意中傷者。但鏡頭中這戴著老學究眼鏡的豹子頭，臉容一本正經，看不出一絲猥瑣，正常人誰也不信邪。這為他在隨後的人大代表會議上去掉"代"字，贏得不少基層民意。而帶給"緋聞"女主角的好處是無形的，誰也不再拿她外公說事，歧視她。

阿O看在眼裡。他沒去拜望蕭師兄，不想在他立足未穩時去添亂，彼此關心不用當面說。小柯取而代之的心思也息了，因為鄧老闆的政治敏感性異乎常人，說一動不如一靜。

集團的資金結算中心交到金副總手裡，可他這老銀行居然玩不轉。上任伊始，他抽走1.25億元給鄧老闆付別墅款，總賬資金餘額就急劇減少，各子公司把自己的錢莫名其妙都"花光了"。沒有新增來源，有的還要求透支。透支被拒，加盟的公司紛紛退出。

錢江集團也通過董事會決議，宣告退出。潘媽和邵斌在會上投了反對票，無濟於事，少數服從多數。局外人哪知，老董事長這一票是潘媽代投的，她實際上有兩票，左右兩手。

見狀，各銀行都對華星集團起了戒心，不但不給貸款，反而連票據貼現也拒絕。甬城的戴董事長請來許市長，到省工行拜訪杜行長，杜給面子，提前將項目貸款下撥，直接進工程指揮部賬戶。

越城市長是柴那一線的對立面，去求他自取其辱。阿O去清華大學京城本部參加集訓，藉口校規連手機都關了。金副總難為無米之炊，咋辦？柴董事長還不想求鄧老闆，顯得自己比阿O無能。

很快出事了。越城項目施工三標段的負責人，帶著一群農民工，氣勢洶洶湧進湖畔別墅，找老闆要錢，喊出"我們要吃飯"的口號，還在大門口拉起討薪橫幅。項目公司支付工程進度款的商票，大通銀行拒絕貼現，胡行長說已超過授信額度，而且現在各銀行戒備，無法轉貼現。標段負責人開始還看"柴局長的面子"，同意拖延些日子，一拖再拖，受不了啦。

民工們坐在柴董事長的辦公室，坐在金副總的辦公室，還闖入小涂的財務部，公司運營徹底癱瘓。柯副總報警，警察來了，但對民工討債行為沒辦法，說是有規定不得介入民間經濟糾紛，只是告誡民工不得施暴，要文明講理。

"下雨了，趕緊收傘！"各銀行見華星集團被民工佔領，紛紛以不安抗辯權要求提前還款。俞行長首先派人來催討4億元併購貸款，可連湖畔別墅的門都擠不進去。俞打電話威脅柴董事長要起訴。

柴被逼無奈，向較早下海的原副市長求援。老上司有個擔保公司兼營小額貸款，伸出援手，以月息1分的優惠條件借給一筆錢，讓柴打發了民工；第二標段、第三標段的負責人也找上門來，再向老上司借錢就難了，好說歹說以2分息高利貸再給一筆，總額3,800萬元封頂了，再不能多給。雖然還不夠，看在他當局長時的往日情份上，兩個標段負責人把錢分了分，也就回工地去了。

銀行那邊，柴又請程秘書長出面，以保障重點工程建設和維穩的名義，勸各銀行暫時不要催收，給華星集團一點盤整時間。

風波平息。鄧老闆對柴的能力大加讚賞，又帶一幫朋友來西湖遊玩。柴動用往日的人脈關係，將他們安排在檔次更高的劉莊，還讓鄧入住招待國賓的□□小築，樂得鄧忘乎所以。隨同來的幾位美女，那是影視上才能見到的，一起在水榭飲酒作樂，推盞換杯，風語浪言，真是風光旖旎。入夜，鄧賞賜柴，讓他隨便挑哪個，兩個也行，柴想想還是算了，沒有攜美而歸。

黨規政紀已不再約索，他守住底線，是念及老家髮妻，還是"精濟疲軟"，留給鄧和美女挑燈猜謎。

清華園的學生宿舍里，阿O也在挑燈猜謎。京城又有幾位官員落馬，這幫貪官為首的正是小婭留下資料中的一位。好幾個蠹僚見機自首，也下獄了。

那資料中的貪官，還有人在高層掌權，而且是生殺大權。我的傻小婭還在博鬥？老子曰：

仁者人之所慕也；義者人之所高也。為人所高，為人所慕，或身死國亡者，不周於時也。故知義而不知世權者，不達於道也。

京城裡，還有人在挑燈猜謎。四合院的西廂，窗口透出柔和的灯光，這曾是阿O和小娅订婚后的温馨爱巢，现在是新主人的书房。

檯燈光線下，只見那人身穿睡衣，斜倚椅背雍容自在，书案上放著打開的卷宗，其中一份資料拿在他手裡看，賈生在他對面正襟危坐。由於燈罩的陰影，賈生看不清他臉上的表情，有些忐忑。

"別緊張，自家人隨意，喝茶！"主人用手指彈了彈手頭的資料，"跟叔說心裡話，你真確定那小子手裡沒個'æ'？"

賈生小心捧著茶杯喝了一口，理一下頭緒，說：

"首先，阿O身邊有多個女人。最漂亮的是臺灣失蹤的那位，他念念不忘；對他最好的是在烏克蘭失蹤的那位，領受撫恤金的指定人是他；X婭跟他有過一段情，聚少離多，若即若離，連鄧老闆要他引見一下都辦不到；現在他又跟潘家小媽好上了，為她還差點跟侯家大少動手，當時我在場。"

"你疏忽了重要的一點，他和X婭有個女兒。"

"這小子跟好幾個女的上過床，意外懷上也不為奇。我看他也沒放在心上，人家也沒讓他當爹，孩子姓X名雯，不跟他姓。"賈分辯。輕輕放下杯，掏手絹抹抹汗。

"嘿，"叔發笑，"你也是到處播種。別莫名其妙搞出幾個侄孫兒來，給我小心點，在香港也別太放肆！"

賈生赧顏點頭，繼續說：

"其次，X婭如果有'æ'留下，給了她後媽的可能性更大，另有人關注。而她轉交阿O的可能只有一次，她路過吳城時去看過阿O，阿O當時病重昏睡，潘媽守在身邊，她不可能當著潘媽的面……"

賈看看書案那一邊，覺得自己好像在跟墻壁說話。

"嗯。"叔吱聲，老神在在地垂著眼簾。

"再說，X婭人間蒸發，若阿O手里真有'æ'，他何不在海外公佈？豈不是有負所託？他的海外關係複雜，有的是機會。"

"如果他出於愛國，像X婭那樣顧及黨的聲譽……"叔沉吟。

"那我們豈不是可以放心？"賈謹慎表達意見。

"錯！"叔將手頭資料往書桌上狠狠一甩，站起來教訓道："這些'原教旨主義者'，比民運'公知'更有害！如果讓他們得勢，我們早晚會被送進監獄。"說得激動了，他來回踱步，突然停下發問：

"那手提電腦調包是怎麼回事？"

"是意外。"賈很沮喪，"我們使手段把兩個電腦都查了。哦，他的電腦下載了不少黃片，研究不出名堂，技偵處的人罵我無聊！"

"嘿，"叔被逗樂，"這小子還沒把潘家丫頭拿下？"

賈生搖頭，不說沒有，是吃不准。

"會不會壓根兒沒留下'æ'？不，萬一有的話……"叔在猜謎，自言自語。賈端正姿態，大氣都不敢喘，心裡有許多想法，但大人物最不要聽的是意見。叔也一樣。

"算了，若是有'æ'，恐怕也在那個葛培爾手裡了，我們也沒轍呵。不如設法絡攏他！"

"我試過了……"

"哎，"叔斜眼看他，嫌他死腦筋，"這小子不是與你有同好嗎？唔，若他對X婭還不死心……攤牌！"說著，從卷宗里抽出一張照片，拍在書案上。他想說：再不行就做掉！但話到嘴邊又嚥回去。猶豫一下，又關照："這事……不要跟你們局里說。"

賈點頭接了。見叔嘴上叼起一根菸，趕緊抓火柴劃著，哈腰為他點火。叔吞雲吐霧，忽一笑："這小子跟潘家丫頭好上……倒也不錯！不會是死心眼吧？老譚的事也沒啥，潘老將軍還在吶！"

太陽照常升起，黑夜消遁得無影無蹤。暗中發生過的事，白天誰的臉上都不留絲毫痕跡。賈生依然一身白西裝，打扮得洪常青似的，去清華園找阿O。而阿O依舊不修邊幅，夾著書本去教室。

　　今天的課程是演講訓練，這是職業經理人的必修課。當一個企業老總，要能凝聚人心，要能煽情，要能威壓眾人，演講是不可或缺的才能。課堂上，老師講了一套套方法后，開始操練學員。他給每個學員3～5分鐘，講講自己是怎麼走上總裁崗位的。

　　這個班是總裁班，學員幾乎個個是集團公司的老總，講起來各有不凡經歷和恢弘業績，時間都嫌不夠。

　　第一個上臺講的是一家著名電器企業的老總。他說自己大學畢業被分配到國企，下車間三年，兢兢業業幹活，工藝上提出許多建議，始終不被上級重視。

　　"同事中不少人提拔了，不管有沒有大學學歷，工作表現如何，只要有背景。會阿諛奉承的也能混得不錯。但企業卻每況愈下，乃至工資都發不出。"

　　勾起了傷心的往事，他哽咽。大家以掌聲鼓勵他說下去。

　　"那時候，我站出來主動承攬產品推銷任務，又根據市場反饋要求修改產品……承包了一個車間，後來承包了整個廠，拼命開拓發展。現在是集團總裁，也是老闆。在工作崗位上，我自認是職業經理人，對企業負責。

　　"自己若不是老闆，我能成為總裁麼？"

　　他的結語發人深思，以至於同學們忘了鼓掌，議論紛紛。

　　第二個上臺演講的是一位漂亮女性，她直言：我能走上總裁崗位，是因為我老爸有錢。

"老爸原來是個農民，改革開放之初，放下鋤頭，背起蛇皮袋，收集塑料廢品賣給國營塑料廠。後來，廠裡淘汰一臺舊機器，老爸買下來，將廢塑料加工成再生塑料賣給工廠。所賺辛苦錢分給廠裡管事的，他們就把更多業務給老爸和村鄰做⋯⋯漸漸地，整個廠的生產業務都轉移給我們來做，他們坐吃差價。可以說：是我們村養著那個廠。"

課堂裡，像平靜的池水攪起漣漪，同學們交頭接耳，看來不少人有類似的經歷。老師咳嗽一聲，表示權威存在。

"國營廠就剩個空殼，窩著一群寄生蟲。能幹的、肯幹的師傅，都被我們村裡各家高薪聘用。當市場上出現許多新產品，老式塑料鞋賣不出去，廠就倒閉了。老爸領頭開發新產品，將村裡專業戶組成集團企業，越做越大。

"爸老了，請過幾個高人來管理，可一個個比起那倒閉老廠的領導更不像話，只好讓我小女子當總裁。自知能力不夠，所以我來參加培訓。"她的結語也有深意，同學們給以熱烈掌聲。

演講操練，成了故事會。一個個講起來各有千秋，老師也聽得入迷，忘了點評。最後輪到阿O上臺講，他臺風還行，畢竟澳門張先生的"三碗麵"（桌面、情面、場面）不白吃，話卻出人意料：

"我當上總裁，是因為我老實。比我聰明的多了去⋯⋯"

聽他講了不到三分鐘，場上爆笑三五次，學員們情不自禁的議論蓋過了主講人阿O的聲音。阿O灰溜溜回到自己座位上，把講檯留給有些衝動的同學去即興發表意見。剛才那位自稱小女子的同學，乘亂跟阿O的同桌換了位，與他交換名片，并約晚餐。

老師起來干預，靖肅課堂。他開始點評，卻只針對阿O的言論。這分明是利用職權，不讓別人說，自己發表意見：

"剛才那位同學講的'老實'，可圈可點。華夏之大，聰明的人多了去啦！可信賴的人有幾個？說得好！"

學員們鼓掌，這話說到大家心坎里。

"把億萬身家交給一個非親非故的人，由他一支筆審批，動輒幾萬乃至幾億，會不會把錢劃到自己口袋？劃到親友口袋？劃到情人口袋？等你發現，告上法院，晚了！恐怕企業已經倒閉。不說大的，小打小鬧，假公濟私，有沒有？這當老闆的也心疼。再說，還可能怠於職守，坐失商機，這很難追究。種種可能，剛才同學們都說了。所以，職業經理人首要質素，就是'老實'！"

接著問："職業經理人市場，我國為什麼現在還培育不起來？"

老師針砭時弊："在座許多人因為是老闆，才是總裁。很多有經營管理才能的人，因為沒財（財產的財）就沒有用武之地，就是因為社會上'信托責任'的道德缺失。不要怪老闆們有眼無珠！執業能力可從學歷、經歷來測評，最難測的是人心。"

"那麼，為什麼不是'忠心'？"有個學員提問。

這下又炸鍋了，課堂上一片議論聲。老師覺得這些企業界的精英，可比單純的大學生難對付，甚至比博士生難對付。索性先讓大家議一陣子，不忙說教。

二十六、不忠

議論中，一位較年長的學員站起來，說：

"老師，剛才我和幾位同學討論了一下，有共識。咱雖不是大老闆，好歹也是個企業主，現在或今後也想找個可以託付企業的職業經理人，自己能早點退休去享受人生。咱希望聘用的經理當然要老實，還希望是忠心的。"

一流學府的老師可不簡單，很有辦法應付局面。他把看熱鬧的阿〇叫上來，請他說說為什麼只是"老實"。

"好吧，"阿〇走上講臺，說："我是個赤裸裸的職業經理人，別笑！在供職的企業經營上百億資產，卻沒有一分股份，窮光蛋，呵呵！（繃不住，自己先笑了）我或我這樣的人，可能將是在座的某些個大哥大姐的招聘對象，現在敬請你們聽聽應聘者的想法。"

換位思考很重要，得好好聽聽。課堂肅靜。

"我有自尊。我認為：職業經理人與現代企業制度伴生，不是舊時代財主的管家，請別把我當成'喬家大院'的掌櫃。我與股東沒有人身依附關係，也不是君臣關係，是平等的契約關係。

"因而，談不上具有封建色彩的'忠'。職業經理人尊奉的是'信託責任'，'老實'就是負責任。

"當然，我尊敬老闆，服從董事會決議，這是工作本分。

"一般而論，現代企業由資本、職員、技術等生產要素組成，運營起來涉及市場、行業管控、銀行信貸、稅務等方方面面關係。作為職業經理人要以專業能力，做好生產要素的組織，處理好各方面的關係，維持企業運營并謀求發展，盡最大努力去實現企業經營目標。我不僅要對你們股東負責，還要對企業員工負責，還要對產品用戶負責，還要對提供貸款的銀行負責，還要對政府負責——起碼得按時足額交稅吧？當然，合理避稅減負，是我很有興趣的課題。"

大家報以會心的哄笑。

"因而，我對我的老闆說，我不是端你們家飯碗的。現代企業是全體員工分工協作，運用生產資料，努力從市場上獲取收益，大家合理分配。你們老闆提供了創業的部分生產要素，承擔投資風險，獲得利潤是應該的，就像銀行收取利息是應該的，員工憑自己能力及貢獻獲得高低不同的工資也是應該的，那麼我的經營管理也該有一份薪酬。

"我對員工也這麼說，工資不是老闆給的，是你自己掙的。就是這個意思。"

有人發問："要是企業虧了呢？"

"那是我經營不善，該受到懲處，直至被你們炒魷魚。但我沒能力賠償你們損失，這是你們聘用我的風險。"

有人笑道："有時候也怨不得你，天有莫測風雲。"

"您是個體諒人的好老闆！若有機會，我來投效。"阿O抱拳一禮，退回座位。但還有個女學員不依不饒，追著說：

"看你人挺老實的，為什麼你就那麼忌諱'忠'字？夫妻還講彼此忠誠哩！不平等嗎？"

阿O笑答："這我沒經驗。聽說過有人願意做愛的奴隸，很浪漫！但我沒想過和老闆'彼此忠誠'，妳願意嗎？"

哄堂大笑中，老師抓住話頭，說："對，只有奴才會對主人表忠心！如果老闆要找表忠心的職業經理人，那只能找奴才，在當前的市場上也是有的。不過，有道是'大奸似忠'，容易上當，我看還是找老實的好！"

大家報以熱烈掌聲。老師虛按手，讓大家安靜，開始作總結。

說到興頭上，他還想表揚一下阿O，這才發現他已悄悄溜出了課堂。原來，阿O褲兜里的私密手機震動，傳來田漢發的一條信息，看了大驚失色，連宿舍的行李都沒顧及，匆匆出校門打的直奔飛機場。

賈生還在學生宿舍耐心等候。等來的先是一位女同學，來找阿O問罪：課間不搭理私聊也罷，轉眼間溜了，我有那麼討厭么？結果，賈生愉快地做了阿O的替罪羊，陪她到順豐酒家吃了生猛海鮮，搶先埋單。讓女人付錢，那只有阿O這小子才做得出來。

阿O匆匆趕到了事故現場。甬婺線甬越兩地交界處，一條穿過剡界嶺山脈主峰的隧道，施工中發生冒頂塌方，民工1死7傷。潘副總已隨救護車送傷者去醫院，柴董事長正在現場訓斥人，標段負責人和施工作業承包頭都狼狽不堪。阿O見過承包頭，就是曾在酒宴上過招的那個地頭蛇。卞蕐和幾個記者在現場採訪，隨阿O他們進入隧道察看情況，拍下了洞里亂石擁堵的可怖景象，也拍下了阿O欲哭無淚的一臉苦相。

這狀況看來很難處理，田漢在旁解釋：亂石清除時，冒頂處會繼續落石，很危險，必須請有經驗的專業隊伍來。彌補措施還得請設計院來想辦法，要如期竣工通車看來已不可能。

還有個當地農民工埋在裡面。聞訊趕來的家屬老少，在洞口哭哭啼啼，死活要闖進洞來。警戒人員攔不住，來請示阿O，阿O親自過去勸阻，好說歹說，跪下來任打任罵，還被啐了一臉。

兩輛警車開過來，下來幾個警官，當場要把阿O拘走，因為他是項目建設註冊負責人。眾人苦求警官，讓阿O留下來主持局面，可跪了一地也沒用，警官執法無情。阿O沒抗辯，也沒叫屈。

柴已報告上級有關部門，也報告了鄧老闆，被鄧臭罵一頓。不過，鄧還是請申城的高級工程師趕過來，想辦法解決問題。

事故原因分析不清。兩頭打洞，行將會師，突然中間冒頂塌方。標段乙方怪設計院對地質狀況考慮不周，設計院說山體裡地質結構複雜，地表上怎麼測都無法保證不出意外，只有在掘進過程隨時觀察，發現異常就應及時反映，研究對策，是施工人員缺乏經驗和技術。雖說標段乙方有一等資質，可實際施工的分包人，根本不具備隧道作業資質。當時施工作業狀況誰也不知，承包頭被柴董訓斥后不見蹤影，避風頭去了。

標段負責人推卸責任，說施工分包人是甲方主管工程的副總介紹的，副總又說當時是柴局長推薦的。這下可好，政府負責部門把他們都請了進去，協助調查。項目公司由田漢臨時擔綱。

如何採取措施善後，各方焦頭爛額，莫衷一是。

賈生陪著阿O來了，他以取保候審的待罪之身，收拾局面。聽了各方面意見，阿O親自去相鄰的甬城段建設工地，請來了穆勒先生。穆勒到塌方現場看了，說在甬城段也遇到類似地質結構，由於他們在阿爾卑斯山脈吃過苦頭，及時採取措施防患於未然。阿O抓住要點，問他：在阿爾卑斯吃的苦頭怎麼解決的？穆勒比比劃劃講了一通德語，翻譯搖頭說，一堆專業術語聽不懂，沒法譯。阿O乾脆將解決問題的包袱丟給穆勒，讓他帶人過來處理。穆勒很為難，阿O當即打電話給在香港的亞斯博士，亞斯指令穆勒無條件為阿O排憂解難，他可以替路德總裁做主。於是，穆勒當場畫了一張鋼構草圖，標上尺寸，說要有這個才行。阿O交田漢去火速辦理。

第二天，田帶著幾個電焊師傅，運來一批製備構件，到現場拼裝完成。穆勒也帶來一群工人，還調來工程機械設備，馬上幹起來。

下半夜，穆勒挖出了蒙難者的遺體，阿O一邊叫田漢通知家屬，一邊馬上帶人上山，親自為不幸人料理後事。

等家屬到場，遺體已經初步料理，蒙上了白布單。於是，當場焚香祭拜一番，送殯儀館。阿O交代田漢，僱主跑了，蒙難者家屬可憐，公司先按當地最高賠付標準給予撫恤金，并承擔全部喪葬費，以後再找僱主算賬。

公司賬上沒錢了，阿O打電話給潘嬤，動用那筆總公司賬上不存在的資金，是她香港炒股賺來的。

想不到，錢轉到項目公司賬上被財務總監扣住了，說是必須柴董簽批。田漢動不了，只好找阿O出面，阿O也碰了一鼻子灰。

阿O被逼上梁山，讓田漢把各標段施工負責人叫來開會，自己打電話給俞行長，請建行的越城分行長也到會。會上，各標段匯報施工進度，田漢作了全面調整安排，阿O當場分配資金，讓銀行直接將資金分撥到施工單位賬戶。財務總監還是拒絕配合。

"您至少該請示一下鄧老闆吧！"財務總監提醒。阿O笑答："那是我的事，不需要你教我怎麼做。"

"我不服！"他是老闆派來的，有恃無恐。

"不服可以辭職。"阿O以項目公司法人代表的身份，乾脆廢了他手裏的財務章，授權田漢直接簽署撥款指令。銀行方有俞行長撐腰，特事特辦。

回到吳城，阿O洗刷乾淨，想爬上閣樓睡大覺，賈生卻尾隨而來，討酒喝。想想是人家把自己保出來的，得感謝，就讓廚娘做幾個好菜，從行政部找來存酒，在自己辦公室裏陪"恩公"小酌。但阿O嘴笨，拍馬屁都不會，只得一杯再一杯地敬酒。賈生海量，阿O

體質能抗，兩人從黃昏喝到天黑，菜淨酒幹，方才罷休。

泡杯龍井茶，漱漱口。賈生這才掏出一張彩色照片，讓阿O看。又是那個"六道杠"！阿O一見心驚，抬頭看看賈生，見他審視著自己，便裝糊塗問："什麼意思？"

"還記得小婭麼？"

"嗯，"阿O點點頭。

"這應該是她的絕筆。"

見阿O愣愣的，賈指著畫面說："你看，這最底下一道紅杠，應是她用指血劃的，這表示她到了最後的時刻，血戰到底！"

儘管阿O心底早有戒心，聞言還是崩潰了，嚎啕大哭。辦公室的門被打開，潘嫣闖進來，見狀大驚失色。

"沒事沒事，他喝醉了！"賈急忙解釋，"讓他去睡吧，睡一覺就好。"悄悄收了照片。

潘咧嘴苦笑，吃力地架起阿O，走向狹梯口。爛醉如泥的阿O死沉，她無力獨扛，賈過來幫助，好容易才把阿O弄上閣樓，放倒在床上。賈幫著給阿O脫衣裳，作狹連內褲也褪掉，再蓋上被子。安頓好，賈才告辭下樓。在辦公室阿O的座椅上休息一下，他抽了一支煙，再也聽不到動靜，訕訕笑著離去。

阿O和小婭的關係翻篇了，可以給大人物一個放心的交代。

阿O真的醉倒了。夢里，山花爛漫……

小雯子在山坡下滾爬戲耍，忽的憑空抽出一把劍來舞弄，劍光像靈蛇游動，有位老翁拿著根竹竿來挑逗，她撒歡追擊，到河邊也不駐步，踏著水面躍步而行。

似蜻蜓點水，河面漾開朵朵漣漪。

小婭依偎在身旁，陪同看著一老一少追逐嬉鬧。眼見著他們騰空而起，回翔沖折，隱沒在白雲間。

咦！阿O醒了。溫香軟玉的依偎仍在，眼前漆黑一片，他意識到身旁不是小婭，卻沒動。剛才是自己摟抱人家耍無賴，轉眼間翻臉推她下床？想想臉上就發燒。裝睡強忍著，心裡一遍遍唸著真經。老天待自己不薄，今生已有小婭和夏敏，不該再有非份之念。

同床異夢。夢裡，她挽著阿O踏過紅地毯⋯⋯

宏大的喜宴場面，還有歌舞表演，恍惚是那個中秋晚會。賓客紛紛舉著酒盞聚攏來祝賀，忽見鄔少華跳出來狂喊：

新娘子是我的，我的女人！！！

賓客們愕然。瞬間，怒火躥頂，憤而將手中花束劈面甩過去，眾人湧上來搶花，淹沒了那個小丑⋯⋯周圍一片歡聲笑語。

哎！鄔不是被沉海了麼？這回香港股市搏殺，他借高利貸做空，輸光⋯⋯她似乎醒了，但不願醒來，緊摟著身邊人追夢去。

洞房。喝了交杯酒，寬衣相擁，忘情熱吻，情慾燃起，顫慄，糾纏。感受雄性的激情澎湃，身心共振，酥癢透骨。呵，從未體驗過的高潮來臨，魂飛九霄⋯⋯雲頭上，電閃雷鳴。

驚醒了，發現自己緊偎在阿O身側，還聽到戶外隆隆雷聲。剛才不是夢吧，高潮還未消退，真做啦？借著透窗閃電，看到他眉睫微顫，知道他醒著，索性將大腿撩到他身上，趴上他胸膛，聽聽他不安的心跳，羞羞地呢喃："今宵⋯⋯你是我的⋯⋯新郎。"

"不，我是有婦之夫。"

"不，她把你讓給我了！"她附耳告密。

阿O無奈。轉念間，他說聲"渴了"，起身下床去喝水。喝了一杯凉水，又穿衣裳，说是"睡不着想出去透透气"。小嫣也穿衣要陪他去，还怕他着凉为他披上风衣。

两人悄悄溜出后门，来到不远的湖滨风波亭。每到这岳飞蒙难处，阿O心里总会有莫名悲怆，想入非非。小嫣依偎着他，幽幽地说：

"我真傻！她把你讓給了我，卻帶走了愛。"

深深歎了口氣，她又說："而今我是狗崽子，也不想牽累你的前程，你有抱負！可我真的不願離開你……"哽咽著說不下去。

"別犯傻！"阿O想勸慰，不知該如何說，仰天長歎。

起風了，湖邊垂柳狂舞，濃雲遮蔽了月亮，淅淅落落灑下雨點來，越下越大，安謐的湖面喧騰起來，呼應天上隆隆雷聲。

衣著單薄的小嫣哆嗦著往他懷裡拱，他索性將她抱到膝上擁入懷裡，扯過風衣來庇護。阿O已是江湖人，漠視什麼男女大防，可擁著曾是貴冑千金的嬌軀，腹下不禁燃起熊熊欲火。要命的是懷裡嬌軀還不安分，嚶嚀一聲，輾轉尋找舒適，攪得他羈不住心猿意馬。"九守"早已失修，但作為有婦之夫，無論如何要守住底線。心念一動，他無聲咆哮起來：

怒髮衝冠，憑欄處，瀟瀟雨歇……

貼著阿O胸膛，她還是聽到了，想起岳家軍即將攻入故都，勝利在望，被十二道金牌召回，幽幽地說："我擔心你也會像岳飛那樣，功敗垂成！"

"忠字真是一枝穿心箭！靈臺無計逃神矢，風雨如磐……"

"那是丘比特之箭，是愛！呃……也是忠。"她纘在阿O溫暖的懷裡想著，究竟何為忠，何為愛？越想越迷糊。

雨漸漸歇了，東方泛白，天亮了。岸柳清翠欲滴，湖面氤氳之氣是藍色的，竟連天光也是藍色的。田田荷葉連天，逶迤遠山如靛。好一個藍色的早晨！不知何處傳來音樂，恰是斯特勞斯的《藍色多瑙河》圓舞曲，喚醒周邊樹林間宿鳥，諏囀撲騰。

小嫣從夢中醒來，親了一下阿O的臉龐，似睡蓮綻開笑容。聽到音樂，撒起嬌來，非要拉他跳舞不可。他依從了，也想舒展一下筋骨，就帶著她旋起來。這蔫人卻有浪漫氣質，動作瀟脫而有樂感，尤其對舞伴意向反應敏捷，讓她能任性發揮，舒展身姿。共舞好像由她帶著轉，就如芭蕾女主角。

與阿O共舞，她全身心投入，真是沉浸於音乐旋律的享受，陶醉了。交誼舞是性交的補充，聽說還是老祖宗說的。一曲华尔兹舞罷，以往被強暴猥褻的夢魘已從她心底徹底驅除。昨夜究竟有沒有和他交媾，不確定。自认已是他的女人，她很确定。

引來早起鍛煉的人圍觀，也有人羨而加入，三五對形成了舞圈。他倆還是眾人矚目的焦點，被指指點點評頭論足，阿O不好意思，拉著小嫣逃回湖畔別墅。

陽光明媚，開始新一天的工作。

邵斌來匯報，已訂購大批量瀝青，將怎麼付款？胡璉不敢再放水，潘嫣剛從香港股市撈來的那筆錢也已花完。

國家新一屆政府進行宏觀調控，抑制通脹，銀根開始緊縮。失去了香港上市公司"抽水泵"，銀行貸款也難了，因為還款來源成問題。俞、杜等大班都為阿O捏把汗，擔憂資金斷鏈被殃及。

阿O早有將華星集團上市的計劃，但要等項目建成贏利。眼下得尋找新的金融工具，在現行體制下還有什麼便捷的辦法呢？

阿O去銀監局找柳局長，坦承自己面臨的危機。那將是震驚全省的金融大案，越城項目是第一塊多米諾骨牌，甬城項目會被牽累倒下，接著吳城項目也會被追債的逼倒，第一高樓成為爛尾樓。

更可虞的是，社保基金將會有巨額虧損！

阿O求她幫助華星集團挺過最後的難關，并論證：待項目建成，華星集團的資產價值將全面覆蓋債務。

他分析了吳城居民存款數據，提出：在風險可控的前提下，應該讓有點積蓄的居民分享優質項目投入產出的高效益。項目業主與銀行共同設計方案，銀行提供理財中介服務，讓居民選擇投資項目，承擔適度的風險。這將使銀行從背靠政府"吃存貸差"為主，轉向靠自己品牌的提供金融服務為主。

銳意改革的柳漪斐，被阿O的真誠打動，顯現與弱女子不相稱的擔當，同意阿O去搞"民眾間接投資，銀行理財服務"的試點，方案內審要求能保本無虞。

高層沒干預，但指令銀行：不得承諾保底。

二十七、底線

經銀監局批准，大通銀行推出了理財產品"華星一號"，以預期收益高於定期存款利息二倍，吸引居民投資。作為風控要求，鄧老闆和阿O必須簽無條件連帶責任擔保書。阿O是始作俑者，毫不猶豫簽了，再陪同胡行長到申城，要求鄧老闆面簽。申城集團的法律顧問反對，陳明利害，但鄧看到巨額資金双眼发亮，還是簽了。

"華星一號"發行很成功，各銀行解除戒備，票據得以流通。

穆勒確是厲害，不但很快清除積石，固化冒頂處，還順手把隧道打通了。這施工組織及技術，若全線由他們來做，可節約投資估計上億元。接著，在田漢督促下，該標段施工方隨後跟進，全隧道進行鋼筋混凝土被覆。

進入十月，越城段路基及橋隧結構基本完成，必須在寒冬來臨之前，完成瀝青路面鋪設。否則，要等到來年春天回暖，才能進行瀝青路面施工，將嚴重拖延甬婆高速公路全線通車。

甬城繞城高速公路，施工也面臨同樣的問題。

申通集團集中力量在城區段，局部搶在十月通車。在建項目未能全線貫通，市政府又派工作組下來督辦。國資委還要全面查賬，因為項目公司有不少國有企業股份。鄧老闆壓力山大，把阿O召到申城商議，想抽調大通銀行的"華星一號"募集資金。正好阿O也想找鄧簽字，動用這筆錢付瀝青款及工程進度款。兩人對上了，阿O不同意再抽資，好說歹說都不同意，竟還下跪了，反過來苦勸：

"老闆，這是要闖大禍的！我求您讓我把路修完，就差一口氣啦！過了這關我們再想辦法，好不好？"

鄧火冒三丈，一腳踹翻阿O，呵斥：

"上次擅自劃款的賬還沒跟你算呢！你是老闆還是我是老闆？沒良心的東西，我好吃好喝供著你，居然我的話都不聽，你比狗都不如！養條狗還懂搖尾巴，叫它叼盤就叼盤！"

阿O昂起頭頂撞："打工的也是人，我有人格。不是你要幹什麼就會為你幹什麼的，人是有自己底線的！"

"小癟三，儂有啥底線？不聽老闆就是不忠不義，還人格哩！"

如夫人一臉鄙夷，替老闆生氣，指著阿O鼻頭說：

"儂有人格就甭端人家飯碗！"

"好吧，我辭職。"阿O爬起來，拍拍屁股走了。聽得背後一陣"砰嘭"作響，鄧又把什麼家什砸了。這已和阿O再沒關係，鄧把房子點著也沒關係。他到地下車庫找到那輛奧迪A8，拍拍車門叫醒司機，語氣蕭索地說：

"你自己開車回去吧，我已辭職啦！"

司機看看阿O，不像是開玩笑，隨即鑽出車門，返身抓起自己的隨身小皮包，再把車門關好，鎖上。

"我跟你走！"

"不關你的事，你又何苦？"

"阿O"，他不再尊稱老總，"我放棄法院書記員不當來開車，老爸就是要我跟你學。你以為我家還差這點工資？"

嘿，阿O刮目相看。走出院子，司機將車鑰匙交給門衛，跟上阿O揚長而去。兩人結伴走在繁華的淮海路上，勾肩搭背，有說有笑，淹沒在霓虹燈下熙熙攘攘的人群里。

與死同病者，難為良醫；與亡國同道者，不可為忠謀。

師門訓條使阿O撂挑子心安理得。當他倆在火車站的咖啡廳候車時，賈生找來了，也要了杯咖啡湊到同桌。司機習慣性要迴避，阿O一把按住他，說："現在大家是江湖兄弟，別顧什麼商場規矩。賈哥有話請說，但說無妨。"

"對，對啊！"賈眼珠一轉，"找你來喝酒，隨便聊聊。"

"改天吧，我們著急回家呐，有空到吳城再聚！"

正好到點了，阿O和司機去檢票口，賬單留給賈生去埋。可等他倆排隊上車後，賈已在座位上看報。阿O一看座號是自己的位，只好站在旁邊，司機要讓他坐自己的位，阿O不肯。推讓間，有對夫妻抱著小孩過來，拿的是無座站票，來打個商量。賈先讓座，推著他倆去軟席那邊的用餐車廂。

坐定后，賈叫服務員去安排酒菜，撿好的上就是。

喝著餐車上最貴的德國黑啤，三人打開話匣聊起來。賈先把在京城代替阿O請同學吃飯的事說了。還說："那位女同學要請你阿O去管理集團公司，願意和你'彼此忠誠'，是不是心活啦？"

阿O說："你和人家談的，你自己去效忠吧！"

"哪你為什麼辭職？你走了那幾個在建項目怎麼辦？你不怕變成爛攤子？"賈露出了尾巴，是來當說客的。

阿O不想說起自己所受屈辱，君子絕交不出惡語，搪塞道：

"地球離了誰照轉。"

其實阿O心裡已想明白：大通銀行那筆錢，自己不簽字鄧是動不了的。柳局長豈是簡單的女人？思維縝密，鐵腕把關，早已佈置了特別監管！政府不會坐視重點工程亂成一團糟，到時候必然出手干預，將那筆錢拿來用到工程上。有多種合法手段可逼鄧就範。

賈看著阿O，覺得像個渾球，想咬無從下口。

然而，阿O也沒想到，檢察官已在吳城站恭候。列車到達后，他們剛出站，阿O就被推上警車帶走。賈急了，亮出證件追問因由，檢察官說案情複雜，但允許他隨車同去，自己去問上級。

同時，鄧老闆在申城被拘。對他的指控很明確：官商勾結，侵吞國有資產；挪用資金數額巨大，且逾期未還；抽逃出資，數額巨大。第一項罪嫌，是越城市政府指控的；第二項罪嫌，是申城國資委審計結果。后一項罪嫌，是甬城項目公司總經理被捕后，為爭取立功揭發的。

此外，柴董招供的情況也要他到案協助調查。

阿O被鄧的第三項罪嫌牽連。兩個項目公司的財務總監，指證阿O掩蓋抽逃出資的罪行，經查證據確鑿。並且，還有其他犯罪嫌疑：用在越城項目建設上的一筆應急資金，來龍去脈要交代清楚，這是項目公司財務總監揭發的。

消息傳開，社會輿論嘩然，激起連鎖反應。

申城市政府果斷採取措施，將申通集團資產查封，收回公路項目建設經營權，由政府城建部門接管在建工程。

Z省緊急會商應對之策。會上，吳城蕭市長提議，解鈴還須繫鈴人，該先聽聽深諳內情的阿O意見，以免亂了陣腳。這建議得到省委邢書記的支持，決定暫先凍結華星集團的所有銀行賬戶，三地市政府穩住在建工程，派程秘書長聽取阿O交代內情，提供意見，再作進一步決定。於是，省檢察院對阿O的審訊剛開始，程帶著"尚方寶劍"來找阿O談話。

阿O坦陳華星集團的全盤計劃和目前狀況，提議立即召集各項目公司總經理開會，按項目建設實際需要調度資金，認為問題不難解決，啟用大通銀行的"華星一號"足以應付局面。程聽了覺得可行，問阿O是否願意主持局面，如有可能的話。阿O回答：

"華星集團是私人資產，政府依法處置我自無話可說。但若公司繼續合法存在，我必須經鄧老闆授權，才能主持工作。"

第三天，程帶來鄧老闆親筆簽署的授權書。阿O被保釋回湖畔別墅，在監視下工作。警方上了技偵手段，放長線，釣大魚。

阿O按既定策略，作出全面部署，各在建項目繼續施工。

風波迅速平息，輿論普遍稱道省政府處事符合市場經濟的法治原則，各行業觀望的投資廠商也都安下心來。卞犟應阿O要求，征得到省政法委同意，對華星集團作一次採訪。各大媒體都派記者搭車跟卞同來，許多攝錄機如長槍短炮對準阿O。記者們經協商公推卞主持。

不料，阿O先給卞一份採訪提綱，申明離開提綱的問題概不回答，惹惱了卞。豈有此理，一般都是記者給受訪者提綱，讓人家預做準備，哪有倒過來的？

"你阿O主動邀我來採訪，就沒安好心，想操縱輿論？"

"非也非也，"阿O叫苦不迭，"卞姐呵，我是待罪之身，有些話我不好出口，怕妨礙司法公正，也怕妳尷尬。弟弟以後多給妳家副刊寫詩作補償，好不？"

卞想想也是，反正怎麼見報你管不著。她扳起臉來，講條件："那現在就給我作一首詩，如何？"

"好吧，妳出題。"阿O只好依她，可憐兮兮的。

卞剜了他一眼，吐出一個字："嬌。"

阿O狡黠一笑，开口诵道："哭玉非和卞，浣纱有效矍，回眸……"

卞撩起速記本，狠拍阿O的腦袋："大學里取笑我還不夠是不？不許說我，就說小老弟你自己！"

阿O無奈，略一躊躇，口佔一絕：

波濤中崛起，兀立海空間。地焰胸懷蘊，欲將擎九天。

"好個礁的氣魄！"、"對，喜馬拉雅山也是海底崛起！"大家交口稱讚。卞卻不高興，噘嘴道："不對，我說的是撒嬌的嬌！"

阿O撓撓頭皮，嘟噥："卞姐，我大男人哪能撒嬌，這不也是'Jiao'麼？"引得記者們一陣哄笑。

於是，採訪開始，按提綱一問一答，把華星集團的資產負債情況、項目建設進度及預計完成時間，都攤開來說清楚了。

阿O重點講了項目建成后，未來預期收入和償債計劃，說得通俗易懂。其目的，是要讓購買"華星一號"理財產品的民眾放心。這該大通銀行付廣告費！記者們何其敏感。但這確實是當前輿論的焦點，讓阿O打個擦邊球也就算了。

"按你這麼說，甬婺線越城段的價值應在30億元以上，那麼指控柴局長操縱資產評估，賤賣國有資產沒錯。"發問的是專跑政法系統的記者，逼問阿O："我可以這樣理解嗎？"

阿O拒絕回答，宣佈採訪結束，送客。記者們不依不饒，最後卞出來調解，達成妥協：以下問答不作公開報道，屬私人交流看法，在場人收起長槍短炮，共同保證。阿O只好回答：

"我不知道這股權當時登報拍賣是怎麼評估的。按資產評估的通行慣例，在建項目應按'重置成本法'，因為有建設風險，還要打折扣。項目建成投入運營后，應按'收益現值法'估價。簡單說，是在項目經濟壽命期內，將未來可預期淨收入折現到交易日合計，這樣計算的話，遠不止30億。"

"這麼說來，華星集團的三個在建項目，全部建成後，將有近百億資產總值？"卞和記者們大體估算了一下。

阿O笑了，說："我看還不止！"

項目建設順利進行，阿O倒是沒被再弄進去，算是取保候審。老棋友照樣時常來找阿O下棋，沒人阻攔他。賈生幫阿O請來律師，阿O多有請教，但沒聽律師的罪輕辯護意見，堅持自辯無罪。

紀委專案組、公安經偵處、檢察院反貪局，輪番盤問阿O。難以置信，從多家銀行搞了50多億元貸款，居然一筆賄賂都沒有？派人到華星集團查賬，連原始憑證都每張審，找不出行賄跡象。

查賬結果，請客送禮，從沒有超過一萬元的。小柯有記錄：俞行長送給阿O熊貓紀念幣，阿O送給了胡行長；胡行長送阿O的玉琮，阿O送給了杜行長；杜行長送的文房四寶，現在還留在辦公室案頭。連他病中有老工人來探望，公司留人家吃飯，事後他都補交了錢。紀委專案組長啞然失笑：竟查出一個體制外的大清官，堪為國企幹部的清廉楷模！這"珍稀動物"要盡可能保下來。

倒查銀行，華星集團確實沒提供任何虛假資料，也就談不上金融欺詐。那麼有沒有兩本賬？小涂說："每一筆錢進出，阿O都知道會計分錄是怎樣的，反映到報表上是怎樣的，還用做兩本賬？"

高手功夫在賬外。通過資金調度使財務報表改觀，就像股市莊家操盤手拉出誘人的K線圖——君子可欺之以方！

方，就是規範。合規行為，檢方又何奈之？

那筆應急資金經查實是"從錢江集團挪用的"，但它不是国企，人家股東不起訴，也不配合調查，檢方也只好放下。

這期間，甬城的繞城高速公路竣工，甬婺高速公路全線通車，阿O經批准參加了通車典禮。慶典上，亞斯博士見到被人看護的阿O，要和他說說北崙高速公路改造事宜，也不被允許單獨會見。

鄧老闆被判了八年，柴局長被判了二年。其他的人或緩刑，或免於起訴。對阿O的指控，突然又加了來自甬城方面的兩項。

有人舉報：一是賤賣國有資產，北崙高速公路賣給鄧老闆20億元，自己跳槽到鄧氏集團，轉又賣了26億元，簡直是"賣國求榮"；二是在國外談判期間，主動為外方出謀劃策，將甬婺線甬城段交由外國公司承建，項目合資公司既背離BOT法則，又使國家重點建設項目招投標流於形式。這可是重罪！

于是，阿O又被收押審訊。不久，他被送上法庭接受審判。在庭辯時，亞斯博士出庭為他作證，葛培爾也通過外交途徑施加影響，使這個案子複雜化了，且被放在國際輿論的關注下。庭審反復拉鋸，庭辯變得冗長而有趣，而阿O站在被告席上只是傻笑，像個看戲的。這讓公訴人恨得牙齒癢癢，找來祝主任（已退休）做他思想工作。阿O說，現在即使我當庭認罪認罰也不行呵，人家要證明自己是合法交易。若是我被定罪，人家的海量投資就會泡湯。

"那不是正中下懷？好呵！"祝老額手。

"你不要臉，國家要臉！"阿O嗆白。

獄中，鄧老闆委託律師處置資產。華星集團風流雲散，小涂和小柯投奔卓總去搞北侖港建項目，那司機自己開廠當老闆，帶走了幾個相好的員工。出人意料，潘媽在澳門財團支持下，買下了錢江集團的45%股份。阿O心裡是有猜疑的，但在冷濁混淆的局面下，選擇了沉默。至少，瓊花廣場可以順利竣工，不至於陷入亂局。

吳城第一高樓結頂了，瓊花廣場竣工，隨後是"瓊樓大酒店"開業慶典。眾多賓客來賀，正式出任董事長的潘媽，率一眾公司高管在大門口笑迎賀客，內心戚戚，因為阿O來不了。

意外的，潘媽迎來了小舅，現在是英國一家基金經理。

老爹出事雖沒牽連到他，譚永傑自知政界已升遷無門，辭職移民英國。經商賺錢，還是要到國內靠紅二代的老關係，這次與他同來的是盛總，他在新加坡華航油破產後沒回香港，現在是譚的助理，駐京城代表。盛出面要買下"瓊樓酒店"，可是沒一個股東願意出讓。

盛給尤經理開出誘人的價格，沒能說動。尤說：經商固然要賺錢，但我更看重心儀的事業。

當晚，在酒店房間裡，譚找小婭私下商議。

"小婭，妳把股份讓出來吧，妳跟小舅去倫敦。妳的資金來源，瞞得了一時，終究會出事的。"

"不！建成'瓊花廣場'，我為外公了結心願，也是贖罪。這股權我要留給阿O處理。"

"我不同意。肯定是妳外公留下來的錢，妳怎麼可以給外人？"

"你怎麼肯定？有證據你可以到法院去告呵！"

"傻丫頭呵！"他氣得跳腳。"妳倒是說說，這小子到底有什麼好，值得妳這麼做？"

"這不是生意，沒什麼值不值的。"

二十八、大地震

那天，阿O忽然心悸，情緒反常，焦躁不安。他扯爛了床鋪草薦，取一把艸梗按傳統方式佔了一卦，得震卦。抬頭見偏西的太陽蒼白慘淡，正是未時，大凶之兆，隱隱感覺地動山搖。

黃昏，賈生又帶酒肉來探望，看守照例優待，將阿O帶到行政樓的接待室。這次不同往日，賈先朝太陽下山的地方灑下一杯酒，沉痛說了四川大地震的消息。

瞬間，阿O的眼睛紅了，瘋狂衝出接待室，兩個看守都被撞倒。賈生身手了得，躍步追上，揮掌斬他后頸，打昏了他，拖回接待室。等了好久，阿O悠悠醒過來，見賈生猶自守在身邊喝酒，懇求道：

"賈哥，求您啦，把我弄出去！"

賈沉吟。之前，他以要阿O引見臺灣那個國軍老將為由，要組織出函撈人，沒成。不得不另想它法，尚無頭緒。

"我的親人在四川。"阿O吐出心頭秘密。賈冷笑，原來小老弟知道，記掛著呢，還裝著不在意！

"如果把我弄出去，讓我見到親人，我送您一份大功！"

這小子跟我做交易，哼！大功，策動臺灣國軍起義？這小子是有攪動天下之能，但沒人敢重用他。會是'æ'？這是要命的！賈想想又覺得他太傻，喝道："別胡說八道！再胡說老子揍你！"

臨走又拍拍小老弟的腦瓜："老實呆著，我去想辦法。"

賈真的想幫阿O。幹這行，不知哪天也會像夏敏那樣人間蒸發，留下親人也像阿O備受煎熬。況且，冒死救過他的馮枰，託付他照顧這小老弟，相處久了也有感情，覺得小老弟重情重義，異常聰明又傻得可愛。

不上檯面的事他真心不願碰，說不定自己也會被滅口。

看守所倒是讓囚徒看新聞聯播的。電視畫面里，汶川、青川的慘烈景象，讓人不忍卒睹。稍感欣慰的是，無數軍人、消防員、醫生和護士以及各種身份的人，四面八方湧向災區，冒著餘震風險，奮力在廢墟里搶救倖存者。阿O淚流滿面，看完全部報道。夜裡無法入眠，想為親人祈禱，可《通玄真經》沒有一句祈禱上蒼的話。

煎熬中月落日出，等到將近中午，有人來保釋，想不到會是蕭市長親自來。原來是潘嫣連夜去求他，說阿O的小囡在重災區青川，想必阿O要瘋了，有消息說他竟然衝撞看守。蕭當即找省政法委書記商量，願以黨性為阿O擔保。

這案子已是騎虎難下，檢察院已是第二次提出押后審理。證據不足，阿O脫罪似乎已成定局，只不過訴訟程序須走完。

看守所大門外等候的，還有潘媽和邵斌，見阿O還算冷靜，稍稍心安。阿O被安排跟吳城派出的第二批搶險隊連夜出發，潘和邵也爭著要去，結果邵獲准陪同。別看邵斯文，可是行伍出身。

蕭市長親自到機場為搶險隊送行，跟在隊伍後面的阿O，向師兄道別。豹子頭溫容似貓，摸摸阿O腦袋，叮囑："活著回來！"

各路人馬在廣元集結，聽了災情報告，再分派撲向四方。

從廣元到青川，卡車在崎嶇的山路行駛，時有落石阻路，山體還時不時的晃一下，抖落碎石泥渣，十分危險。過了滿目瘡痍的寶輪鎮，天黑下來，前面公路塌方，他們棄車步行，翻山越嶺。這支搶險隊的目的地是縣府所在的喬莊，而阿O要去的是東河口村。中途，阿O脫離了隊伍，只有邵斌緊跟著。阿O再三勸他跟隊伍走，這樣相對安全些，可趕都趕不走。

"若你有不測，我沒臉獨自回去見老首長。"邵很犟。

前面路斷了，山體斷裂，半截陡然沉下十來米。為了趕時間，阿O取下肩上扛的繩卷，找棵樹系上，想滑下去。邵攔住，解開繩結，找塊凸起岩石纏繞個活扣，把肩上醫藥箱卸下來掛到阿O脖子上，自己當先滑下去。落地后他喊："沒事，下吧！"

阿O跟著滑下。只見邵將繩子一抖，繩子又回到他手裡，前頭還有用得著的地方。果然沒走多遠又遇到壁立斷坎，邵將繩子一頭甩上去，纏住一棵樹，像猿猴攀繩登頂，再把笨拙的阿O拽上去。

荒山野嶺黑咕隆咚，邵折一根樹枝探路前行。阿O緊跟其後，繞過不少險處，暗暗佩服這個當過偵察兵的傢伙。憑著一張軍用地圖和指南針，他們居然不迷路。

經過一個小山村，看到幾個村民舉著火把，四散在斷壁殘垣里探索，路邊有些婦人在幾具屍體旁痛哭。阿O停下了腳步，看看死難者，歎了口氣，正要繼續趕路，被一個老漢攔住：

"大軍同志，救救我娃兒……還埋在下面！"

阿O和邵斌穿著迷彩服，被當成軍人了。他們略一躊躇，就跟老翁進村。忽聽前頭有人喊："這裡，這裡！快來！"

眾人圍上去，阿O和邵也衝了過去。爬上一堆廢墟，倒塌的屋宇樓板下，間隙中看到一隻小手，手指還在動。眾人七手八腳扒拉開碎磚瓦，探見了窟窿里孩子的腦袋，間隙還是太小，於是合力去扛上面覆蓋的水泥板。太沉了，他們試了兩次沒扛起。老漢搶天呼地，哭喊："娃啊，老天啊，救苦救難的觀世音菩薩！"

"讓開！"阿O從瓦礫堆里抽出一根檁子，插進空隙斜角的低端，對邵說："你去候著，我撬起一點你就塞磚石。"

"嗨！"阿O一聲吼，撬動了樓板，邵趕緊塞入一塊磚。眾人一看有門，都來相幫，又墊進去一塊磚。邵扒拉開碎磚瓦礫，將小孩拽了出來。小孩已虛脫，在婦人的懷抱里，被餵了幾口水后，睜開眼沒哭，卻指著自己出來的豁口，嗓音嘶啞："幺妹……"

阿O忙趴到地上，探頭去看，什麼也看不見。邵遞上小手電筒，阿O接過來再探，見裡面有個較大的空間，說："再抬高點。"

於是，眾人如法炮製，再塞進去一塊石頭。阿O勉強鑽了進去，再往裡爬，只聽他"哦"的一聲，整個人不見了。

"阿O！"邵的魂都飛了，大喊著趴下去看。豁口裡面，黑咕隆咚，連電筒光也不見了，他回頭要了個火把再探，火把剛伸進豁口，只聽裡面傳來阿O的聲音："莫動，就這麼照著！"

天哪！他活著，眾人放下提到喉頭的心。

不一會，阿O再次發聲："找到了！火把後退，我把孩子遞出來，你們接著！"

邵趕緊移開火把，盯著豁口。稍後，豁口出現了一個扎小辮的腦袋，邵伸手攤開手掌，墊在孩子的臉下，小心翼翼扶著後退。終於，孩子整個身體出來了。她昏迷不醒，邵急忙打開隨身醫藥箱，先用聽診器探聽小孩心肺，眾人屏息注視著。"沒事，"他說著，調息運氣，在她背後拍一下，女孩咳了一聲。

"哦！！！"眾人興奮的呼起來。邵笑了，把她抱起來，交給那個老淚縱橫的老漢，又拿出一包葡萄糖，關照道："趕緊兌水給她喝，給那男孩也喝點。"

說著，他回頭看看，"阿O！阿O還沒出來？"

眾人的心又被提起來。聽得豁口傳來阿O哭腔的聲音："我上不來，手腕傷了，使不上勁。"

眾人急了，邵卻不慌不忙地撿起阿O留下的那卷繩，一頭結了小圈套，遞進豁口，說："抓住！你一隻腳踩住繩圈蹬腿，一手抓住繩子，我們把你拽上來。"

待阿O說聲"好了"，幾個人一起用力拉。阿O流著血的腦袋冒出豁口，接著兩條胳膊伸出來，被邵接住，將他拽出了豁口。剛才，阿O倒栽進廢墟里的窟窿，右手腕傷了，頭也撞破，幸好迷彩服結實，要不身上還要拉幾個口子。邵為他做了敷藥包扎。

在村民的感謝聲中，他們又上路了。阿O的眼鏡掉在窟窿里不知哪個角落，所幸近視只300度，走路還不是問題。匆匆趕到東河口，天已拂曉。

這是東河和青川江交匯處，對照地圖看，確實沒錯。可村子呢？河對岸，那大山腳下，應該是一個幾十戶人家的小村子，還有一個小學，怎不見啦？地圖上標的那條索橋還在，不過一頭已經垮塌，斜插入青川江。橋頭堡已是一堆瓦礫，只剩一角殘垣還聳立著。阿O不顧一切沖上垮塌的索橋，攀著纜索一步步走過去，直入江流中。還好，歪斜的索橋已跨過中流，江水由於上游淤塞變得較小，只沒過腰間，冰陰的江水阿O渾不覺冷，上岸直奔大山腳下。邵斌也義無反顧地蹚過江水，緊緊跟上。

大山腳下，有幾個婦女匍匐著，面朝崇山無聲哭喊，嗓子都嘶啞了。老天！當時，她們在河邊洗衣服，突然地動山搖，回頭見崇山活了，像巨人向她們撲來，轟隆隆一陣震耳欲聾的雷鳴，什麼也看不見。待彌天塵埃落定，溫馨的家園沒了，書聲瑯瑯的小學校沒了，親人都沒了，只見山體移到了跟前。她們搶天呼地，瘋狂地用雙手扒泥石，試圖從山體滑坡傾瀉的泥石里挖出親人。

婦女們的手指滿是血污，扒不動了，無助地哭喊。

爾後，有支搶險隊突進這山坳，看著上接山腰的龐然泥石堆積，無可奈何。就算能將縣里大型挖掘機械都調過來，恐怕幾十天都不能刨出人來，何況泥石還在餘震中下瀉。他們只得留下一點隨身帶的食品，抹乾淚，毅然再向山溝深處挺進。

面臨這般慘狀，阿O欲哭無淚，跪倒在大山面前。

晌午，又是一陣餘震，地動山搖，邵斌大喝一聲"快跑"，拽起呆呆跪了半天的阿O，逃到水邊。回頭看，大量泥石又像粥似的流瀉下來，那幾個婦女也逃奔過來，其中有個絆倒了，他們眼見她掙扎幾下爬不起來，又不要命地沖進漫天塵埃中。阿O被濺起的石塊迎面擊中，撲倒在地上，頓時天旋地暗。

等他醒過來，月亮已在山腰探出蒼白的臉。水邊亂石堆，幾個人圍坐一起，生起了篝火。山腳侵入河裡形成水渚，要不是被邵冒險拖出險地，他和那位婦女可能已遭活埋。

阿O坐起來，想說聲謝，嗓眼似被堵住了，邵斌給他餵了幾口水，才舒了口氣。阿O的頭上舊傷加新傷，已被邵裹得像粽子，只留下眼睛和出氣的口鼻。那位婦女的小腿，也被邵用樹枝夾著包扎，還扎了銀針。邵說是骨折，要盡快手術。

邵扶起阿O問還能走麼，阿O點頭，於是他背起那婦女，招呼大家一起去喬莊。她們滿臉戚色，還不忍離開。

公路已像被打爛的長蛇，斷成扭曲的一段段，缺損處得小心通過，好在還有月光的憐憫。途中，阿O精力稍有恢復，便與邵輪換背駝傷者，艱難前行。阿O背上的婦人清醒過來，再三道謝，還問："小夥子，村裡也有你們親人在？"

"我的小雯子和外婆……"阿O又掉淚了，腳步頓了頓，但騰不出手來抹淚水。背上婦人似乎感覺到了，用袖管替他搵了搵眼睛，疑問："小蚊子？可是五、六歲小姑娘，前幾年才跟她外婆來的？"

阿O一怔，問："妳認識？"

"認識！"婦人確認，捶了一下阿O前胸。"娃兒名字怪怪的，眼睛烏溜溜的，老捧著個水晶球東張西望。她外婆好像是老師，退休回老家，就住我家隔壁！"

不料，她這確認的手勢，讓阿O痛得彎下了腰。邵急忙扶住，把婦人接過去背上，關切地問："會不會肋骨折了？"

"應該不會。"阿O揉揉胸。婦人連連道歉,阿O擺擺手,不怪她無心之舉,又追問婦人:"她們……"隨即又閉口了。她們還好嗎?現在該問老天!沒想到,婦人卻說:

"小夥子,你該謝老天!有個老頭兒把小蚊子領走啦!"

"啊?!"阿O懵了。

"妳說說,那老頭是她什麼人?哪來的?"邵接口。

"不知哪來的老頭,穿老派大襟長衫的,一路打聽過來,打聽到她們家,住了下來。老頭天天帶小蚊子到山坡上玩,還解下腰帶給她玩。那腰帶竟是刀片喔,寒光閃閃的,可嚇人啦!她竟還迷上了,跟老頭有樣學樣比劃……"

軟劍!阿O心頭一震。"後來呢?"

"清明前,老頭帶小蚊子走了,聽說去江南上墳祭爺爺。"

"她外婆呢?"阿O急切問。

"家裡有老人要照顧,走不開……"說著,她想起自己不幸的老伴和孫兒,嗚嗚哭了起來,捶著邵的胸,哭喊:"我好命苦啊!"

阿O陪著流淚。邵也不擅安慰人,默默咬牙,拼命背著她趕路。行行轉過一個山嘴,遠遠看到喬莊的燈火,不一會,遇到了被阻在路上的救護車。阿O模糊看到穿白大褂的人迎來,腿一軟癱倒在地,陷入無邊的黑暗。

二十九、重建

強光刺眼,想閉眼閉不上。醫生正翻開他眼瞼,拿手電照看瞳孔。阿O醒了,映入眼簾的是一張蒙著大口罩的臉,那雙眼睛很親切。正想著誰誰,口罩摘下了,露出張酷美的臉——"夏敏!"阿O

衝動地一把抱住眼前人，喜極而泣："嗚嗚……我是在夢里麽？"

有熱液滴在他肩窩，她也流淚了。

"妳認識？誰啊？"旁邊有個醫生用蹩腳的漢語問。

"嗯，"她抬起頭，語出驚人："他是我愛人。"

"啊？！"琇瑯架眼鏡差點跌下鷹鉤鼻，他湊過來看看病人，又扭頭問女醫生，" He calls you Xia-min, Why？"

"嘻，"她破涕為笑，" It's my secret！"

廣播傳來急切的召喚："緊急任務！搶救小組馬上出發去北川，請速登機！"連播三遍。她俯身捧住阿O腦袋，狠狠一吻，叮嚀："这破腦袋縫補好不容易，乖乖呆著，等姐回來再修理!"

說完，她起身跟著高個子洋醫生匆匆離去。外面直升機轟鳴，不一會漸漸遠去，病房恢復寧靜。阿O這才看清，自己躺在一間白色醫療帳篷里，周圍有好幾張病床，都躺著像他一樣被救回來的人，有的還在手術后昏迷中。回味剛才滾燙的吻，阿O以為是一場夢，他愣了一會，又倒頭去睡，試圖尋回剛才的美夢。

美夢好些天沒再現。阿O被邵斌接到縣城，在劫後剛修復的一家招待所調養。佘老大和肖道元來了，自然給他帶來好酒，阿O樂起來就把醫囑拋諸腦後。四人一起舉杯，慶賀阿O大難不死。說到東河口慘狀，大家眼圈都紅了，佘當即決定明天去看看，代阿O盡一份心，還說要找一塊地重建小學，也給倖存的村民，包括周邊幾個小村子裡的，無償重建家園。阿O也要去，被他們堅決制止，商定由邵斌帶路。

佘拿出一張銀行卡塞到阿O手里，黯然說："這1,132萬元，是天策公司算下來該給你的，本想讓你給岳母買房……"

"怎麼會有上千萬？"阿O記得自己只投入一筆安家費。

"兄弟們自有一本賬。放心，文經理是鐵算盤，錯不了！"肖揚眉一笑，也不說破。

阿O想了想，也不爭了，又把卡塞回佘的手裡："那就都用在重建災民家園吧！我也拿不出別的錢了，拜託！"

喝高了，佘讓阿O早點洗洗睡，額頭縫合處還未拆線呢。

四川有災，四面八方伸來援手。

國家總理來了，黨的總書記來了，在廢墟上發出為災區人民重建家園的號召。華夏各地政府紛紛與受災各縣、鄉結對幫扶，蕭市長帶著援建隊伍來到青川，和當地政府共同規劃了縣城、鄉鎮、村落的重建，并無償提供建設資金。建設內容涵蓋行政、教育、醫療、文化、體育以及交通、通訊、水、電等基礎設施。

夜裡，外面基建工地還是熱火朝天。室內相對安靜，阿O睡得很沉，喝高了，還想尋回美夢。

敲門聲驚醒了他。他懵懵起身去開門，一看，"夏敏"笑吟吟站在面前，又驚又喜，一把將她拉進門摟在懷裡，激動得哭了。

"我在做夢里麼？都懷疑神經失……"

她擁抱阿O，用熱吻堵住他胡說，把他推回床邊，說讓自己先洗個澡，再好好聊。阿O只好坐在床頭，眼巴巴等待。隔著玻璃看著妙曼的身形被水霧淹沒，片刻又漸漸顯現。鬱積多年的情慾再也按捺不住，跳起來衝進淋浴間，抱住她狂吻。她吃驚，無奈任由他渾身上下亂啃，漸漸身體泛起紅潮。呵，曾多少次夢里癲狂，醒來後暗自流淚，今夜是命中註定的麼？當她被撩起一條大腿，下體傳來撕裂的疼痛時，不禁"嗷"了一聲。

以前捉弄過的小不點，而今這麼粗暴！喔，她哭笑不得。

阿O怔住，赧顏欲為"強暴"道歉。她展顏一笑，歪首咬住他的頸脖，挽臂抱起，就像豹博公羊，叼出浴室，將他撲倒床上。阿O激情反撲，纏綿繾綣，如訴如歌，愛意逐浪昇華，終似火山迸發，盡情傾注，幾乎魂銷魄散。

她被整得癱在床上，害羞閉目，嗚嗚呻吟。

大汗淋漓。阿O拿來浴巾，溫柔地為她搵拭胴體，見她胯下床單血跡，阿O直罵自己"畜生"。曾經狂暴蹂躪她是媚毒所害，而今怎麼又見血了，真想拔掉自己恥根。蓋好被子，被窩裡擁著她，撫摸她腹下，歉然問："疼嗎？"

她動情回擁，含羞說："初為人妻難免的，傻瓜！"

阿O聞言驚起，審視她渾身上下，不就是"夏敏"麼？當目光落到她右手無名指上戴的黃銅環頂針，無數記憶碎片沖入他腦海，愣愣張大了口。她被看得羞惱，伸手揪住他耳朵，將傻腦瓜拽到胸前攬住，嗔道："你早就說過要娶我，怎麼，反悔啦？"

阿O明白了，緊緊擁抱她，竟哀哀地哭起来。

"阿O，以後姐就是夏敏，你的妻子，和你重建家庭。其實，姐一直都愛你呵！"

匡小君到美國后，被教友安排到醫學院進修。近水樓臺，接受了世界一流整容大師的多次手術。當年歌星隕落，聞訊她為夏敏落淚，也為阿O難過，神啟示她替代夏敏，陪伴阿O活下去。本來她和夏敏的臉型酷似，於是大師按她的心願整成了"夏敏"，還很得意自己的藝術品，對她全身一點瑕疵都不肯放過。儘管還有不盡人意之處，阿O酒後哪會在意，況且眼鏡還沒配好。

與阿O相遇，她認為是上帝的恩賜。

　　多年來，她閒來就聽柳鶯碟片，跟著學唱阿O寫的歌，聊慰思念。屈辱歲月里埋下的愛的種子，一直頑強地在心底生根發芽，歌曲蘊含的愛意恰似陽光雨露，以致她對誰的求愛都抗拒。在那性開放的生活環境裡，她守著處女之身留給阿O，就像以前將好吃的留給他，自己情願挨餓。讓血脈相連時，自己毫無愧色。

　　為了報答，她無條件為教會工作多年，前不久還在戰亂的中東救死扶傷，弘揚上帝的愛。驚聞四川大地震，她義無反顧地隨國際醫療隊趕來了。原本打算救災任務完成后，就去找阿O，想不到他竟出現在自己的手術檯上。全能的主啊！

　　懷抱阿O，溫柔地撫愛著，察覺小老弟又蠢蠢欲動，她張開腿迎合，媚眼含笑道：“再來吧，姐渴望為你生一群傻小‘O’！”

　　預感今夜之後自己將是母親，不在乎疼，幸福感滿滿。

　　重建工作部署就緒，蕭抽空來看望阿O，沒聊幾句就談到災後重建上。看了重建規劃，阿O覺得這是要幫青川人民一步跨入沿海現代城鎮的生活環境，是對災區傷痛的撫慰。但是，維持這些城鎮基礎設施的運轉，也要耗費巨額財政開支，別說災後，以災前的經濟統計數據來看，也是天方夜譚。首要該是民生問題，在大規模基建時還能以工代賑，完成後，災民生計怎麼辦？阿O提出了尖銳意見，話還說得很不中聽。

　　“若是你要應付上級，這海量資金投入，面上文章已是美輪美奐。不從經濟民生出發考慮問題，我敢說：你們走後，這些新區的許多街道連路燈都點不起，氣派的體育場館也將是真正的‘鳥巢’！”

　　見蕭師兄臉色難看，阿O笑笑：“不管怎麼說，這些建設對災區人民總是好意！蕭兄，你就當我沒心沒肺，不知感恩，胡說。"

豹子頭尷尬地笑了，笑得很難看。他摸摸阿O的頭，說：

"這顆腦瓜不用在國民經濟上真是可惜！實話說，我也人微言輕，但是我會向上級反映。你有什麼想法，跟我說說。"

"不在其位，不謀其政。這話有道理，因為我沒你的視野，不可能掌握充分的資料，只憑管見胡說，反會壞事！"

"那麼，我提幾點建議，你幫我參詳。"蕭也不矯情，跟阿O探討起來。談完後，立即給上級打報告。蕭的意見得到邢書記支持，并轉給了四川省委。

規劃修改，新建縣城改成了舊城改造，省下大筆資金作為產業扶植基金，新建工業園區和特色農業園區，還開發唐家河冰川遺跡為旅遊勝地。Z省商會號召企業家到青川考察，投資恢建舊企業并進行產業升級改造，或開發當地資源新辦企業，政府給予財政扶持，還有配套的特殊優惠政策。

阿O被暫留援建指揮部，協助一系列調整工作。

尤香蓮也跟著商團來考察，潘嫣卻沒來，還召回邵斌代她執掌錢江集團。她被紀委帶走了，阿O情知她的資金來源有問題，深深自責沒管住，甚至縱容了她。澳門的財務公司水太深！

剛到青川，尤被隨阿O來迎接的"夏敏"嚇了一跳，差點沒當場暈倒。佘老大慌忙扶住，咬耳朵告密，她猶自將信將疑，眾目睽睽之下也不敢造次。進入歡迎會場，"柳鶯"被人認出來，在慕名已久的歌迷和老鄉強烈要求下，她登臺唱了"自己"的成名曲：

放鶴亭前花露瀁

西泠波光暗斂

不敢言離怨

勸君千里逞宏願

……　　　　　　　　　　　　（這“願”字是她臨時改的）

商團成員大多來自西子湖畔、錢塘江邊，聽了倍感親切，頓生“大丈夫志在千里，不辜負親人期盼”的豪情，熱烈鼓掌。“柳鶯”再三致謝，請大家接著欣賞當地羌族的戰舞表演。

她款款回座，尤迎上去細細端詳，“真的是妳哎，上帝！”

她“噗呲”一笑，抱住尤耳語一番。兩人攤著又哭又笑，挨著坐下還腦袋湊到一起，嘀咕不休。阿O怪佘拆臺，本該有場好戲。

阿O自告奮勇帶隊，領著一些搞旅遊業的客商，沿青川江溯游而上，考察了茶馬古道、關隘古城、唐家河冰川遺跡。沿途有人想搞漂流，或搞民俗村，或恢建古城商街，或建驛站賓館，各有當地政府部門專人接洽。尤和佘的胃口更大，想開發冰川遺跡，阿O勸阻：這裡蕭市長打算政府出資來搞個森林公園，保護環境，以免過度商业化開發。

穿過原始森林時，遭遇猴群打劫，他們隨身攜帶的食品全繳了。林中有熊貓、牛羚、彩鰻鳥、娃娃魚等珍稀動物，天麻、石斛等珍稀植物也不少。隊伍中不斷有人去采蘑菇及花草樣本，還打算來搞個山莊，養植鐵皮石斛，說這裡氣候環境得天獨厚。

最後，阿O帶著一行人中體質較好的，登上了摩天嶺。

相傳，三國時曹軍攻蜀，被姜維擋在劍門關下久攻不克，鄧艾率一支奇兵繞道到此，費了九牛二虎之力攀上山頂，卻下不了陡坡。他狠狠心，令軍士牛皮甲裹身滾下山去，並親自帶頭。雖折損不少，殘兵從背後奇襲，終成大功。此為“三國歸晉”關鍵之役。

將軍滾坡處，立有石碑。尤搶先登上，招呼匡姐一起拍照留念，匡剛靠近，她"啊"的一聲尖叫，失足溜坡，匡一把拽住她，也隨之下滑了好長一段，被落在後面的人攔截救起。幸好陡坡茂密野草作了鋪墊，她倆雖狼狽不堪，卻未受傷。眾人驚魂甫定，還覺得好玩。阿O建議，對這陡坡稍加改造，仿古代盾牌製成滑板，搞個競技項目。這刺激了眾人想像，七嘴八舌豐富這個設想，認為以當今科技加些防範設施，可以搞成大眾娛樂項目，很吸引人的。

景區收入，總是靠賣門票，營運模式非得千篇一律？

阿O說起自己在奧地利的經歷：多瑙河邊有座名山，山上有古堡殘垣，還有個山洞，傳說是十字軍東征敗歸途中，英國"獅心王"在這山洞避過一劫。商務談判間歇時間，主人帶他來此一遊。這裏不收門票，山徑卻有人"劫道"。他們還真遇到兩個古裝武士，披堅執銳，喝令交出錢包。武士從各人錢包裡掏出兩個硬幣，其餘奉還，還回贈每人一枚軟木酒瓶塞，說再遇到"劫道"的，出示即可放行。遊玩盡興回到山下，他們找個酒肆用餐，酒保要他們一個個都交出那瓶塞，免費贈予各人一杯紅酒。

"要是口袋裡沒零錢呢？"有人問。

"當時主人錢包裡恰好沒硬幣，被抽了一張紙幣，沒找兌，但給他的那枚瓶塞卻與眾不同，結果中獎了。"

"獎什麼？"

"也不過一瓶紅酒。"

哈！讓人大失所望。但這辦法收費，不僅留客在酒肆多消費，還成了趣聞，尤想效仿。開業就上新聞頭條：路遇"李鬼劫道"！想想就樂不可支。

這能批准麼？大家紛紛抱怨旅遊業管得太死板。

回程，他們又來到一個半島上，清川江在這裡拐了一個大彎，風景秀麗，植被茂盛，雨後天空爽朗，使人吸著富氧空氣就有陶醉感。這裡已鋪開大規模新建的攤子，包括阿O擔心真成為"鳥巢"的宏偉體育場。當時急切上馬，調整規劃的上級決心下達為時已晚，現在如何利用這些建築，還舉棋不定。匡姐提出設想：

這是建"康養中心"的理想處所。神州大地經濟發展起來了，人口也開始趨於老化，需預作綢繆。在發達國家的許多家庭，子女各奔前程，老人多被安置在"康養中心"。這行業在國內剛起步，她建議大家搶佔先機。選個這樣環境的好地方不容易，還鄰近火車站和在建高速公路的出口，離在建的機場也不遠，交通便利。

市場需求不用擔心，有人說：左近綿陽是"科學城"和"大三線"軍工基地，好幾萬離退休人員需要國家妥善安置，得善待那些棄家捨業，山溝裡拼命幹了大半輩子，或多或少身有傷病的功臣。

說來，各地需政府照顧的老人真不少。

更大需求還在民間。匡姐看了在建工程規劃，認為多數基礎設施可以利用，改造為不同功能的安老和療養、康復機構，以及培訓中心。擬先從培訓大批護理人員入手，把四川災區婦女招來，國家推行義務教育多年，她們應有初中以上文化，適於專業培訓。若政府下決心，她自告奮勇去聯繫國際護理協會，請求師資援助。

話扯開去。有人說，現在住院沒親人照顧不放心，護士小姐還真是小姐，才不伺候你吃喝拉撒咧！要不自請護工，護工又多是偏遠農村來的老嫗，不講衛生也難怪，她自家飯桌還不如醫院地板乾淨。匡姐解釋，發達國家的正規醫院是不許病人自請護工的，吃喝拉撒全由護士伺候。在國內，自己也做過護士，知道咋回事。

所以，先要培訓大批專業護理人員，不僅是護理知識技能，還要把苦阿婆為她舔去傷口膿血的愛心傳承下去！

大家紛紛說，如果可以把老人放心交給"康養中心"，享受專業護理，兒女得解放，有空多來看看，多花點錢也願意。

阿O很贊同，建議在政府援建的基礎設施之上，動員一些民營機構來投資經營。當然，護理質量及收費得政府派專員監控。

專員與老闆會不會沆瀣一氣？商人深諳此道，因而大家不無擔憂。阿O想起以前跟阿熊探討過類似問題，儘管分歧很大，當初他的意見也有可取之處，衝口而出：監督專員民選！

"對，必須建立民主監督機制！"應和者甚眾。

陪同的政府官員很重視這個項目建議。但這樣改建牽涉面很廣，政策法規和行業監管審批也很複雜，先向上級匯報再說。

尤也表示了投資意向，要求阿O和匡姐參與策劃。

阿O想，整個片區開發的綜合性項目，只有佘老大的上市公司有財力擔綱。他為何不表態？考察過程老神在在的，惹得尤也不高興。以前誰信誓旦旦"都聽阿O的"？唉，而今別提啦！

晚上，佘老大被老婆踹下床，快快攜酒來找阿O，匡姐避出去到尤的房裡睡，讓哥倆喝個夠。好像都是"同志"。

"兄弟啊，說實話聽了匡姐建議我也躍躍欲試，這是個利國利民的好項目！"他長吁一口氣，給自己灌酒。阿O陪著喝，也不問，知道他想說。聽他繼續說："我怕賠錢？現在對我來說，金錢算是什麼，是事業博盤上的籌碼，是'黃色的奴隸'——你說的！"

"莎士比亞戲劇中李爾王說的。"阿O糾正。

"反正是你跟我說的。你還說過范蠡'何以三致千金'，每一次都扶助窮兄弟散盡千金！兄弟我也不是守財奴！情願無償直接給災民建住宅、學校，我不參合這個好項目，因為它不可能獨立自主經營。老實說，在這裡要與政府部門長期共事合作，我不——！"

他嚥下了四個字。阿O這才喝出酒味，與佘乾杯豪飲。

"我剛來不久，就嗅出此地官場的酸味。不錯，許多好幹部在為重建家園拼命幹，但也有些幹部還擺官架子，管、卡、壓，甚至向我索賄，說得好聽：借！"

"災後人家生活有困難，開口借也許迫不得已。"

"開口就一、二百萬吶！是家裡娶媳婦還是葬老人？嘿，就因為手握重權，肆無忌憚。跟這種官員合作你能走多遠？兄弟，這項目若是以前王書記或是現在蕭市長的治下，再大風險也撲上去！"

不要懷疑佘的誠意。過不久後，官場鬧"小地震"，紀委帶走好幾個市、縣幹部。有好些商人受牽連，佘畢竟是老江湖，沒沾邊。

無奈，阿O與蕭市長約定的返回時間快到了，不管審判結果如何，總是要面對的。他不知道，吳城還有人苦苦等著他。

潘嬸不見到阿O，什麼也不肯交代，死扛著。

尾 聲

行前，阿O帶著"夏敏"，去東河口祭奠岳母。佘老大夫婦同車前往。阿O和佘交替開車，一路上佘指指點點，告訴阿O，那些個村落新居由廣廈公司捐建。

"安得廣廈千萬間，大庇天下寒士俱歡顏！"阿O感慨良多。

祭壇設在河岸的一片廢墟上，這裡已成為大地震的紀念園，矗立一塊巨石為碑，刻著悼文。河對岸埋沒村落的龐然覆蓋泥石沒動過，已和大山融為一體，草木蔥榮，成了天然巨塚。

在場等候的肖道元等駐地援建人員，已備好香燭。

阿O和佘老大等人，焚香告慰蒙難者：鄉村已重建，活著的親友有了美好的新家園，願逝者安息！

阿O暗暗向岳母在天之靈發誓，會继承她的研究，還會讓小雯子繼承下去，將這古老文明傳承發揚光大。小雯子在老劍客呵護下可以放心，以後會領她回來再行祭拜。

祭奠儀畢，他們在肖總帶領下，走訪了新村的居民。那位被邵斌救出的婦人腿傷已痊愈，幸虧手術及時，沒留下後患。她和外地打工回來的兒子、媳婦住在一起，媳婦又懷上了新孫兒，一家人將新居擴建為民宿，經營還不錯。認出阿O，她拿出香菇、天麻等土特產相贈，阿O卻不過情意收下了，應承帶回吳城給邵斌。

蒙蒙細雨，遠處峰巒如黛眉，眼下青川江潺潺湍流，兩岸山頭雲霧繚繞，宛如仙境。

佇立東河口，阿O忽發奇想，要是此時遇見漁父，追隨他浪跡江湖該多好！棹舟而行，悠然吟唱楚人的滄浪謠：

滄浪之水清兮，可以濯吾纓

滄浪之水濁兮，可以濯吾足

可眼下的江河水，是泠濁湁流。混跡于人世間，自己和弟兄們似一群魚兒隨波逐流，載沉載浮，身不由己呵！

兄弟聚首痛飲一番。無論有多不捨，阿O終須踏上歸途。

災後交通不便，肖總將自己的"路虎"越野車送給阿O代步，說這車蠻皮實。此行千里，佘老大大要再送一程，肖給他開車，順便匯報在建工程情況；搶著給阿O開車的是軍軍，已長成個高大的小夥子，現在跟著肖來搞援建。"夏敏"已非昔日夏主任，他還蒙在鼓裡，自幼跟她亲近，似有说不完的话。

尤香蓮很霸道，叫小軍專心開車別囉嗦。她特意過來相伴，跟"夏敏"有說不完的話。她倆是教友，在後排嘀咕，好些話阿O聽不清也不在意，有一句話令他豎起耳朵：有消息傳來，莫馨刺探軍情敗露，牽累董飛受審查。尤想回甬後把小Q接過來照顧，匡姐說該由她來照顧，小Q想必會當成親媽，還說要把小雯子找回來。為養育孩子，她決定不回美國了，留在國內開診所一樣行善。尤自然是鼎力支持，還指望她幫助策劃搞"康養中心"。

阿O暗暗點讚。副駕駛座上，他再無心瀏覽著途中景色，也思量起自己前程。賈生來過電話，說檢察長打算撤訴結案，但無論官司如何了結，讓蕭市長再起用自己怕不可能。張先生、卓總、侯總或亞斯博士，都有了嫌隙；天策房產、華甬旅遊以及錢江集團，都已走上正軌，加入去是混飯吃……何以不虛度年華，有所作為？

武書記來災區考察過，他已是國家政協大員，紆尊找到阿O深談了一次。阿O很失望，他也沒有小婭的任何消息。

"阿O，我們都受過很多委屈，可千萬別心生怨懟！"

阿O默然。小婭埋在他心底的種子，在悄悄發芽，不知會不會萌生惡之花。昨夜夢裡，小雯子練成越女劍歸來，向他追問母親的下落……糾結良久，應答："她仍在我心裏。"

武憐他經磨歷劫未改癡心，打電話要求蕭市長設法起用，別讓這個經濟人才埋沒。蕭應承，但坦言還沒頭緒，顯然很為難。

"若不能見容於體制內，作個職業經理人也罷！"武歎惜，情知阿O是個窮光蛋，沒資本何以施展經略之才？只能為人所用。可國內勃起的那些老闆，大都連資本家的質素都沒有，要的是效忠的奴僕，而不是人格獨立的職業經理人！臨別諄諄囑咐："千萬別為五斗米折腰，淪為某些人的斂財奴，恃才巧取豪奪國民財富。"

阿O點頭應諾。內心淒苦，又對誰說去？

車到劍閣，該分手了。佘還要陪尤考察當地溫泉資源，相約下個月吳城見。肖還不放心，堅持要小軍開車送到吳城，阿O再三謝辭。還是尤善解人意，嗔道："人家夫妻倆蜜月旅行，添什麼亂？真是'小搗亂'！"

這一說，大家釋然，哈哈大笑。

阿O夫婦開越野車上大路，行至天下聞名的劍門，勃發遊興，駐車徒步登上劍門關，一覽雄關險峻。在城頭，匪姐扶著箭跺，情不自禁，誦起記憶深處的李白詩句：

劍閣崢嶸而崔嵬，一夫當關，萬夫莫開。所守或匪親，化為狼與豺……蜀道之難，難於上青天，側身西望長咨嗟！

阿O佇立濛濛雨絲中，望着隘口古壘遺跡出神。蜀道難，然而諸葛亮在蜀中，為興漢事業作出了非凡業績。當前，華夏復興之路何其艱難，誰能效先賢"鞠躬盡瘁，死而後已"？

眼前浮現已故的岳父、王喆，乃至蕭師兄……沒想到幾年後，蕭也心臟病發作，倒在全國人大會議中。

匪打傘過來為他遮雨，見他鬱鬱寡歡，問他作何感想，他感歎：慕先賢而自慚。我身陷商場並非求財，苦苦求索經國濟世之道，有心報國如叩劍門謁天府。至今碌碌無為，好不慚愧！

說罷，他潸然淚下。

"窮且益堅，不墜青雲之志。"匡勉勵道："要自信，天生我材必有用！"

挽手下山，見農家屋簷下晾著新繅絲束，阿O心有感觸，笑道："好歹算是有用。若用作人家腳下的臭襪子，妳不嫌棄我？"

絲之為縞也，或為冠，或為袜。冠則戴致之，袜則踐履之。

這幾天，匡聽過他反復誦讀計然的這段話，心一酸，拉他的手臂攬住自己的腰，說："無論你出人頭地，還是被人踩在腳下，我就將你作腰帶系在身上！"

阿O攬緊她的纖腰，動情地說："不離不棄！"

回到越野車，再上歸途。匡先開一程，瞥見阿O皺眉沉思狀，問："是卜前程，還是在作詩？"

"想起一首陸遊的詩，改幾個字，倒是切境切情。"阿O不無傷感地吟誦：

衣上征塵雜酒痕，遠遊無處不銷魂

此身合是商人麼？細雨驅車出劍門

阿O的荒唐經歷就寫到這裡吧，小雯子是留給貪官污吏的噩夢。

阿 O 別傳 —— 第三部　《滄浪謠》

易癡 著

出版：陳湘記圖書有限公司

地址：新界葵涌葵榮路 40-44 號任合興工業大廈 3 樓 A 室

電話：2573 2363

傳真：2572 0223

電郵：info@chansheungkee.com

印刷：新設計印刷有限公司

國際編號 (ISBN)：978-962-932-206-9

定價：$98

2022 年第一版